文思珠玉

《钱锺书手稿集》
丛札

张治 著

河南文艺出版社
·郑州·

图书在版编目(CIP)数据

文思珠玉:《钱锺书手稿集》丛札/张治著. --郑州:河南文艺出版社,2024.9

(钱锺书研究文库/陆建德主编)

ISBN 978-7-5559-1649-9

Ⅰ.①文… Ⅱ.①张… Ⅲ.①中国文学-文学研究-文集 Ⅳ.①I206-53

中国国家版本馆 CIP 数据核字(2024)第 019564 号

丛书策划	李建新			
丛书统筹	王 宁			
本书策划	王淑贵			
责任编辑	王淑贵			
责任校对	樊亚星			
书籍设计	书籍/设计/工坊 刘运来工作室 徐胜男			
责任印制	陈少强			

出版发行	河南文艺出版社	印 张	8	
社 址	郑州市郑东新区祥盛街27号C座5楼	字 数	178 000	
承印单位	郑州市毛庄印刷有限公司	版 次	2024 年 9 月第 1 版	
经销单位	新华书店	印 次	2024 年 9 月第 1 次印刷	
开 本	889 毫米 × 1194 毫米 1/32	定 价	58.00 元	

代序：每个读者都有自己心目中的钱锺书

——答《济南时报》记者问

问：您的论文《钱锺书对二十世纪中国文学的反思》题目中的"反思"，意味着相较于主流的逆行、异调。在您看来，对彼时的文学和后来的文学，钱锺书的反思，最有价值的意义是什么？在当时的那个潮流中保持独立的品格和思想，是件十分困难的事情吗？二十世纪上半叶是中国现代文学探索的时期，相较于探索，反思的意义是什么？

答：我理解的"反思"，也许不见得一定是立场上有预设（我称其为"逆行"），似乎是"你支持的我都反对"，这不好；称作"异调"，准确一些，就是不一样的声音。但声调不同，也可以是一种协奏、合唱，是复调旋律里的不同分部。

钱锺书早年写过一篇文章《中国文学小史序论》，从中可知他二十岁出头就准备写一部中国文学简史，来批评胡适、周作人的白话文学观念和新文学史观，文章中处处有针锋相对的言论。这是一种批评的立场，确实有反潮流的自觉。这些观念和结论尽管是反对的意见,并不妨害我们将它作为中国文学现代化进程的一个组成部分。每年我们都纪念"五四",有位海外学者说"我们要以迈出五四的工作来光大五四的精神",我深以为是。反思和异调本身都是一种探索,或者说,这可能是最好的探索。比如二十世纪上半叶里新诗内部的探索,就是建立在前期诗歌观念和理论的反思和批评之上而发展的:从诗体的自由化、不押韵(胡适),到对内在节奏感的重新探究(穆木天),以及对音乐美、建筑美等构成的新格律的强调(闻一多),从吸纳和转化古典文学的元素(戴望舒)到放弃与传统的语言联系而转向直面当下存在的形而上表述(穆旦)。

你选择去探索什么,取决于你看到了什么。从上面所述新诗内部发展的这个变化过程,其实我们可以发现也有并不变化的固定方向:一种不断的"非诗化",它使得新诗离开既有的形式;用诗来构建现代口语的同时,以言文合一的方式来锤炼日常生活语言的表现力;再就是诗人们不断受西方文学潮流的启发,意图使诗歌具有民族性、思想性和文化、社会功用的意义。从这个角度看,五四后的新诗潮流和晚清以来的宋诗派运动,以及清末梁启超倡导的诗界革命,思路几乎均是如此。

钱锺书的学术研究和文学创作也属于中国近现代文学发展的组成部分,他反思的就是自己在这个过程里的问题。他认为文学是文和学的结合,因此形式上的突破不能看表面文章,有时我们觉得是新变是革命性的突破,其实是作者自觉不自觉地因袭了某个传统而不被多数人察觉。旧文学可能以各种方式再生于当下,产生或好或坏的作用。因此出路在于放弃新旧对立的成见,创新不是向壁虚造的创新,而是充分认识和学习古典传统之后作家靠才力有可能完成的一个突破。这是钱锺书反思里最有意义的部分,你甚至可以从他那部大书《管锥编》里任何一段得出这样的结论。与此同时,他心里的古典传统不仅是中国的,还包括了所谓的"二西"之学,即"西域"(指印度通过西北地区传入的佛教传统)和"西洋"(指晚明以来——不是晚清以来——传入的欧洲文化)这两个古典传统。中西文学的交流史,在钱锺书看来并不是十九世纪才开始发生的,恰恰是鸦片战争以后因我们的落后挨打而激发的强国心志,影响了我们用功利的态度接受欧洲的传统。大家可以仔细读一下《谈艺录》的小序(这是写在 1946 年的短文),在中国战胜了外族侵略者的时刻,钱锺书忧虑的是我们的民族自信心恢复了,就不再认真对待外来文化传统。因此他才说"东海西海,心理攸同",人的感受情绪和天地自然之理一样,这是异质文化交流的基础;当然并不是说如此就不需要交流了,互通有无的是各自传统里的大作家真正独一无二的思想与言辞创新之处。像胡适的新诗观点学习美国意象派诗人的时髦理论,而意象派又源自庞德的启发,庞德的灵感又出于从日本传贩来的唐诗,这种对误解的误解在文化交流史上也是值得研究的有趣现象,但我们要反思这么兜兜转转了一圈有什么意义。说得尖刻些,就如王阳明的诗"抛却自家无尽藏,沿门持钵效贫儿"。但换个角度说,在对自家传统认识不够的时候,确实需要"他者的眼光"来帮助你认识自己家底里有什么当下的新价值。张隆溪先生总结钱锺书的学术精神是"会通中西",我理解就是中、西两个传统都先理解透彻了,再合起来考虑。

问:对于钱锺书读"林译小说"而对西洋文学发生兴趣并以此

为学业,陈衍同样表示了惋惜:他认为林纾翻译的目的,在于由此引导青年"进而学他的古文,怎么反而向往外国了"?

为什么当时包括钱锺书在内的一些青年,是从译者的古文中阅读西洋文学,对西洋文学内容本身的兴趣反而超越了古文?那个时候的翻译应该是相对简陋的,也不是那么准确的,到底是什么吸引了他们?

答:首先,我不同意你说的,"那个时候的翻译应该是相对简陋的,也不是那么准确的"。我本身也做一些翻译文学史的研究,也做一点翻译的批评,也翻译书。我不认为早期的翻译简陋。翻译文学史,当然至少要从上千年的佛经翻译说起,那些非常复杂,我讨论不了,在此不说了。就说西方文学从晚明点滴传入中国,里面就有各种值得探讨的话题。早期参与西文汉译的中国人,其实基本不会外语,但他们起到了很大的作用,这在于如何形成翻译的文本。五四以前的翻译大多是文言的,这需要在形成文本时有一个文学根底深厚的"笔述"者。林纾在清末民初的古文作家里地位比较高,被视为桐城派后期代表人物,他还曾在蔡元培、陈独秀、胡适时代之前的北大做过国文系的教授。因此,虽然"林译小说"的主角不会外语,但他"笔述"成的翻译小说文学价值很高,有时胜过原作文笔——翻译未必不如原作,有时可以胜过原作,这是钱锺书的一个妙论,我对此也非常同意。

至于早期翻译的准确性不高,这在很多时候好像都是成立的。郑振铎批评林纾,《堂吉诃德》原作那么一个大部头,他就给译成了薄薄的两册,丢失了很多内容。但实际上林纾译的并非原作,而是一个节略的英语改写本。要是这样来批评他准确性不高,是不对的。我过去专门读了很多冷门的林译小说,我发现如果严格讨论覆盖原作内容"准确性"的话，林纾有不少译作是近十年才有中译本超越他的。比如他译的乔叟《坎特伯雷故事》，也是通过一个节略英语本子译出的，但其中有些内容在方重这种乔叟专家的中译本里都被故意删掉了（涉及中世纪巫术）；还有他译的意大利文艺复兴时期的史诗《奥兰陀的疯狂》，也是一个故事梗概本，但我们看到其他中译本也是故事梗概本，直到2018年才出现了两个依据原作完成的全译本。这两个全译本，其实在我看来也都有"准确性"的问题。但如果简单地以为林纾翻译的作品的"准确性"问题特别严重，我们会获得一种盲目的信心。实际上，钱锺书在他《林纾的翻译》那篇文章里也说，他在六十年代翻出林译小说重读，发现读起来很有意思，值得读，但是又找到一些新近的外语专家译的同一部书，低级的错误少了，却毫无趣味，让人觉得不如读原作。——这是一个很有意思的话题。如果你只想要了解一部小说的主要情节，你根本不用读全书，网上搜一个内容简介就好了。如果你想要通过细节体会作家的才华，最理想的当然是读原文。读译作，我们收获的其实是译者的才华和原作者才华角逐后的一个结果。正如冯象先生说的，"翻译是母语的较量"。现在的翻译，虽然号称以"忠实于原作"为宗旨，很多译者才华不济，这就像我们上个问题里谈到的那样，你不能传达西方文学传统里的价值，原因在于你没有掌握中国文学传统里的财富。这是我研究中国现代文学会特别注意翻译文学的一个主要原因，我认为翻译文学应该放在中国文学史的内部进行研究。

综上所述，林纾翻译的才华，第一，他有些地方胜过了原作者的才华；第二，他的译作更多时候令人对原作产生美好的遐想。不仅钱锺书，鲁迅、周作人兄弟也是如此，他们在日本读书时，林译小说每出一部，就马上去买了来。后来他们俩还合作译了一部哈葛德小说——《红星佚史》。哈葛德小说就是林纾经营最多的翻译作品。此外，施蛰存、郭沫若、巴金、丁玲等现代作家也都说过早年受林译小说的影响而爱好西方文学。钱锺书说这就是翻译家最好的一种本事，他没有用自己的译作终结你对原作的好感，而使你愿意去为此再学外语读原作。我小时候读的第一部西方小说是杨绛译的《堂吉诃德》，使我不仅想将来能读原文的《堂吉诃德》，而且对小说里提到的其他欧洲小说如《奥兰陀的疯狂》《高卢的阿马狄斯》《白骑士》等都怀有非常大的兴趣。因此，杨绛的译笔也有这样的价值，你要知道这和钱锺书的翻译观念是分不开的。

还要再补充一点，陈衍是旧学深邃的大诗人，但他评价林纾翻译的话并不在行。林纾翻译西方小说的最佳状态，文笔虽然生龙活虎，却并不是地地道道的古文笔法，钱锺书指出那是自觉改造过的文言文。也就是说，林纾在翻译时用的文言是一种新文体，为何可以如此，这还需要我们深入研究和思考。清末西学影响下的中国文学，面貌上其实有很多变化。严复翻译的《天演论》，老派人物夸赞说有周秦诸子的气势，新派青年读了也能浮想联翩，假如真如陈衍老先生所说，从此退回到古文的世界里，那是荒唐透顶，结果只能失望。但是像五四新文化运动里的"王敬轩双簧信"事件那样，把林纾的翻译和古文都进行彻底否定，这不仅有失公道，而且错失了一个重要时机：钱锺书认为新旧文学是可以互相启发、共同进步的。假如你关注西方文艺复兴时期的文学，就会知道拉丁语文学并不像胡适在他文学革命理论里说的那样成了"死文学"，而是和新兴的俗语文学并存了几百年，互相启发、共同进步。黑格尔直到写《小逻辑》的时候,才宣布说现在的德语,表达哲学思想的能力超过了拉丁语。我们过早宣布了文言语体的死刑(虽然近百年来仍有一些文言旧体的创作存在),就像我们过早地认为林译小说没有价值一样。

问:论文里提到的二十世纪钱锺书、胡适、鲁迅这些大师,他们既有学术上的理论建树,又有通俗的文学作品,为广大读者所喜爱。但在今天,似乎学术与通俗文学之间有了壁垒。学术专注于学术,文学创作专注于文学创作,这种鲜明的分工有什么原因吗?

今天的我们总是感慨大师的年代渐行渐远,遗憾我们这个时代没有大师。这也是一种误解吗?其实不是没有大师,而是因为大师专业且有深度的研究,并不为一般读者所知,这是互联网时代文学研究和创作的一种辩证现象吗?互联网看似让人无所不知,也让更多的人参与到文学创作中来,扩大了传播的广度,但实际上,对专业的文学研究来说,它的专业门槛是否越来越高?

答:我论文里没有使用过"大师"这个称呼。我的意思是我至少没有把钱锺书当成"大师"(我不是"钱迷",也不搞"钱学"),而且一直都有学者出来说他也不算大师。钱锺书没有收过什么学生,在大学教书的时候都是上大课,登堂入室者少,他不被称作大师倒也不会得罪什么人。

我明白你的意思:钱锺书和鲁迅都有脍炙人口的小说传世。我记得前些年有排行榜,鲁迅稳坐第一名,《围城》也排在前五;此外还有金庸、张爱玲、老舍。但鲁迅小说的流行,很难说就是"通俗",这和我们的语文课本关系太大了。金庸小说的地位,则全靠

"通俗"。张爱玲和老舍,像我这样在大学讲过许多遍现代文学课的人就很清楚,这两位也占了至少大半个"俗"字。钱锺书受欢迎真的很奇妙,《围城》按说在语文教育系统内部并不重要,要说通俗的话好像也不合适。二十世纪里的大学者,一位是钱锺书,一位是陈寅恪,最为世人津津乐道,实际上老百姓并不太读他们的学术书。但《围城》真是受欢迎。我时常幻想在一种长时段里看文学史,比如五百年后的中国文学史课本会用多少篇幅写二十世纪的中国文学成就,那时候都有哪些作家会受到重视。从目前这个趋势看,我觉得《围城》是可以长久传世的。

没有亲身和大师同处一个时代,这倒不用伤心。宋朝人说,"天不生仲尼,万古如长夜",特别杰出的人物可以照亮一个时代或多个时代。要是仔细看看历史上的情况,平庸的时代很多,因此有人好奇"天才为何成群地来"。读书的好处是我们可以和任何时代的天才大师同声相应,同气相求。但如庄子说,要是万世之后,有个人能彻底了解他,也算是"旦暮遇之"了。

由此可见,"大师",是人人都可以去亲近他的,他身上一定有通俗的一面;但"大师"也是难以被深刻彻底地理解的,就像照亮万古的太阳,你不能当成手电筒一样放入自己的包里,他的光芒分给了不同的时代。——以上我是针对问题里的"大师"而言。钱锺书是不是"大师",我决定不了。

至于互联网时代的创作和阅读,我觉得是优越于以往任何时候的客观条件。但如何利用这些条件,以及去做什么,这要看具体情况。钱锺书大概是最早倡导古籍数字化的人,他在担任中国社会科学院副院长的时候,就组织人手建设《论语》和《全唐诗》的数据检索系统。他这样记忆过人、过目成诵,都想要升级技术手段,可见互联网时代是大有可为的。

问:在论文中,您介绍了钱锺书和鲁迅的一些不同观点。在今天,鲁迅被很多读者视为"深刻"的、权威的代表,凡事喜欢引用鲁迅的话;但是钱锺书却往往被读者认为是"抖机灵"的、"刻薄"的,常常被人谈起的便是《围城》和《猫》中对知识分子的讽刺。在今天的读者眼里,他与杨绛的爱情故事也远远超过他的学术建树。

这是对钱锺书的一种误读吗?您觉得鲁迅、钱锺书这些人为什么会被神化、被误读?如果请您向读者介绍钱锺书,您最希望读者眼里的钱锺书是什么样的?

答:这篇论文是我很多研究结论的一个综合,有些细节没有展开。其实我认为钱锺书和鲁迅、周作人乃至胡适,有很多思考是一脉相承的。他和鲁迅最接近的地方,可能在于对中国古典小说的兴趣和学习上,两人都有极强的讽世笔力。我几乎想不出在二十世纪里还有其他这个段位上的中国作家。鲁迅也想写关于知识分子题材的长篇小说,他写成的短篇如《肥皂》《高老夫子》,也是讽刺当时的知识分子的。鲁迅营造的氛围多有点阴郁色彩,但不是伤感的情绪。那篇写青年知识分子的《伤逝》,其实也有一种反时代潮流的东西,我们会觉得鲁迅并不接受五四的自由恋爱观:不是说这自由不好,而是看出其中缺少经济基础而产生的虚幻。带有这种基调的小说家,还有张爱玲和钱锺书,杨绛、吴组缃那里也有一点。海外汉学家称之为"反浪漫主义"风格。但各家又有不同。鲁迅那么写,和他自己的年龄、经历有关。他算是五四一代的父辈,看待同样的问题老成一些。这可能是他"深刻"的一个原因。当然你说很多人认为鲁迅"深刻"，主要还是我们的语文老师对课文里的中心思想挖掘太多所致。

钱锺书写小说是采纳了身边朋友的一些故事，借用书本上读来的无数妙语而创作出来的。他的讽刺，和鲁迅出发点不同。像许思园（褚慎明原型），杨绛曾说他们在巴黎结交这位朋友，见闻了他选择爱情对象的一些趣事。你们看钱锺书是"大师"，但他其实也是普普通通的人，汪荣祖先生的新书《槐聚心史》里就说钱锺书的精神世界里有些童年创伤的影子。我的理解，钱锺书的言行里带有一定程度的社交自闭症和行为倒错的表现，他对于谑笑恶作剧是乐此不疲的，他在小说里尤其是读书笔记里，注意人的各种排泄物。他看似清高而与学界、文坛都保持距离，他对于"我们仨"家庭世界的绝对依赖，你不觉得都像是一种退回到儿童时代的心理问题吗？

但是写《围城》的钱锺书并不满足于自己的开玩笑、挖苦人，陈列他觉得有趣的中西妙语或是排泄呕吐物。《围城》有若干层次上的主题，爱情婚姻的主题是大家都看得到的。和鲁迅深切地关注五四青年一代不同，钱锺书跳出了时代的限制。他认为你在这上面不管选择什么结果、什么对象，你都会后悔的，这其实不是他发现的什么深刻规律，苏格拉底说过，蒙田说过，我们的《红楼梦》也试图说过。这个"选择—后悔"的过程，也适用于人生的任何方面，这个道理也早被很多人说过，比如爱默生。这些其实都是套路，就看你怎么展开。钱锺书把小说设置在抗战时期，这就有了独特的时代背景。当时很多抗战文学都是正面写战争的，而《围城》从头到尾没有写到战争。但就像吴晓东老师论文里说的那样，战争修辞却贯穿在整部小说里，让你始终觉得战争无处不在。而小说人物在这样的时代环境里是什么表现呢？方鸿渐是一个非常善良但是懦弱的人。他有正义感，但逃避责任；足够聪明，总能想出应付的办法，结果陷入了困境：原因是他的做法是避难就易，走捷径，拒绝正面直视人生的所有问题。这几乎是我们所有人或多或少都存在的问题。这个人性的"围城"最深刻，让我们似乎可以感受到，方鸿渐的性格作为，难道不就是"围城"乃至整个时代的原因吗？

钱锺书早年受清末民初小说影响较大，这个传统和鲁迅所重视的《儒林外史》截然不同。《儒林外史》的讽刺是针对一般问题（科举）的，较容易引起读者共鸣。钱锺书的嘲谑，源于清末谴责小说的那种影射笔法，但他旨在透过他熟悉的现象来描述中国学术界最高端的那些人物，比如苏文纨，这可是留法研究中国现代诗歌的女博士，我都要仰视的。我今天要能去法国读个博士都开心死了，何况是在二十世纪的女性。又如褚慎明，能和哲学家罗素一起喝下午茶的人，这在今天起码也得是个"某江学者"吧？你钱锺书有这等资历吗？你不就去了牛津一趟，像方鸿渐一样连博士学位也没拿回来一个吗？但我们读小说，发现这些高端人物都有一些问题，他们连方鸿渐都不如。方鸿渐不过是懦弱，这些人物却虚伪、自私、空谈，且带有门户之见，借助某个文化符号的光环（留学、遗民）给自己撑腰。钱锺书没有再发展一步，对这些社会现象进行批判，他仍是跳出来居高临下地写，你可以说他人间关怀不够，也可以说这是悲天悯人的上帝视角。但我觉得小说就是小说，小说要是能解决人生问题，我们早不知道进步到什么地方去了。

钱锺书引过的一句古话，叫作"天下唯一种刻薄人善作文字",好像刻薄是敏于体物状人、擅长是非议论的原因。但这话不准确,文字的刻薄不代表本人的刻薄,就像写忠君爱国诗文的人也可能是汉奸一样。"文如其人"这个自古以来都有的偏见,钱锺书也是专门批评过的。我前面说他随口臧否人物是一种心理不成熟的表现,这种心志当不了经天纬地的大人物,但是在和平年月里做个读书人是没有问题的。如杨绛所说,钱锺书有忧世伤生的一面、好学深思的一面,但最可爱的还是痴气旺盛的一面。我不能保证钱锺书写的书在我关注的专业领域之外还有什么深刻宝贵的思想,但可以断定他足够丰富有趣,这对于处于人生围城里的你我他来说,已经算是够好的精神消遣了。

最后,我还是觉得无法向读者介绍钱锺书,因为我不是他。但我想每个读者都可以通过读书,生成自己心目中的钱锺书。

因拙文《钱锺书对二十世纪中国文学的反思》获首届"朱德发五四青年学术奖"论文提名奖事,于 2020 年 5 月 13 日接受《济南时报》采访

目　录

钱锺书读"娄卜"之一

——第欧根尼·拉尔修《名哲言行录》

　　读书淹博、才学盖世的钱锺书先生读西方古典,用的是娄卜古典丛书(Loeb Classical Library)的本子——这话说起来原没什么特别的意味。娄卜古典丛书是英美古典学术界的一个重要丛书,近百年已经出版了不少于六七百册(虽然从编号上看,目前只有 500 出头,但其中有一大部分是把旧版本淘汰掉的新编号),专收中古以前最重要的希腊、拉丁古典文献,以原文和英译对照的方式排印而成。说起来,娄卜主要贡献在于翻译,其校勘、注疏方面都非其重点,因而这一丛书往往不能算是专家研究所依据的权威文献。刘小枫先生"编修"的《凯若斯:古希腊语文教程》里,已经将英法德意各国主要的古典丛书情况给予了简要评价,其中对于娄卜丛书便说"业内人士多认为徒有虚名"。也有人谈到了《管锥编》引用英译文,而不是拉丁希腊原文,其语气之不屑,好比是看到了西方汉学家引中文古籍,用的不是中华书局、上海古籍出的书,而是来自地方小社的白话全译本一样。《听杨绛谈往事》

里,吴学昭女士"好心"毕录其所闻,遂出现了钱先生谓西洋古典书籍最好的本子即娄卜丛书这样的话,我相信这应该不是钱先生的原意。

西学部分的《管锥编》未能成书,终究是一大遗憾。若谓钱锺书读西洋古典而不深究文献版本,就有点儿"无理取闹"的意思。就算是没见识过 Les Belles Lettres 或 Bibliotheca Teubneriana,至少钱先生把娄卜丛书里能找来的西学古籍基本上都读遍了,这从《谈艺录》和《管锥编》里可以看出一些端倪,从已出版的《容安馆札记》里能有更深刻的体会。而《手稿集》才出版了不过廿分之一,剩下的有一半是西文笔记,据说其中涉及拉丁、希腊文献(见商务印书馆《钱锺书手稿集》的《出版说明》)。我们趁着现在还没见到钱先生读书笔记的全貌,忍不住先从《谈艺录》《管锥编》和《容安馆札记》三者入手,来对钱先生读西学古典的思想、志趣做一番考察,也算是对那部并未问世的《西学管锥编》进行一次幻想式的阅读和妄想式的评点吧。

《容安馆札记》第一百四十条,开篇对于第欧根尼·拉尔修(Diogenes Laertius)的这部《名哲言行录》(*Lives of Eminent Philosophers*,R. D. Hicks 译)做了整体的阅读判断,即认为是"掌故之书,辨章学术非所思存也":"其利病则 Hicks:'a Dryasdust, vain & credulous, of multifarious reading, amazing industry, & insatiable curiosity(I, xiv)'及 M. Zevort:'Rhéteur sans goût et sans style, epigrammatiste sans esprit, érudit sans profondeur'(R. Hope, *The Book of Diogenes Laertius*:its spirit & its method, p. 31 引)可以尽之"。【试译:(读者必谓此作者乃)一冬烘先生,自负且轻信,他读书杂

乱,勤学成痴,笃好秘闻】;【无鉴识与风格的辞术家,无立意主脑的隽语诗人,无深知的学者】。按,这可参看汪子嵩等著《希腊哲学史》第一卷第120页的介绍,然哲学史家唯见其文献资料的可靠性(可用性),此处所引的两段批评更着重于作者的才学与风格。《札记》复从尼采的书中摘引了一段转述他人(Patrizzi,当即Franciscus Patricius,16世纪意大利学者)的文字(拉丁文:ut haberet quo loco elegantia illa sua vel Epigrammata vel Epitaphia insereret),谓第欧根尼·拉尔修不过是咏吊先哲成篇,无处安置,撰写此书来保存自己的诗章。钱先生说,此"尤异闻也",但与其说是从秘籍中搜来的"异闻",不如说是后人无根据而出于主观判断的"异说"。

这条札记摘引并论述此书内容数十节,但是《谈艺录》引述《名哲言行录》仅有一处,即第31则之"补订一",言毕达哥拉斯以圆形及球体为美,却未见于《札记》。《管锥编》有7处《名哲言行录》引文未见于《札记》,还有一处,见于旧本未载的论《高唐赋》一节中(第欧根尼·拉尔修言"爱情乃闲人之忙事",见三联版第三册第31页),则可以合计为8处(其中第867页,谓斯多噶派论想象用比类之法,注出自VI.53,当是卷VII之误)。这8处的言语,与札记的范围略有交错,当极可能是钱先生一遍读书就记下来的。除去这些,《管锥编》只有3处《名哲言行录》的引文见于《札记》该条中。

第13页,言古哲人有鉴于词之害意也,或乃以言破言,即用文字消除文字之执,每下一语,辄反其语以破之。"古希腊怀疑派亦谓反言破正,还复自破,'譬如泻药,腹中物除,药亦泄尽'(like a purge which drives the substance out and then in its turn is itself eliminated)。"注云见于 IX 76，系记皮浪（Pyrrho）（生活于前 4 至前 3 世纪）之"言行录"。《札记》称此论"譬喻甚妙"，补白处引述了 19 世纪天主教的大思想家 Newman 对怀疑的定义。按，καθαρτικός 一语（C. D. Yonge 译本作 cathartic medicines），原指净化、涤罪，与亚里士多德《诗学》中的 Catharsis 一词同源。希波克拉底的《论古代药物》并不见此名，唯在他处用以指称清洗伤口，真正成为药学名词，当在罗马时期，现在最早的词例见于盖伦著作，此人之生平略早于第欧根尼·拉尔修。如此说来，"泻药"之喻显然不是皮浪的发明。另外，καθαρτικός 不见得就是泻药，在此译作"催吐剂"也许更合适。

第 43 页，论"圣人"无哀乐之情感，谓"古希腊哲人言有道之士，契合自然（Life in agreement with Nature），心如木石，无喜怒哀乐之情（Apathy）"，盖与何晏"圣人无喜怒哀乐"、王衍"圣人忘情"说无异。注出自 VII. 87, 117，系记芝诺之《言行录》。《言行录》在"Life in agreement with Nature"之后引述了大量附同此说的文献，并以芝诺为最早者，盖与魏晋时"圣人无情"为"当时之常谈"相类（参看《管锥编》第 1105 页）。《札记》中摘录芝诺此条时，钱先生下按语，谓赫拉克利特亦有此说，见于 H. Diels 的《前苏格拉底哲学残篇》，22B，当是误记，《管锥编》遂不复言此。Apathy 一语，来自原文之 ἀπαθής，即英译本"the wise man is passionless"的"passionless"一词。《札记》此处另引西方近代著作四种，俱不见用于《管锥编》中无哀乐论的部分。笔记中还插入一段钱先生的议论："盖以人出于天，于是人定之胜天，人为之逆天，莫不为天运。囫囵吞枣，烂糊煮面，而不知天之与人，自然之与当然，仍有别也。"（按，汲古阁《南宋群贤六十家小集》本的刘过《龙洲道人诗集》卷一《襄阳歌》："人定兮胜天，半壁久无胡日月"，"人定"谓人之谋定，可与《亢仓子》"人强胜天"、《史记》"人众胜天"的用法相对照，钱先生有意在其后加一"之"字断开，避免与一度时兴的"人定胜天"成语将"定"解释作"必定"相混，遂有"囫囵""烂糊"之叹。）虽然后面紧接着有关孔德（Auguste Comte，金克木晚年所谓"五四"真正的"德先生"之一代表）思想的评语，但我们可感觉到钱先生读书时心存着对现实问题的思考，并非只是学问上的清谈。

第1162页，言人即倮虫，引柏拉图语，"人者，两足而无羽毛之动物也（Plato had defined Man as an animal，biped and featherless）"。注出自 VI. 40。早年《一个偏见》就引述过这句"客观极了"的话，也提到《名哲言行录》里有人（即犬儒哲学家第欧根尼·拉尔修）拿着拔了毛的鸡去质问柏拉图的掌故。札记里钱先生立刻想到了汪曰桢《湖雅》里嘲笑近世文人作山海经图，和友人戏作蚊赞："虫身而长喙，鸟翼而豹脚"，"昼伏夜飞，鸣声如雷，是食人"。钱先生觉得"二事剧类"。【按，《湖雅》此条，周作人《夜读抄》"《蠕范》"一则（1933年）中抄录更完整，《管锥编》原本讨论的是人性与兽性的相通，便不再从修辞的"剧类"角度加以引述了。】有人谓钱先生博引而不知节制，又言不能如百科全书一样征引至无遗珠之憾，这些看法都是想当然的议论。

钱先生的这条札记描摹出了几个希腊文字，将ἀρετή（德行、善）误写成 αρητή，而 παιδείαν 被独立列出时也没有还原成 παιδεία。有时英文译得晦暗不明，钱先生便有所针对地加以发覆。如卷 VI. 46,第欧根尼·拉尔修在市场中的"behaving inde-cently",原文使用 Χειρουργῶν 一词,即"手淫"之谓。钱先生引 Mirabeau 的著作,谓 Santa-Crux 侯爵之《兵法》L'Art de la guerre 篇首即云:大将军之基本素养,先要知如何摆弄其根茎,唯如此方能节省一切的闲情废话(que la qualite indispensable à un grand général, c'est de savoir se br. le v. , parceque cela épargne tous les caquetages,按 br. le v. ,即"branler le vit"之省);复引 Hans Licht 之《古代性爱风俗资料集》Beiträge zur Antiken Erotik,谓哲学家 Chrysippus 及 Peregrinus Proteus 亦如是。再如读至卷 IX. 5 处,赫拉克利特为无师自通之学人,自称"inquired of himself",钱先生一下子把整部书连缀起来:"按希腊哲人最重师弟渊源,今所谓派(School),希腊谓之传授(Succession)(vol. I, viii),故无所师承者,谓之突起(Sporadie)(VIII. 91;vol. II, 407)",并与《瑜伽师地论》卷二十七"证教授""教教授"相发明。所谓突起者,除赫拉克利特之外,尚只有 Xenophanes 一人(《言行录》中说有人认为他无师自通,但也有人认为他是有老师的)。σποράδην 一词,便是"零落""少数"的意思,译作"突起",想必是受英语 sporadic 一词的干扰。今汉译本(马永翔等译,吉林人民出版社,2003 年)翻作"零星派","零星"是对的,添一"派"字又失去了无渊源的哲学家独处而悟的特点。

　　钱先生对于西方古典文献谈艺之言辞深有会心,故而有时提及近世西书未能充分利用古籍而感到惋惜,此则读书笔记中批评到的由 Gilbert 与 Kuhn 合著的 A History of Esthetics 一书,对于 Werner Jaeger 的巨著"Paideia"也会发表些异议【参看《札记》百十一条】。在提及卷 V. 19 一处概述希腊哲人对美貌(good looks)褒贬不一的定义时,引 Theophrastus 和 Theocritus 之说,一斥美貌为 a mute deception,一责美貌为 an evil in an ivory setting,钱先生就认为,"希腊后来不复以 τò καλόν 为 αρητή,歧美与善而二之,非复如 Werner Jaeger 所言矣(*Paideia*,E. T. by Gilbert H. Height,vol. I,pp. 416, 420)"。最末一条,至卷 X. 6 引伊壁鸠鲁致爱徒 Pythocles 书曰:"Hoist all sail, my dear boy, and steer clear of all culture(παιδείαν)"【扬帆吧,吾子,绕开父辈的教化】,钱先生下按语说:"不料披猖至此。"随即联想起犬儒哲人第欧根尼·拉尔修,以其"糠秕一切"的态度,反倒谓教化乃"a controlling grace to the young, consolation to the old, wealth to the poor, and ornament to the rich"(VI. 68),"未尝绝圣弃智也,斯又 Jaeger,*Paideia* 所未道矣"。

《上海书评》,2009 年 12 月 20 日

钱锺书读"娄卜"之二

——奥略·葛琉斯《阿提卡之夜》

    钱先生读西书,好读其中的札记体著作。比如老普林尼《博物志》、阿忒纳奥斯(Athenaeus)《哲人燕谈录》(*Deipnosophistae*)、亚历山大里亚的克莱芒《杂缀集》(*Stromata*),都是常被他称引的书。《容安馆札记》第八十一则,抄录了钱先生读"娄卜"本《阿提卡之夜》(Noctes Atticae,英译者是 John C. Rolfe)一书的收获。此书是一部重要的学术札记,以拉丁文写成,主要涉及哲学、语文学(包括希腊文和拉丁文的文学及批评、语法、句法、修辞、辞书学、词源学、诗歌韵体、文本考据等方面)、社会生活习俗、法律典制等内容,历来被认为是兼具学问和趣味的名著。作者为奥略·葛琉斯(Aulus Gellius),其人生平与乡籍不详,只能从他自己的著作里得知大概是公元 2 世纪人,Gellia 这个族名说明他有意大利中部地区古族落的血统。"阿提卡之夜"这个题名十分风雅,盖作者当时居于雅典郊区,阿提卡乡野冬夜漫长,遂读抄群书以为自遣。他所读的书籍可能有不少来自希腊、意大利各地著名的图书馆,或者是几位学问渊博的友人（这包括了雅典古风建筑最大的赞助人 Herodes Atticus），大量的文钞因来源书籍的纷纷亡佚而显得格外珍贵，有些书在当时已罕见，全赖葛琉斯之笔才能有吉光片羽传世千载。

钱先生在这则《札记》的开篇评价说，《阿提卡之夜》一书"即《日知录》《蛾术编》之体，序中所举诸书（p. xxviii），皆吾国札记劄记之类"。按"序中所指诸书"，即葛琉斯原作之"Praefatio"中所列的三十部书名，从命意上看，多类似我国笔记体著作题名里常见的用法，如"丛"（Λειμῶν）、"林"（Silvae）、"苑"（Pratum）、"杂组"、"杂缀"（Στρωματεῖς）、"拾遗"（Lectiones）、"偶识"（Πάρεργον）等，可 Κηρίον（《蜂窠集》）肯定不是《蜂衙小记》这样的农书，倒跟王鸣盛的《蛾术编》是一对，正如《阿提卡之夜》可对照于《寒夜录》或《消暑录》《销夏录》一类的题目。

葛琉斯引述过这三十部札记中近一半的书籍，他尤其推崇法沃里努斯（Favorinus，此人也是《名哲言行录》主要的文献依据）的著作，时至拜占庭时代，渊博的佛提乌斯（Photius）依然称颂法沃里努斯的著作乃是"学问之册府"。《容安馆札记》此条中摘录了法沃里努斯的两段话：（1）这位传说为天生"雌雄同体"的哲学家提出，娶妻当选择品貌中庸之妇人，"最宜室家，谓之中姿（forma modica），亦谓之夫人貌（forma uxoria）"（Bk. V. xi），钱先生以为，这合乎"万事折中，无过不及"的希腊古训。"推之求欢选色，此物此旨，Favorinus一席谈是其证也"，随后列举希腊拉丁诗人所言女子宜肥瘦适中、女于男宜不迎不拒之间、男于女宜不卑不亢云云。虽然仍是谈折中之理，其实却与前引所谓"中姿"之意相去稍远。（2）又云"Turpius esse exigue frigide laudari quam insectanter et graviter vituperari"（XIX,

Ⅲ），意即"无力之赞美较乎猛烈之责难更令人羞耻"。钱先生说，蒲柏"Damn with faint praise"一语盖出于此，这个意见在英语成语辞书中已成定说，大约不是他自己的发明。《管锥编》第408页："古希腊文家（Favorinus）曰：'目所能辨之色，多于语言文字所能道。'"这一条未见于《容安馆札记》，注出自"Ⅱ.Ⅲ，op. cit.，Ⅱ，210"。误，当作Ⅱ xxvi，3，见于Ⅰ，210。当然，称法沃里努斯为"古希腊文家"略有不妥，因此人实有高卢血统。

《管锥编》引《阿提卡之夜》凡7处，有4处见于《容安馆札记》，其中第28页及1163页重复引ⅩⅨ．Ⅱ一节，前详而后略，即言"古罗马哲人言，人具五欲，尤耽食色，不廉不节，最与驴若豕相同；分别取驴象色欲，取豕象食欲"，这段所谓"古罗马哲人"大概是指葛琉斯本人，但葛琉斯这里征述的是希腊人的意见，并且摘录了亚里士多德《疑义集》一节文字加以论证。又，第429至430页，"古希腊哲人（Democritus）自抉其眼，以为视物之明适为见理之障，唯盲于目庶得不盲于心"。注出自Ⅹ. xvii。《札记》中引申至以"断阴"求"断欲"，终归于"断阴不如断心"。又，第909至910页，"古希腊哲人辩视觉，斯多噶派主眼放光往物所，伊壁鸠鲁派则主物送象来眼中"，则出自Ⅴ. xvi，用以说明身心感受，非我遭物遇物，而是物"来"动我挑我，参看《谈艺录》第203页以下、第534页。钱先生用的资料也大都见于此条札记中。

可知钱先生读《阿提卡之夜》多重视其中的闲言之警语（satire）、世说之清谈（chreia）。如上文提及《管锥编》二度称引的"取驴象色欲"，钱先生在札记中便注意到与葛琉斯大体同时代的阿普勒乌斯（Apuleius）的《金驴记》中情节，其实还有一位同时代作家琉善（Lucian），他有一篇《驴变记》也是相同题材，可惜钱先生没有谈,娄卜本的《琉善作品集》第 8 册才收入此篇,《容安馆札记》只读到第 5 册。

西人近年研究认为,葛琉斯与阿普勒乌斯虽未必相识,却都是嬉笑嘲谑背后隐藏着苏格拉底的忧世传统(钱先生慧眼独具,在《札记》中拈出普鲁塔克所阐发的 polypragmosyne 一词,字面意思是"多管闲事",实即杨绛所谓的"痴气旺盛""好学深思""忧世伤生")。王焕生先生在《古罗马文学史》中说:葛琉斯"在著作中从不触及当代的政治事件,不涉及罗马生活中的社会政治问题,也从没有表露自己的政治爱好和倾向……书中的思想倾向是统一的、一贯的,这就是推崇古代"。然而读 2009 年 Brill 出版社的新书,Wytse Keulen 所著《讽刺文学家葛琉斯:〈阿提卡之夜〉中的罗马文化权威》(*Gellius the Satirist*: *Roman Cultural Authority in Attic Nights*, 2009),里面就谈到了作为教育家的葛琉斯(第一章),葛琉斯苏格拉底式的讽刺风格(第三章),其著作谈论语文学时话语中的讽刺笔法(第五章),等等。可以说,葛琉斯的著作属于典型的政治讽刺文学(见第十一章最后一节),实具有《谈艺录》序所说的"忧患之书"的意思。

忧患什么呢? 哈德良皇帝及其所开启的安敦尼努王朝诸帝,全都嘉赏希腊的文化与学术,但罗马贵族们令希腊人以奴隶身份来教育其子女,知识阶层其实并无地位可言。检阅学术史,此时期高水平的学术成就出现在埃及,"大希腊"地区多的是只会摹拟古典文辞的史学庸才,痴迷于抄录生僻词汇来冒充学问的"语法家"(这也可指教书先生),还有誓死捍卫古文辞的"阿提卡风"修辞学家、口若悬河的伪哲学家。混合着自东方行省吹来的奢侈纵欲风气,到处是一片虚假的繁荣盛世景象。学术札记考镜源流、辨伪存真,也时而动用妙笔,摹拟柏拉图式的对话录,教虚假的学问露出马脚,这不也是很有现实意义的吗?

钱锺书对于今日西方学术界的新说,其实已略有体认。他摘录了两处葛琉斯对当时教育现象的讽刺:一处见于 I, ix, "当时后生小子,从师学道而狂妄无知,于函文发号施令,一若示周行而授机宜者",抄录的一段拉丁文,大意是"他们对于哲学如何教都要指手画脚。有的说:'先教我这个。'有的则说:'我想先学这个,不想学那个。'"另一处见于 VII, x, "述当日哲学家卑己屈躬,登门往教,如恐不及,而弟子宿酒未醒,为师者枯坐以待……道尽教师苦趣"。这令我们想起《围城》里描写大学生们的话:"他们的美德是公道,不是慈悲。他们不肯原谅,也许因为他们自己不需要人原谅,不知道也需要人原谅……"在今天读来依然真切可感,甚至更加触目惊心。

葛琉斯在序言中说道:对于那些从未在清醒的夜晚里花时间读书的人,他们总是被尘俗的骚动和喧哗所吸引,他的"阿提卡之夜"是那些人要极力逃避的,正如古语所言,"噪鸦不解弦琴,秽豕远离芳草"(Nil cum fidibus graculost, nihil cum amaracino sui)。这句话被传诵得非常广,钱先生喜爱的罗伯特·蒲顿(Robert Burton)就曾在《解愁论》(*Anatomy of Melancholy*)开篇致辞中用过后半句的典故。蒲顿一生读书无数,在著作中自号小德谟克利忒(因德谟克利忒在伪希波克拉底小说中被描述为大笑而疯),他讥嘲世人甘愿作为曳尾于粪土的猪仔,沉湎在愚人的恣意欢乐中,"我却要造一个我自己的乌托邦,一个新的亚特兰蒂斯,一个我自己的诗学共和国"。

《上海书评》,2010 年 3 月 8 日

钱锺书读"娄卜"之三
——《鲁辛著作集》

　　20 世纪中国译介西方古典文学最有影响的两位,当数罗念生和周作人。这两位在几个选题上都有交集,比如伊索寓言,比如欧里庇得斯的悲剧。而重复最多的,则是 2 世纪生活于罗马帝国白银时代以希腊文写作的一位叙利亚讽刺作家,名叫 Lucianus Samosatensis(约 125—180),周作人自 20 世纪 20 年代即着手译其短篇,身后出版两册《路吉阿诺斯对话集》(先出的《卢奇安对话集》问题较多)。罗念生也曾在 70 年代末与几个学生合译了一部《琉善哲学文选》。译名"琉善",是周、罗两人于翻译古希腊人名体例上的分歧所在,罗氏用的是英译名(Lucian),而"路吉阿诺斯"是周作人从古希腊文发音译出,是名从主人的意思。在 1924 年商务印书馆出版的《标准汉译外国人名地名表》中,拟定的汉译"标准"译名是"琉细安",在 20 世纪 30 年代商务印书馆出版的很多学术译著中都用此名。1951 年,周作人在《翻译通报》第二卷第二期发表《名从主人的音译》一文,就以此为例,议论说,"Lu-

cian,表作琉细安,这也是够奇怪的",这个意见完全不被重视。过去数十年被接受的"琉善",服从的是1956年出版的《马克思恩格斯全集》中译本第一卷里的定称,1960年代中华书局《辞海》试行本也采用了此名。

而在钱锺书的阅读世界里,他自己另外造了个译名,《管锥编》把"Lucian"译作"鲁辛",共引其著作六次,此文名从主便,也姑且使用"鲁辛"这个译名。钱锺书残稿有一篇《欧洲文学里的中国》(载《中国学术》第13辑),其中说本文所引的希腊作者,"除掉鲁辛之外,都不能算是大家",则鲁辛于钱心目中也是一位大家了。但这篇文章没有写完,鲁辛记述中国的材料没有抄录进来,我们查一下戈岱司的《希腊拉丁作家远东古文献辑录》,便知鲁辛提及"赛里斯(Seres)"两处,一处较短,见于罗念生译的《摆渡》(周作人译《过渡》);《欧洲文学里的中国》又说"后来西洋人所赞美的中国人不酗酒的美德,古代的鲁辛早已暗示了",未注出处,当指其人记录传闻,谓能活三百岁的中国人秘诀在于只喝水,这见于《论长生者》(Macrobii)一篇。

《容安馆札记》第233则,是读娄卜古典丛书本鲁辛著作集的笔札,止于第5册。《管锥编》所引也是限于前5册。查娄卜丛书此集共8册,后3册的初版时间分别在1959、1961和1967年,可能钱锺书没有办法读到。周作人写于1964年的《愉快的工作》说,图书馆中只寻得到前6册。而他能够翻译第7册的诸神对话、死人对话和娼妓对话,得益于柳存仁后来寄书给他。罗念生等人译的《琉善哲学文选》也以第7册的内容为重点,与周作人一样,篇目里没有第6册、第8册的内容。

我总猜疑钱锺书早年的阅读经验里存在着知堂先生的影响,

虽然说可能随后即自信超越之,故反而一再对周作人的爱好与观点甚至文风进行批评。如他读《陶庵梦忆》的笔记开篇所说,"儿时爱读此书,后因周作人林语堂辈推崇太过,遂置不复道";他引汪曰祯《湖雅》的"蚊赞"一文,实也早见于周作人的《夜读抄·蠖范》(1933 年),因引述之语境特别相似,难说不是受过启发的。钱锺书笔记中读《心史丛刻》一集"金圣叹考",旁注曰:"周作人《苦竹杂记·读金圣叹》一文偶有可补心史处,如引周雪客覆刻本《才子必读书》有徐而庵序。"读《鲁辛集》第一篇就是周作人 1924年即已介绍过的《苍蝇颂》(*Muscae Encomium*,晚年知堂译此篇,改题为《苍蝇赞》),周作人在《苍蝇颂》一文中称许苍蝇的生命力,其"固执与大胆,引起好些人的赞叹":

> 希腊路吉亚诺思(Lukianos)的《苍蝇颂》中说:"苍蝇在被切去了头之后,也能生活好些时光。"

实际上,周文全篇几乎就是鲁辛原作的译述,故而钱锺书定要另觅可叹赏之处,于是他单单抄出一节未被知堂所重视的内容,罗列可参对之文献,加以议论:

"But in the dark as I have said, she does nothing: she has no desire for stealthy actions and no thought of disgraceful deeds which would discredit her if they were done by daylight." (p. 91). 按 Table Talk of Martin Luther, DCCCCIV: "I am a great enemy to flies: Quia sunt imagines diaboli et haereticorum. They soil what is pure." ("Bohns' Library", p. 367). Merlin

Cocajo 撰 Moscheide 诗(详见 Francesco de Sanctis, *Storia della Letteratura Italiana*, tr. by Joan Redfern, pp. 533 ff.；Luigi Russo, ed. *Gli Scrittori d' Italia*, I, p. 396)。《尔雅》有丑扇之诮,《诗经》来诟人之刺。Lucian 意在翻案,却无胜义,唯此一事,颇为得间。丁传靖《闇公诗存》卷三《蝇》云,"乌衣绛帻气昂藏,尽说趋炎积毁伤。试问仲翔宾散后,有谁门馆吊凄凉";"风动帘开去便回,座中麈尾莫相猜。眼前多少懦懦辈,几个曾钻故纸来";"营营尘海总劳薪,偏尔逢场动取嗔。一事犹堪见风骨,从来暮夜不干人"。末句心思正同。

马丁·路德的那句拉丁文,意思是将苍蝇视为异端和魔鬼的化身。Merlin Cocajo 是文艺复兴时期意大利大诗人、《波尔多斯纪》(*Baldo*,有 I Tatti 文艺复兴丛书本)的作者特奥费洛·佛朗哥(Teofilo Folengo,1491—1544)的笔名,他专写混合意大利方言和拉丁文的诗(Macaronic 体),Moscheide 可译作《蝇志》(mosca 即苍蝇之谓),盖以骑士文学的叙事诗形式写虫族之战争,以虱、蚁、蜘蛛战胜蝇族告终。钱锺书说,鲁辛之作"意在翻案",可翻的是什么案呢?《苍蝇颂》中所引的古人旧说,是荷马史诗将勇士的无畏比作苍蝇,以及传说恋爱美少年恩底弥翁(Endymion)的女子(Myia,希腊文中即指苍蝇)化成苍蝇后仍喜叮咉人的故事,都不足构成此节颂苍蝇明人不做暗事的对立面。则所翻之案,乃是中国的古典(《尔雅》《诗经》)和西方后世的新说(马丁·路德、佛朗哥)。关于后者,钱锺书补记了几则,包括叔本华的痛斥(以蝇为无耻傲慢的化身,其他动物于人前皆知惭羞遁避,唯蝇驱之不去,复落于人之鼻尖)、李义山的《杂纂》("扇不去苍蝇,遣不动旧亲情"),还有 Thomas Dekker 和布封的观点。补记又言:"《庄子·胠箧篇》论盗亦有道,即此翻案法。"考"翻案"一体之得名,似出于李渔,西人古时有 Palinode 之称,早见于古希腊诗人 Stesichorus,都是指对旧词陈见的翻覆而言,绝不会未有《离骚》而先有《反离骚》,未读《西厢》而别作《翻西厢》的,钱锺书如此用法只可视作对于鲁辛见解独创、别于一般论调的称许而已。

钱锺书所读鲁辛的名篇 A True Story,译题作《实录》,见《管锥编》"《太平广记》卷四五九《舒州人》",引其中"吾嗫嚅勿敢出诸口,恐君辈不信,斥我打谎语也"(I am reluctant to tell for fear that you may think me lying on account of the incredulity of the story)一语,以印证"记事而复言理所必无,即欲示事之真也;自疑其理,正所以坚人之信其事"的"文家狡狯"之法。札记列举此篇类似之语颇多,可知《管锥编》此篇"每曰"所由来。札记言《实录》一篇:

> 此千古"Lügendichtungen"之嚆矢(参观 William Rose, *Men*, *Myth*, *&. Movements in German Literature*, pp. 118 ff.)。其于 *Travels of Baron Munchausen* 如积水之于层冰,与 *Gulliver's Travels* 却非一家眷属。W. A. Eddy, *Critical Study of Gulliver's Travels*, pp. 158 ff.,考论 Swift 渊源,Lucian 处未为确切,如谓 Laputa 之出于 *Endymion's Island* 殊近附会。窃谓后人沾丐 Lucian,在其远游之大意,不在志怪之细节。

Lügendichtungen 意思是"荒诞无稽的故事"。此节引文之后,钱锺书列出了鲁辛欲语奇闻先言读者必不肯信的几处例句,认为这就是斯威夫特在《格列佛游记》开篇"致读者"所仿效的对象。

W. A. Eddy 的那本书本题作 *Gulliver's Travels, a critical study*，其中将鲁辛此篇关于恩底弥翁之岛的描述与格列佛的飞岛（Laputa）游记的相似段落加以比照，以为是径直之仿作。周作人晚年回忆说，在日本留学时读到路吉阿诺斯的选集《月界旅行》（Trips to the Moon，1887，Cassell's National Library 之一种，周作人记作 William Tooke 的旧译，其实是 Thomas Francklin 的译本），便发现斯威夫特受他影响，在 1951 年发表于《翻译通报》的《翻译计划的一项目》中，也说《信史》在后世的影响很大，《格列佛游记》"是最有名的例子"。钱锺书则不以为然，认为细节上不必如此牵强附会。札记下文又论鲁辛之想象力：

> 全书所见，以舟入鲸腹最见幻想（pp. 287 ff.），*Il Pentamerone*，v. 8（tr. B. Croce，p. 519），Nennella 为大鱼所吞，见中有园林宫室。C. Collodi, *Le Anventure di Pinocchio*, cap. 34, 35（Saluni Editore, pp. 185 ff.），Geppetho 居鱼腹二年，子亦被吞，与父会。吾国《后西游记》第三十四回，唐半偈、猪一戒、沙弥误入蜃妖腹中五脏神庙。黄公度《人境庐诗草》卷五《春夜招乡人饮》："又言太平洋，地当西南缺。下有海王宫，蛟螭恣出没。漫空白雨跳，往往鱼吐沫。曾有千斛舟，随波入长舌。天地黑如磬，腥风吹雨血。转肠入轮回，遗矢幸出穴。始知出鱼腹，人人庆复活。"记载其事。Fielding 酷嗜 Lucian，其 *Jonathan Wild*, BK IV, ch. 9 中 Mrs. Heartfree 述航海奇遇，即学 Lucian……

故而反倒是菲尔丁情节描摹上以鲁辛为蓝本了。我读到这里,对于钱锺书的判断非常佩服。因为最近我留意到有一本题为《鲁辛及其在欧洲的影响》(Christopher Robinson, *Lucian and his Influence in Europe*, 1979)的书,里面专门有个章节即作《伊拉斯谟与菲尔丁》,伊拉斯谟在欧洲尤其是英国传播鲁辛著作的功劳是众所周知的了,菲尔丁能与其比肩而论,足见这分量有多大了。这部书甚至还把影响或有似无的莎士比亚都摆了进来,对于斯威夫特反倒不置一词。

札记继而又回到《实录》此篇之大意上来。分明是滑稽怪诞的故事,缘何名作"实录",因为作者有意嘲讽那些古代的文豪、哲人与历史学家,比如荷马与柏拉图,泰西俄斯(Ctesias of Cnidos)与希罗多德,他们的著作中都有怪诞不经的记述,在鲁辛笔下,"我"亲睹这些学者在冥界因说谎而受着最严酷的刑罚。"但是我的谎话比他们可靠些,因为我至少说了一句真话,即我承认自己在说谎了"(But my lying is far more honest than theirs, for though I tell the truth in nothing else, I shall at least be truthful in saying that I am a liar)。钱锺书说:"即本 Chrysipus 之'The Liar'悖论('If a person says, "I am lying", does he lie or tell the truth?')",于此颇为得意:"不知有谁人拈出否?"补记又云:

> Goebbels 尝云"In der Größ der Lüge liegt immer ein gewisser Faktor des Geglaubtwerdens"(A. Koestler, *The Yogi &. the Commissar*, p.45),殊有至理,故若 Lucian 之言,唐大而不能使人信,未足为打谎语也。

这里所谓戈培尔说的"大谎之中常有些许可信的成分"一语,

其实出自希特勒《我的奋斗》第一卷第十章,有些英译本或据英译本转出的汉译本多无此节。James Murphy 译本里,这句作"in the big lie there is always a certain force of credibility",按"big lie"或"Große Lüge",即本于希特勒此书,后得戈培尔发扬之。意谓小民日常生活中会扯些小谎,却料不到有人敢于厚颜无耻地摆出弥天大谎。钱锺书说,相比之下,鲁辛之言空大不实,无人肯信,毕竟说谎的技巧不够。最近披露的钱锺书致李国强信中说:"尊函中于做官说诳所树立之二不主义,同辈中殆无第二人;两事如鸡生蛋、蛋生鸡,盖做官必说诳,而说诳亦导致做官。常语称客观不实,主管不诚,空谈夸语曰;'打官话',即'官'之'话'不作准、不可信,足证说诳乃做官之职业罪过也。"似可作为参证的材料。

　　钱锺书读鲁辛著作集的第三册,札记抄录了其中两篇的内容,都是描写篾片清客的言语。我发现钱锺书读书,对于世态中"以市道交"之人多有所留意,凡有于此辈描摹惟妙惟肖者,均予以抄录。他说鲁辛的《论寄食豪贵者》(On Salaried Posts in Great Houses)"描写尽门客依人之苦况",后世《小癞子》《吉尔·布拉斯》(这两部小说都有杨绛译本)写小人物诡媚趋附之貌,皆本于此。钱锺书又评价《寄生之技艺》(The Parasite)一篇:"虽创'Parasite'(Technê Parasitikê)之名,而以 Simon 为'craftsman in［the art］',却无发明,未能如《品花宝鉴》第十八回论篾片之精微透彻也。"此下他引述小说以及《归田琐记》各自不同的清客十字令,以及缪艮《途说》的"把势十全诀",看起来似乎鲁辛于此道不胜笔力,远不及中国文人精通。我们在此可对读《容安馆札记》第二百一十则的一节,钱锺书摘录 Athenaeus《哲人燕谈录》第六卷所写的"帮闲食客谀媚无耻之状":君上病目,清客以布蔽一眼;会食时君上误尝苦物,清客亦攒眉作欲吐状(参观 Juvenal 讽刺诗:igniculum brumae si tempore poscas, accipit endromidem; si dixeris 'aestuo,' sudat.【冬日方命生火,他便披袍;你才言"热",他即汗出】)。又有食客见君上于稠人中笑语,亦捧腹而笑,主怪问其故,答曰:"我信主公所言必值一粲。"(I put my trust in you, that whatever was said was laughable,札记又引 Juvenal 诗,Rides, maiore cachinno concutitur.【君方启颜,渠即露齿】。并清都散客《笑赞》:"一聋者曰:你们所笑,定然不差。")可见,西方古典文学对食客形象的讽刺实也并不逊色。

我们对于 Lukianos 或 Lucian 这位特殊的古典作家,总记得的,是周作人或罗念生的译介之功,周作人一生最大的心愿就是翻译《路吉阿诺斯对话集》,欣赏的是其人"坚硬而漂亮的智慧""有时候真带着些野蛮的快乐",这个思路带动了民国时期施蛰存、戴望舒、沈宝基、伍光建等人的相关翻译活动。郑振铎在《世界文库发刊缘起》(1935)中,声称"对于希腊罗马的古典著作,尤将特别的加以重视",最后提到的两个人,即 Lucian 和 Plutarch(未附译名)。而罗念生翻译《琉善哲学文选》,则表彰其"抨击一切唯心主义哲学派别,高举唯物主义哲学的旗帜",这是僵化思想指导的欧洲哲学史先已确定了的判词。周、罗这两位译者的动机都太强烈了,对于我们认识原作者多少都是一种妨害。相比之下,钱锺书的读书札记,随处漫谈,反倒使其文笔与思想显得更为生动和深切了。

《上海书评》,2013 年 6 月 23 日

钱锺书读过的晚清海外游记

钱锺书对晚清中国人的海外旅行游记很有兴趣。他在 1948 年写关于朗费罗《人生颂》之早期汉译的英语论文时，就已使用了李凤苞《使德日记》、志刚《初使泰西记》等材料，最后一个注释中引用的就是《小方壶斋舆地丛钞》（译作 *Geographical Miscellanies*）里作者缺名的《舟行纪略》一书。

《小方壶斋舆地丛钞》（下文简称《丛钞》）是光绪年间王锡祺所编订的清人域内、边疆及海外地理著作丛书，分初编、补编、再补编，每编 12 帙（2005 年辽海出版社影印出版了大连图书馆藏未刊的稿本《三补编》），前三编收入文献共 1400 余种。王锡祺辑录此书，自然功劳很大，但他不注明文献出处，后人考证起来甚难（1930 年代初顾颉刚即请吴丰培作子目提要，未果），更大的问题是他喜欢删略那些与"舆地"无关的部分。因此如可找到其辑录的来源文献时，一般便尽量不直接征引此书。《使德日记》《初使泰西记》便有《丛钞》本，也许正由于以上问题，钱锺书没有标注系出自《丛钞》。《使德日记》有光绪年间元和江氏湖南使院"灵鹣阁丛书"本,《初使泰西记》有光绪三年北京避热窝刻本(《管锥编》改用光绪十四年本的《初使泰西纪要》),都不必用连作者名字都可能弄错的小方壶斋本(志刚书的作者居然被误署为出版者"避热主人"的爱子宜垕)。三十五年后,钱锺书将那篇英文论文改写成中文,即《汉译第一首英语诗〈人生颂〉及有关二三事》(下文简称《二三事》),补入一些《丛钞》里的文献。钱先生没有引刘锡鸿的《英轺私记》(与李凤苞书同刊于"灵鹣阁丛书","丛书集成初编"也在同一册),而是改用《丛钞》本的《英轺日记》。

《钱锺书手稿集·中文笔记》第14册用了120页篇幅摘录这套大部头的《丛钞》。从选抄的内容上看,除边疆风俗记载和名家记游文字之外,钱锺书特别关心那一批海外游记著作。《二三事》一文的注释中曾列举清人写西洋景"轻松打油"的竹枝词,其中说《丛钞》再补编第十一帙第十册的张祖翼《伦敦风土记》其实是抽印了《观自得斋丛书》本《伦敦竹枝词》的自注。《中文笔记》除第四册诸篇摘录外,第一册的"残页"部分有一则开首记述道:

> 阅《清代野记》毕。童时在先祖父榻畔得此书,窃阅之,以为作者梁溪坐观老人必邑人。后,乃知是桐城张祖翼(逖先),久居吾郡。《观自得斋丛书》中有《伦敦竹枝词》(以下简称《竹枝词》)。编者注。百首,极嬉笑怒骂之致。署名"局中门外汉"。余在清华一年级偶见而好之,以告朱自清、叶公超等,然不识作者为何人。及阅《小方壶斋舆地丛钞》第十一帙中所收张祖翼《伦敦风土记》,则节取《竹枝词》之自注。始识词即出张手。张盖刘瑞芬之随员,与邹代钧同

赴英者。邹之《西征纪程》可考也。王韬《瓮牖馀谈》卷三，"星使往英"条有云，道光壬寅年间，有浙人吴樵珊从美魏茶往居年余而返，作有《竹枝词》数十首，描摹颇肖云云。又远在张前。余求之有年，尚未获寓目也。《竹枝词》论西事多贬少褒，《野记》则开通多矣，故卷中《戊戌变政小记》遍录当时谕旨，尊重康梁，深以变法未成为憾，可见出洋归来，遂成维新党。

钱锺书在清华外文系读一年级，是在 1929—1930 年。时叶公超为外文系教授，朱自清为中文系教授。朱自清有一篇同题之文章，发表于 1933 年 4 月 16 日《论语》第 15 期，其中说：

> "春节"时逛厂甸，在书摊上买到《竹枝词》一小本。署"局中门外汉戏草"，"观自得斋"刻。惭愧自己太陋，简直没遇见过这两个名字，只好待考。

又说对于这本书的背景与年代也只是"待考"。再查《朱自清全集》"日记"，1933 年 2 月 1 日记下午于厂甸购得此书，"甚喜"；同月 3 日又记读此书的一些心得。后来，1935 年 1 月，朱自清又在《水星》发表《买书》一文，重提购得《竹枝词》一书的得意心情，并未提及大一学生钱锺书的功劳。

王锡祺《丛钞》每每录文而删诗，《日本杂事》就是黄遵宪《日本杂事诗》的纪事文，《使东杂记》就是何如璋《使东杂咏》的自注。如此买椟还珠，实际减损了原本的文学价值。钱锺书在《二三事》一文的声明中提到当年的英文文章："我当时计划写一本论述晚清输入西洋文学的小书，那篇是书中片段。"由此来看，钱先生也是从文学价值的角度而非"舆地"之学的角度来读相关文献资料的。他感兴趣的是李凤苞日记提到了歌德，王之春《使俄草》中记录观摩《天鹅湖》，斌椿、张祖翼如何描摹外语单词的读音，以及那些诗文游记里面怎样记述看洋妇、吃冰激凌，《丛钞》本的体例显然不尽符合他的需要。他在论文中注明是引自《丛钞》的，大约都是因为没有找到别本。那本小书没有写成，真是令人感到遗憾，若是惊奇于《二三事》或《管锥编》"全后汉文卷一三"中征引明清人记录西洋饮馔、器物及语言的文献之广博，则不妨再去读读《容安馆札记》中的 62、97、138、362、576 等条，其相类之文献要比已发表部分多出数倍——也许就包含着那本小书的雏形。

相对而言，郭嵩焘、薛福成、曾纪泽、张荫桓、康有为几人更理应作为晚清海外游记的代表作家。郭嵩焘生前发表的出使日记固然著名，但只记录了他去往欧洲途中的见闻议论。《中文笔记》摘录《丛钞》本的《使西纪程》数条，尽是航海途中的牢骚抱怨语。郭嵩焘性格冲动冒失，多言多错。曾国藩曾说，"筠公芬芳悱恻，然著述之才，非繁剧之才也"，言下之意是说此人逞才使气，言语激烈，可以做屈原、贾谊这样的文学家，而不是真能担当重任的材料。相反，曾纪泽日记平淡板正，多数仅道及日常行止起居，少有议论，也不记录和别人的谈话内容。起先上海刊刻的《曾侯日记》是未经作者授权的本子，反而保留了些得罪人的议论，内容比他本人修订的手写日记要多。《中文笔记》抄录过《丛钞》本的《使西日记》，又抄录过读《曾惠敏公文集》本的《使西日记》（在第十五册），钱锺书在后者批注说："《小方壶斋舆地丛钞》初编第十一帙第四册中《出使英法日记》系据原刻本，即文集卷五《巴黎复陈俊臣》所言,较此本为详。《丛钞》再补编第十一帙第十册《使西日记》则与此同。"《出使英法日记》没有出现在《中文笔记》中,内容相同的《使西日记》倒是读了两遍,前后笔记不同。《文集》本是后来读的,批注较多。

钱锺书同乡薛福成的出使日记,追求内容丰富,"凡舟车之程途,中外之交涉,大而富强立国之要,细而器械利用之原,莫不笔之于书",所立体例以顾炎武《日知录》为标榜。钱锺书《二三事》中评价说:"薛福成的古文也过得去。"但他以策士起家,终身著述不离写条陈的影子,如吴汝纶所说,"郭、薛长于议论,经涉殊域矣,而颇杂公牍笔记体裁,无笃雅可诵之作"。《中文笔记》将此书也抄录过两遍,一遍见于《丛钞》,另一遍见于第二册的"大本"第九中,后者摘录简略。钱锺书可能没见到《庸盦全集》本的《出使日记续刻》,更不要说南京图书馆所藏的稿本日记,因此对于这部分材料,他肯定不及今人用得充分了。

对比晚清使臣的各家日记,未收入《丛钞》的张荫桓《三洲日记》的内容最为丰富,才学最为可观。屠寄在序中盛称其书有"五益",为考工、辨物、释地、通俗、征文,可以概括大体。我们看到钱锺书评价最高的也正是此书。《中文笔记》里用的是光绪三十二年上海刻本(第一册13页的内容应也属于《三洲日记》部分),钱氏评价说:"輶轩诸记以此最为条essays蔚,惜行文而未能尽雅,时时有'鹦哥娇'之恨耳。"钱锺书对于张荫桓孜孜探究埃及古碑文字的记述似乎视而不见,《管锥编》两度征引《三洲日记》,俱是用以举证一度流行的"西学中源"说,那实在算不得什么光彩的言论。

从《中文笔记》未见钱锺书读康有为的任何书。钱基博《中国现代文学史》中有对《欧洲十一国游记》(当时只出版了法、意两国游记)的长篇评述。从钱锺书将之与王芝并举来说明旅行家好说谎这件事来看,他肯定不怎么赞同其父的见解。

《二三事》一文借用了一次钟叔河整理"走向世界"丛书时发掘出的郭嵩焘未刊稿本日记。后来钟先生的"走向世界"丛书由钱氏主动提出写序,有了那句名言:"一些出洋游历者强充内行或吹捧自我,所写的旅行记——像大名流康有为的《十一国游记》或小文人王芝的《海客日谭》——往往无稽失实,行使了英国老话所谓旅行家享有的凭空编造的特权(the traveller's leave to lie)。""走向世界"丛书编排宗旨含有强烈的"中国本身拥有力量"的意识,要对于这毕竟算是"睁眼看世界"了的"特权"回护一二(可参看《信口开河的特权》一文)。可荒唐的是,王之春的《谈瀛录》居然还得抄袭《日本杂事诗广注》,刘学询写《日本考察商务记》是打着幌子为清廷追杀"康梁二逆",载振的《英轺日记》根本是唐文治代作的,载泽的《考察政治日记》可能也找了梁启超、杨度等人代笔……

比起这些有口无心或抄袭雷同的著作,有些不那么起眼的人物写的游记,也许从史料价值上来看很一般,却因为有幸身历殊域,兴奋得有闻必录,反倒留下许多虽不可信却别有趣致的文字。钱锺书对此也极有兴趣。

他心目中假充内行的旅行家,一定有那位袁枚的文孙,比黄遵宪更早作诗号称"吟到中华以外天"的袁祖志。他出国前已是游寓沪上多年的报馆名士。钱锺书在《中文笔记》抄过两遍的《欧游随笔》作者钱德培,乃袁祖志好友,后者深羡友人"地球当作弹丸看,笑煞庸奴恋故乡"的出洋经历。光绪九年终得偿心愿,随轮船招商局总办唐廷枢游历西欧。他出洋后发现"英语并不通行"（《二三事》注），回乡倒是写了不少心得和总结，都收入《谈瀛录》中，包括《瀛海采问纪实》《涉洋管见》《西俗杂志》《出洋须知》《海外吟》《海上吟》六种，此即小说《围城》第一章方鸿渐在他家老爷子处读到的那部书。《中文笔记》第十四册读《丛钞》笔记中钞录《瀛海采问纪实》《西俗杂志》和《出洋须知》（第 288 页误重复排印了第 286 页的内容，根据第 289 页知，缺少的是《西俗杂志》的内容）。《容安馆札记》第 576 条，读袁祖志《谈瀛阁诗稿》八卷，钱锺书说："翔甫为洋场才子、报馆名士，《青楼梦》之方某、《二十年目睹怪现状》之侯某，皆影射其人，所作沿乃祖之格，而滥滑套俗，真所谓其父杀人，其子必且行劫者也。惟多咏风土，足资掌故之采耳。"此下主要摘录并评点《海外吟》两卷的诗句，结合诗人的"中西俗尚相反说"（《涉洋管见》，《中文笔记》第十四册《谈瀛录》部分摘录此文），显现其所谓"中土偶来名士少，西方果觉美人多"的沾沾自喜之态。关于袁祖志指点国人如何吃西餐的"洋餐八咏"，钱锺书言"清人诗中赋西餐，莫详于此"，比照了数种类似文献，都可补充郭则沄《十朝诗乘》卷七之说。

　　与袁祖志品格气质很像的有一位广东诗人潘飞声，汪辟疆的《光宣诗坛点将录》，以"地耗星白日鼠白胜"点他，但判词有"艳说英伦"一语，错把《竹枝词》中张祖翼的经历搬了过来。潘氏出洋是到德国柏林大学东方学院教汉语，《中文笔记》读《丛钞》本《西海纪行卷》应是最早的一次，在"光绪十三年丁亥七月，余受德国主聘至柏灵城讲经"一句上注了两个惊叹号。张德彝《五述奇》中提到，潘飞声每月所领三百马克的束脩其实并不敷用，但他居然在游记、诗集和他的《海山词》里不断展现自己的风流形象。他作《柏林竹枝词》24首,描绘女子溜冰、少妇新婚,及至酒店女郎和妓女,甚至连描写教堂祷告,都要羡称"博得玉人齐礼拜,欧洲艳福是耶稣"(其五)。《中文笔记》第一册有钱锺书读单行本《西海纪行卷》和《天外归槎录》的笔记,比《丛钞》本多出些诗词来,有些内容又抄入《容安馆札记》第62页末尾。对于潘飞声文辞间表现自己受洋妇爱慕的得意之情,钱锺书讥为"措大梦想",且批评道:"兰史致力词章,居欧教授三载,著作中无只字及其文学,足以自封,可笑可叹。"

"小文人"王芝的《海客日谭》,背景模糊,经历离奇,主人公自叙是自云南腾冲地区,途经缅甸,由海上至欧洲旅行的,时在同治十年十月,次年正月即返。《中文笔记》第一册第374页以下记此书,在"华阳王芝子石撰,不知何人"旁注云:"吴虞《秋水集》'怀人绝句十二首'之九云:'四海敖游倦眼空,相逢容吐气如虹。笑将千万家财散,名士终推庚子嵩。'自注:'华阳王子石丈芝。'"这已见于《容安馆札记》卷一第123条。我由此线索又去查了《吴虞日记》,其中1915年3月14、16日提及"王子石遗诗",可知王芝此时已去世。这算是关于作者身世目前找到仅有的一点材料。钱锺书对于书前"石城王含"对作者的吹嘘很不以为然,他评价说,其"文尚有矜气,而词意纠沓,尚未入门,何至倾倒如此……疑是芝一人捣鬼耳"。其后又提出种种疑惑,首先王芝开篇即说什么"子石子有渔瀛之行,辞定冲军,定冲军送之,安缴军亦自南甸来逆会于大岵",如此"气象万千",钱锺书又问:"渠在军中何事,何以缅甸王迎以上宾之礼?何以抵英未至中国使馆,居十余日即返?皆闷葫芦也。按其年才十八岁,而自称子石子,装模作态,大言高论,甚可笑。"下文列举了许多可笑的言论诗词,例如记英吉利语，"漱慈（shoes）履也，叟（shoe）亦履也""伊铁乃时（eat rice）吃饭也""法郎西所造玻璃尤佳，都城名玻璃斯（Paris），故子石子书法都，不从地名作巴黎斯"，《赠洋鬼子及诸眷》诗云"大海西头是鬼方，幢幢鬼影日披猖。窥人鹭眼兰花碧，映日蜷毛茜草黄。文字尝烦韩子送，圊腧一怒阮生狂。两峰图里添新趣，绝倒阎浮子母王"，等等。

几年前我读《海客日谭》也产生过如钱先生所记同样之疑问，当时曾查考当时云南地方历史，发现与王芝此行前后时间吻合的，是当地少数民族起义军领袖杜文秀义子刘道衡使英，商图联英抗清一事。刘一行八人，于 1871 年年底进入缅甸，在仰光由英人安排，由海路去往伦敦，在那里未受英人重视，"归顺"不成，于是又由英人护送返回。至仰光，闻大理失陷，刘道衡遂留居缅甸。因此，我猜想王芝真实身份是刘道衡的随行人员，他可能只是承担文书工作的一个小文人而已。他懂一点英语和缅甸话，在整个行程中并无重要作用。自然可想见的是，假如要将这次行旅见闻公之于众，必须要隐去其真实身份才不致招来祸端，于是点缀几个人名，再随处对天朝盛德歌颂几声，便蒙混过去了。然而缺乏证据，这终究只是猜测。

最擅长凭空捏造的，是收入《丛钞》初编第十二帙作者佚名的《三洲游记》，有中非关系史专家，以此书为据，认为是中国人进入非洲腹地旅行的最早记录。我曾查出该书作者是《申报》馆的文人邹弢，他和编写《文章游戏》的缪莲仙一样，发愿要"遍历异域"而未成。于是把英国人的非洲游记翻译成中文（借由他人口述），添枝加叶地将主人公改成中国人物，竟从广东出发，经历南洋而至于非洲之坦桑尼亚、乌干达地区，处处作诗留念。这部"小说"

最初刊于《益闻录》，王锡祺没有注意正文连载前一期的《小引》说明，直接删去诗词录入《丛钞》。钱锺书果然慧眼如炬，读《丛钞》时，批注说："此实历险小说，而托为游历日记者。故作者自叙含糊其家世身份，……作者自言不解西语，而非洲领事需华文案，更离奇矣。"全凭常理推导即可断其真伪，令那些捧着此材料当成信史的专家学者情何以堪。

同文馆第一届毕业生张德彝，是晚清时期出洋次数最多、历时最久的一位，早期作为译员随同斌椿、志刚、崇厚、郭嵩焘出使，之后又担任过洪钧的秘书以及罗丰禄、那桐两人的参赞，直到1902年出任驻英公使，四十年间亲身见证了晚清外交史的各个阶段。每次出洋都著有一部以"述奇"为名的详细日记。钱锺书对于张德彝付诸刊印的三部日记都非常熟悉。《中文笔记》除了摘录《丛钞》本《航海述奇》和从《四述奇》拆散了的几种随使日记外，还将单行本的《四述奇》与《八述奇》抄了两遍（等于抄录了三遍《四述奇》，即随使郭嵩焘使英、随使崇厚使俄的日记）。钱锺书晚年可能不知道早在1985年中国历史博物馆整理公布了誊清稿中缺少的《七述奇》手稿全文（刊载于《近代史研究》1985年第6期），1980年钟叔河在北京柏林寺找到的其他七部日记的家藏本誊清稿（1997年影印出版），似乎也没有借给他翻读。《容安馆札记》第82条（页142），提及那位帮助朱迪特·戈蒂埃（Judith Gautier）翻译汉诗而被很多比较文学家所敬重的丁敦龄（Tin-Tun-Ling），说他在 La petite Pantoufle（有人不知原书附汉文题作《偷小鞋》，硬是译作"小破鞋"）一书的自序中杜撰捏造说"Khoung-Fou-Tseu a dit：Pou-Toun-Kiao-Toun-Li. - Les religions sont diverses, la raison est une……（孔夫子有言：不同教同理）"，钱锺书讥为"已开今日留学生在欧美演讲中国文化法门"。旁有小注："丁敦龄，山西人，品行卑污，冒称举人，见张德彝《再述奇》同治八年正月初五日。"这一条日记还补入了《谈艺录》（页372）。《再述奇》于1981年收入"走向世界"丛书，钱锺书读的可能是整理本。

《中文笔记》读《丛钞》本张鹏翩《奉使俄罗斯行程录》，康熙二十七年六月二十七日，"遇番僧数人，面目类罗汉""内一僧能华语，自言系大西天人，求活佛于中国，遍游……诸名山，不见有佛……"。钱锺书批注"《聊斋》卷三'西僧'。梁退庵《浪迹续谈》卷七'求佛'条自《一斑录》转引此则"，并补记多出的文字。我们都该记住《聊斋》里的那段话："听其所言状，亦犹世人之慕西土也。倘有西游人，与东渡者中途相值，各述所有，当必相视失笑，两免跋涉矣。"世上曾有多少位小说《围城》的主人公，鸿渐于陆，继续行使"凭空编造的特权"，于此间当无所遁形。

《上海书评》，2012年4月7日

钱锺书手稿中的年代信息

2003 年,《钱锺书手稿集·容安馆札记》问世,我们开始可以亲睹钱锺书积累学问的方法。那些从前传说得神乎其神的典故,关于他如何过目不忘,变得没有意思,而我们却更佩服这位"钟爱书籍"的学者了:原来他不全赖超人的记忆禀赋,而是得益于一生勤奋不辍的抄书习惯。但《容安馆札记》涉及文献的范围和《管锥编》等著作大不相同,这是第二轮的筛选,还有更广泛的读书笔记。二十册的《中文笔记》影印本就清楚地说明这一点。

《中文笔记》第 1 册影印的"残页",体式风格多类似于《容安馆札记》,只是没有编号。范旭仑说是"《容安馆札记》第一则之前的日札",有一定的道理。时间上看,确实有不少早于《札记》第一则的,比如"丁传靖《闇公诗存》"谈到国共合作统一战线;"《朱子语类》"说朱熹论学多矛盾,"似如今中间路线";"陆次云《澄江集》",引《木兰辨》谓必无隋炀帝欲以为妃之事,"兰虽女子,从事疆场,能使同伍不可识测,其非娥眉蟒首之姿可知,何足供其妙选

哉"。钱锺书按语道:

> 妙论,遂使吾心目中木兰,如解放女同志。

还有"胡思敬《驴背集》"一则,借古论今,提及内战胜败之结局,都说明钱锺书当时对于红色政权还不太熟悉,应该都是他北上之前所记。又如"残页 D"中"陆心源《宋诗纪事补遗》"说"余寓楼无书可检,不能——订正",也是在沪期间的情形。但是也有时间较晚的内容,比如"张宗泰《鲁岩所学集》"一则中,读《所学录》卷七《跋黄氏日抄读韩文》所论:

> 韩公之诗。慎修、鲁岩之说,一若身经坦白自我检讨之世者,可怪也。

这应该是 1952 年"三反"之后的语言。此外,这些读书笔记原本另有题名,比如"且住楼日乘",当是在上海寓居时所作;还有"偏远楼日乘""偏远庐日乘""燕巢日记",则不知其详;还有一部分题作"秽乘"的,而且不止一册。现在在残片部分中偶尔可以找到点儿痕迹而已。

"残页"之外,则属于纯粹的抄书笔记(且多有重读重抄者,包括少量内容出现重复的),鲜见评议,也无后来的补记,往往整页只是所读文本之摘引,偶尔页边增加三两注释。还没出版的《外文笔记》,据说篇幅至少是《中文笔记》的两倍,情形大概与此相同。范旭仑文章《少年情事宛留痕》谓钱锺书在 1978 年札《赌棋山庄词话》,"余见绛录余诗《苦雨》册";即笔记"大本十七"。按

《苦雨》在《槐聚诗存》中系年为1939年。而此册笔记首页有杨绛的旁注："当是沦陷区上海时记。"常见有"钱迷"抱怨《手稿集》字迹难于辨读，如同天书，这多还是针对《容安馆札记》所发，其实相比之下，"札记"部分由于书写过程中要评议叙说，笔速略缓，并不难识，无非涂抹和行间小注影响注意力而已。照本抄录的大段"笔记"，疾书速录，才真不好分辨。但这个书法的难度不影响我们了解内容，按图索骥对照所抄之原书便有分晓。多对照几次，了解了钱锺书的字迹，再翻看《容安馆札记》，就非常轻松了。

这些整本的抄书笔记，有"大本""硬皮本"与"小本"之别，各以序号排定。偶见几处可助我们判定时间。比如第1册"大本（一）"，结尾有1937年元旦以后的日记。第2册"大本（三）"，有1939年12月下旬的几篇日记；"大本（五）"有题为"居湘一年矣感此"的诗稿，则在1940年12月初；"大本（八）"的诗稿"除夕"，即《槐聚诗存》的"庚辰除夕"，当在1941年年初。

又比如第4册"大本（二十四）"中有"天目山樵《儒林外史评》"的笔记，这是1946年所作文章《小说识小续》关于《儒林外史》部分提到的"已见有人拈出者，则不复也"的内容，笔记正文结尾说"天目山樵不知何人"，页眉补记才提到"据平步青《霞外捃屑》卷九，则张文虎耳"，可知作这本笔记时，钱锺书还没读过《霞外捃屑》（《中文笔记》第一册第217页，读《西游补》一则页眉补记；《容安馆札记》第36则，至第170则修正《小说识小续》关于《儒林外史》部分，删去了其中与《霞外捃屑》卷九所见重复的部分）。《小说识小续》又说：

董若雨《西游补》后识语有所谓《续西游记》者，未之见也。去年秋,周君煦良得之于扬州冷摊,遂获寓目,果有灵虚子、比邱僧等角色……

则知钱锺书读《续西游记》时间在 1945 年秋,《中文笔记》第 2 册"大本(十)",有此笔记,其中对内容大意记述较详,必然是第一遍的阅读,于是关于这本笔记的年代也可以大概确定下来了。

时间特别靠后的,比如第 10 册的"硬皮本(十四附)",有抄读陈尚君《全唐诗补编》的笔记,此书出版于 1992 年;又有读《全宋诗》的笔记,自第 1 卷读至第 262 卷,止于该书第 5 册。按前五册正式出版,是 1991 年 7 月事。傅璇琮《记钱锺书先生的几封书信》(1997)一文说,书出版后不久,便收到自称"老病废学"的钱锺书来信,指出其中前两册中存在的问题。而安迪《"咀尔不摇牙"》一文中也指出最后一本硬皮本(第 34 本)的最后一篇笔记,是读《郑孝胥日记》的摘录。劳祖德整理的《郑孝胥日记》由中华书局 1993 年 10 月出版,1994 年夏天钱锺书住院直至去世,笔记当作于这两个时间点之间。

除最早的和最晚的之外,还有书籍的出版信息,也是明确的坐标参考。比如第 7 册"硬皮本(六)"有 1962 年出版的《余嘉锡论学杂著》二册(有研究者著文猜测此书钱氏可能未曾寓目);第 8 册"硬皮本(十)"有 1962 年出版的路大荒整理《蒲松龄集》。第 11 册的"硬皮本(十六)"和"(十七)",出现读《古本戏曲丛刊五集》和钱仲联《剑南诗稿校注》的笔记,两套书都出版于 1985 年;同册"硬皮本(十八)",又有 1987 年出版的孔凡礼《宋诗纪事续补》。而第 16 册"硬皮本(三十三上)",中间至《柳河东集》处突然书法凌乱,后面《宋书》笔记间加了一页凡尔纳《神秘岛》英译本摘录。第 17 册"硬皮本(三十三下)",杨绛识语作:"此册当是 74、75 年笔记。'流亡'期间,哮喘,急救后大脑皮层受损,手不应心。"这本笔记的编号太靠后了,想必《中文笔记》的排序于时间先后上还是有些问题的。第 19 册,"小本七",封面印有"1979"字样,至第 20 册的"小本(十一)",出现"全国政协委员"字样的封面,查钱锺书自 1978 年第五届全国政协会议以来屡次当选,这是影印的最后一本,其中有读王皓叟《后村千家诗校注》的笔记(续),这是 1986 年出版的书。

《容安馆札记》既然本身就有编号,各篇先后的次序就不会颠倒,以其正文部分的内容(旁注当然可能是多年之后又补加的),来推敲其大体的时间坐标,相对比较容易一些。这部分札记以《宋百家诗存》始,以《湘绮楼日记》终,编号至于八百二则,很多人可能和《听杨绛谈往事》的作者一样,由此便认为有 802 则,这是不对的。因为八十则、百十五则、百三十四则均两见,百四十七则又分成 a、b、c 三则;编号缺少 6、66 以及 367、368、387、388、546 至 554,凡十五则。所以如果不把被抹去的那几则排除在外的话,《札记》共计七百九十三则。

"容安馆"或"容安室"之名,是 1952 年钱家因院系调整,住进中关园一处平房后才有的。但是《札记》的第一部分(至 55 则),仅标为"日札"而已,第二部分(至 121 则)、第三部分(至 204 则)、第四部分(至 243 则)、第五部分(至 319 则),皆题作"槐聚日札",不同者在于第五部分多了一个署名"容安馆中寓公",此后部分方题"容安馆日札"或"容安馆札记"(最后两部分又改作"容安室札记"),有时署"槐聚居士"。最早出现这一斋号的地方,见于第 114 则,是《容安室休沐杂咏》的诗稿。《外文笔记》第 4 册中的有一册即题为"容安室札记",署"槐聚居士"。

最容易先确定下来的具体时间,一是第761则,云:"丙午正月十六日饭后与绛意行至中山公园,归即卧病。盖积瘁而风寒侵之也。"这是1966年岁初的事情。一是第634则,为《槐聚诗存》之《赴鄂道中》的前4首(无第5首),自注云"余选注宋人诗甫卒业",且这次出行是为了去湖北探父病(《我们仨》),便可以断定是1957年。《札记》中好几则都是钱锺书的诗稿,从修改涂抹的痕迹来看,这应该是原稿而非后来的誊抄件,并非这样就全可依据《槐聚诗存》的系年数据来给出诗稿的写作时间,比如《容安室休沐杂咏》,《诗存》定于1954年,但《手稿集》中一部分在第114则,一部分在第336则(另题为《容安馆春暮即事》),而在这两部分之间,出现了《诗存》定于1949、1950及1953年的几首诗稿。范旭仑在《万象》发表的《容安馆品藻录》和在《上海书评》发表的《钱缝里》,就多次言及《札记》某则某则作于何年,并以《槐聚诗存》编年为不可信。但是,把他所指出的时间放在一起看似乎也有点问题。比如他曾说,第430则论邵雍《伊川击壤集》20卷,作于1956年以后(《钱缝里》,"远害要慎出入");但又言第543则寄叔子诗作于1955年11月(《品藻录·冒景璠》;《槐聚诗存》则置于1966年)。

《札记》所涉及的图书之初版时间,也可以帮助我们推测出一个大概的范围。比如第16则,是有关王季思《集评校注西厢记》的议论,查此书为1949年3月上海开明书店初版。这就基本可以确定《容安馆札记》大概的起始时间了。

关于《札记》的截止时间,可以依据第810则,此则题作"跋《个山遗集》",其中说:

吾友张君公逸遵骝，与吾同患气疾，相怜甚而相见不数数，然见必剧谈……一日问余曰："明末有奇女子刘淑，知之乎？"曰："不知也。"曰："刘名挂君乡孙静庵《明遗民录》中，其书君先人尝序之。"因出示此集，盖虽六十年间一再印行，而若存若亡，去湮没无几尔。

张遵骝（1916—1992）是钱锺书中国社科院的同人，其夫人王宪钿在《遵骝钞稿集·后记》中说他"自幼患哮喘疾，中年弥剧，常年为疾病缠身"。范旭仑以为此则作于 1973 年（《钱缝里》，"张遵骝"），其引文却隐去了"六十年间"这句。按刘淑（或作刘淑英，见《清代闺阁诗人征略》；其后人王仁照、王泗原皆主张写作"刘淑"）乃明末起兵抗清的女杰，《个山遗集》因文辞多有"羌胡"字样而犯禁，有清一代未曾刊刻，直至民国三年（1914）始由王仁照印行（初题作《个山集》。见王泗原《刘淑》，刊于《国闻周报》，1936 年 13 卷 34 期）。若"六十年"为确切的数目，则范旭仑所言 1973 年，抑或说 1974 年，可能都不算错。因此《容安馆札记》的正文部分，撰写于 1949—1974 年，旁注补记当然可以是更晚些时候添上去的。比如《容安馆品藻录》曾提及对袁水拍的议论，便是"文革"之后的口气。

正如上文所说，钱锺书的《容安馆札记》以及《中文笔记》第 1 册中的"残页"札记，兼顾议论，于所读书籍之文句多有发挥，这应该就是为自己的研究或者说著述所做的准备。因此，我们从中观察到钱锺书学术兴趣的前后变化。20 世纪 40 年代后期，他就开始忙于通览各种宋诗总集与别集，这是 40 年代末在上海即从事的"补订"《宋诗纪事》这一计划。50 年代初他还特别关注西洋文明在文学中的反映,比如明清诗文笔记中的眼镜、西洋妇等,令我们想起钱锺书在《汉译第一首英语诗〈人生颂〉及有关二三事》一文的声明中提到的1948年的英文文章,"我当时计划写一本论述晚清输入西洋文学的小书,那篇是书中片段"。

第705则、第719则和第729则,都是由参与中国社科院文学所同人集体编撰《文学史》和《唐诗选》所引起的。第729则大约写在1962年,钱锺书因受命选注唐诗人数家,而开始重温《全唐文》,以后又有七则《札记》,都是读《全唐文》的心得。拿其中的引文和《中文笔记》三处抄录《全唐文》的地方对照,几乎全无重复。大概就是在此前后,《札记》几乎每则都格外长,除有些标明"杂书"或"Jottings"之外,其他各则趋向于精深的要籍和地位特殊的经典。我翻阅晚期的《札记》,有一个印象,感觉钱锺书开始由身边的"学马列"风气而读了一些德国古典哲学,继而反过来研究《老子》。这始于第751则,至第755则开篇,更明确说:"阅《黑格尔著作选》,因温《道德经》一过。适见坊间有朱谦之《老子校释》,遂偶披寻。"(朱书初版于1954年,1962年版略有补订,钱此时读到的应该是后者)大概就是此时,他动念著作《管锥编》,这与《谈艺录》写法不同,由恣肆随意的读书转而集中于专论几部宋前之要籍。上文提及1966年岁初那则札记,钱锺书因病而觅《楚辞》自遣。后又于第781则再作《楚辞》的札记。《全上古三代秦汉三国六朝文》和《太平广记》此前有专门的札记(按,钱锺书很早就有读严可均辑《全文》的心得,1937年之前的"大本(一)"笔记里提到自己撰写了《严可均辑全上古三代秦汉三国六朝文读》)。《列子》张湛注是《老子》札记后自然选择的一个对象。《楚辞》的札记之后,又有《周易正义》《毛诗正义》《左传正义》

《史记》,延续多则,篇幅颇长,这九种,加上早先读过的《焦氏易林》(第695则)组成《管锥编》的十部书,相互之间,皆有关联,张文江先生对此论说甚详,可以参考。

1975年前后《管锥编》初稿完成,1978年1月《管锥编》序之"又记"说"初计此辑尚有论《全唐文》等书五种",1987年钱锺书致信厦大教授郑朝宗,又说:

> 假我年寿,尚思续论《全唐文》《少陵》《玉溪》《昌黎》
> 《简斋》《庄子》《礼记》等十种,另外一编。

《全唐文》的准备,在《札记》中已如前述。杜诗则见于第789、第790两则。其他似乎都只是见于《中文笔记》的摘录而已。"等十种"者,有三种未曾提及。《简斋》已经是宋人著作了,所以这三种也不太好判断。有意思的是,《札记》最末几则里,有三则分别谈《三国演义》、批本《石头记》和《西游记》。可最遗憾的是《西游记》那则似乎欲言又止,题目之下仅有后来的补记而已。

我们翻阅钱锺书50多年间的读书笔记和研究札记,看到的是一直勤于读书抄书的智者形象,不管读书的环境是在牛津、上海、北京,还是昆明、蓝田、罗山。初至蓝田时他日记中每天出现的"读书如恒"四字令我们敬仰。《围城》中说"一切图书馆本来像死用功人的大脑,是学问的坟墓",将学问从坟墓中招魂,才能注入新生命。如钱锺书所说,你得把图书馆放进自己的书里,才能保证自己的书进得了图书馆(《宋诗选注》)。现在图书馆中《手稿集》已经上架,等着我们再去把它唤醒。

初刊于《上海书评》,2012年11月11日

钱锺书读中国古典小说选述

　　钱锺书自 1930 年在《清华周刊》发表他的《小说琐征》，此后十余年间，又有《小说识小》(1945)、《小说识小续》(1947)和《读小说偶忆》(1948)先后见诸报刊。这些札记体的文章都是他平时读古典小说(也包括了一部分西方小说)的心得，尤其体现出对创作构思的独创与因袭之辨的重视。有些条目议论的是类如《野叟曝言》《续西游记》《西游补》这样较为冷门的作品，以钱氏之才力，所见自然都是非常可贵的。而他还有关于《西游记》《红楼梦》《儒林外史》等聚讼纷纭的热门小说某些细节问题的看法，亦能捃摭他书，揭示渊源，有不少内容直到今天也值得为编纂各家名著研究资料汇编者所采纳。《小说琐征》这篇少作，行文中有"可补周氏《小说旧闻钞》之遗""可补蒋氏《小说考证》、钱氏《小说丛考》之所未及"等按语，可见年方 20 岁的"中书君"意气风发的神情。后来，他时而重温故书，还会有新的发现，比如指出《儒林外史》第二十九回萧金铉诗"桃花何苦红如此，杨柳忽然青可怜"本自袁洁《蠡庄诗话》卷四记张啸苏句,这早见于 1950 年代的札记残页中(《钱锺书手稿集·中文笔记》,第一册,第 167 页);八十年代修订《管锥编》,又提及《河南程氏外书》卷十程颐述宋仁宗时王随"何不以溺自照面"之词语,乃是《金瓶梅》第十一回西门庆骂孙雪娥、《儒林外史》第三回胡屠户骂范进之习语的肇端(《管锥编》增订之一,第 43 页);还曾为《西游记》《封神演义》的变化斗法故事在佛经中找到了"虽导夫先路,而粗作大卖"的源头(增订之二,第 178 页)。

然而可惜钱锺书没有把他后来的发现再用来续写专文。我读 2011 年商务印书馆影印出版的 20 册《钱锺书手稿集·中文笔记》,从 1930 年代中期直记到 1990 年前期,是钱锺书大半生所读中文书的记录,单就读中国古典小说的部分已找出了许多有意思的内容。比如《小说识小》说"《后西游记》一书,暗淡不彰,人鲜称引",以为唯有陈森《品花宝鉴》屡道之。实则吕熊《女仙外史》第四十回也曾提及《后西游记》,并且与《品花宝鉴》一样用不老婆婆的典故,《中文笔记》两度(第四册、第十六册)抄录《女仙外史》,都有不老婆婆玉火钳这段文字。又比如《梼杌萃编》第二十四回赛金花一节札记,谓"一部《孽海花》造端于此";抄《儿女英雄传》第二回时补注说"《官场现形记》全书即此回之踔事增华耳",等等。在此无法一一论说。钱锺书早年有言,"他们有一种业余消遣者的随便和从容,他们不慌不忙地浏览。每到有什么意见,他们随手在书边的空白上注几个字,写一个问号或感叹号""这些零星随感并非他们对于整部书的结论""反正是消遣"(《写在人生边上·序》,1939)。现在看起来,这是他贯彻了一生的读书态度与趣味,零星的随感经过岁月的累积,才会变得如此丰富可观。我把这些有意思的内容辑录起来，与钱锺书生前发表过的著述进行参照，想必是为读者所乐于读到的。囿于篇幅的考虑，在此先介绍其中几部。

《醒世姻缘传》

《醒世姻缘传》受到钱锺书重视，与李葆恂、黄遵宪等人的意见不无关系。李葆恂《旧学盦笔记》云："《醒世姻缘传》可为快书第一，每一下笔辄数十行，有长江大河浑灝流转之观……意深思沉，有《匪风》《下泉》之思，国朝小说唯《儒林外史》堪与匹敌，而沉郁痛快处似尚不如。"《林纾的翻译》一文的脚注（未见于1964年初刊本与1979年《旧文四篇》本中，至1985年《七缀集》本中方增入此节）中，钱锺书即引此文及李慈铭日记、黄遵宪书信，这些均见于钱锺书这则读书笔记。他起初对于李葆恂否定作者是蒲松龄的看法略有质疑，故而在页边补白引《旧学盦笔记》文字后的按语中说：

> 《聊斋文集》卷十，"妙音经续言""怕婆经疏"二文，尤足与此书相发明，与《志异》中悍妇诸则辅佐。

笔记正文开篇也说：

> 《聊斋》"江城"情事与此酷似。聊斋好写悍妇，如尹氏（"马介甫"）、辛氏（"孙生"）、申氏（"大男"）、牛氏（"张

诚")、王氏("吕无病")、蔺氏("锦瑟")、金氏("邵女")皆是也。《昭代丛书》癸集,杨复吉《梦阑琐笔》,记鲍以文云:"留仙尚有《醒世姻缘传》小说,盖有所指。书成为其家所讦,至褫其衿。"《骨董琐记》卷七一则,即全袭杨氏语而未言所出。

查1926年明斋本和后来的全编本《骨董琐记》卷七"蒲留仙"一则,分明都提及出处,说"未言所出"当是钱锺书记错了。反倒是钱锺书这段见解,和胡适那篇著名的《醒世姻缘传考证》(1931)完全重复而"未言所出"。这与钱锺书性格甚不合,推测是为避讳而略去出处。至于后来路大荒、金性尧等人的不同意见,钱锺书只字不提。而"至褫其衿"的说法是否与蒲松龄生平相违,他也没有追究。抄录到第62回那大段关于"怕老婆"的论说处,旁注云:

> 猪精乌大王事,见唐人小说,陈阁老事附益之,不知所本。58回相于廷、97回周相公道及之"回波栲栳"之谑,由来已久,至明而《狮吼记》《歌代啸》《怕婆经》(见祝枝山《猥谈》)相继问世,竟成文家惯题。尤极大观于此书,以蒲松龄《聊斋文集》(路大荒编本)卷十"妙音经续言""怕婆经疏"二文征之,益信鲍以文之言为不虚。亦由明人惧内成风,观《五杂俎》卷八,《野获编》卷五、补遗卷三,《露书》卷六、七可见一斑(《日札》六三一则、五九七则可参观)。《说郛·玄怪录》有郭元振诛乌将军一则,《太平广记》未收。

可见钱锺书此时依然赞同胡适的立论。第八十八回又注:

> 信佛尊道,侈言因果报施,而于僧尼道士嬉笑怒骂,此书与《聊斋》相类处也。

而在《野叟曝言》后的笔记中,有一段被圈起来,注明"此乃《醒世姻缘传》,误书于此"的,则云:

> 此书见存刻本最早者,38、81 回"天地玄黄","玄"字未改"元"字,当刊于康熙登极以前。11、15、48 回"搜检"均作"搜简",91 回"检阅""巡检",两"检"字亦作"简"。100 回,"王者叫简他的记录"。据《国榷》,崇祯四年四月辛酉改巡检司印,以检为简,文犯御讳也。盖明思宗名由检。17、24 回道及草豆官买,亦崇祯七年后事也。想成书在明末耳。

竟已全然推翻旧说了。这段补记或许是 1980 年钱锺书读到王守义、曹大为等人的考证文章后所加上去的,虽无另外独家发现之处,但至少表明了他晚年对小说成书年代的最终看法。

不过,钱锺书对这部小说的整体结构并不满意,第三十回补注即指出作者"谋篇之懈而杂""名为长篇小说,实则每如《儒林外史》之插入短篇故事"。但他也认为书中"写秀才刁恶诸状,如麻从吾、汪为露等,《儒林外史》所无"(第三十三回注)。

钱锺书在抄录间往往拈出有来源的内容,如第六回:"垫上坐着一个大红长毛的肥胖狮子猫……闭着眼朝着那本《心经》打呼庐,那卖猫的人说道:'这猫是西竺国如来菩萨家的,只因他……把一个偷琉璃灯油的老鼠咬杀了……你细听来,他却不是打胡

庐,他是念佛,一句句念道"观自在菩萨"不住。'"钱注云:

> 干红猫事本洪景庐《夷坚三志》己九,《古今谈概》卷二
> 十一亦载之。("干红猫":"孙三出戒其妻曰:照管猫儿,都
> 城并无此种。")震钧《天咫偶闻》卷十,"昔龚定庵咏狮猫诗
> 云:京城俊物首推渠。蒋叔起超伯有悼猫文,亦京城狮猫
> 也。诚以狮猫为京城尤物"云云。按,《弇州山人稿》卷一百
> 十三"戏为狮猫弹事"。

又录第四十一回狄希陈借塾师出殡举哀而实哭其与相好别
离一事,钱锺书注:

> 隐用《宋书·刘怀慎传》:"人问:'卿那得此付急泪?'
> 羊志曰:'我尔时自哭亡妾耳。'"

还有第四十二回于"天下游奕大将军"处,谓"隐袭《昙花记》
之'半天游戏神'",也属此例。钱锺书对《醒世姻缘传》中的用字
也有注意,如第九回旁注说:"己字此书屡见,即给字也。韩愈诗
《嘲少年》'直把春偿酒,都将命乞花'。五百家注:'乞,与人物
也,音气',即此己字。"按"己"字作"给"字解,属于土话。他时而
将比较特别的用字和修辞(主要指涉及秽亵用语的内容)与其他
小说进行比较。笔记重视食、色两个人性最基本的需求,曾以为
梅毒见于小说,莫早于《醒世姻缘传》(见第二十五回旁注,不过后
来又补上了更早的《警世通言》,这使人想起方鸿渐的演讲)。而
于小说中两见之食物,"高邮鸭蛋"(第五十回、七十九回),则引

孔尚任"食秦邮董酥分韵"一诗印证。又于五十六、八十七、九十一回议京师妇人之恶习处,反复征引《五杂俎》和《野获编》,以观明清社会风俗(可对照《中文笔记》第一册第 41 页,及《品花宝鉴》第十二回)。还有第七十二回注"岁饥食人肉"、七十六回注"两头大"、八十七回注"手淫",也都征引极多。尤其最后一注,可补胡文辉先生的《打飞机的文学史》:

> ("我就浪的荒了,使手也不要你"一语)即 Eric Partridge, Dict. of Slang, p. 277:"finger—jack!"参观《金瓶梅》第 37、79 回,王六儿用手揉着心子。若 p. 279 "fist—fucking",则《西厢记》第三本第三折,"指头儿告了消乏";第四折,"手执定指尖儿恁"。董解元词,"十个指头儿从来不孤,你孤眠了半世,不闲了一日"。《续西厢升仙记》第十一折,"摇荡一寸心旌,打尽许多手铳"。《倒鸳鸯》第二十折,"偶遇发兴的时节,不过放其手铳而已"。《绣榻野史》卷上,"刮童、放手铳,斫丧多了"。他如《西楼记》第十二折、《锦笺记》第十五折、《翻西厢》第十五折、《画中人》第二折、《肉蒲团》第四回,皆有手铳之说。《贪欢报》第二十三回,花生那物,直蠢起来,不免劳五姑娘一齐动手,则法语所谓"da veuve Poiguer"(from "Se po[i]guer": masturber)。

　　如今以《思无邪汇宝》之类丛书检之,尚可再补充上《伴花眠》第三、七回,《姑妄言》卷六,《肉蒲团》的例子还有第二十回,此外又如《桃红香暖》第七回、《云影花阴》第十回、《枕瑶钗》第十七回,等等。

【补记:近日读 2015 年人民文学出版社所刊袁世硕、邹宗良最新校注本,认为此书最后完成于顺治五年前后,但小说中大多数内容显然还带有明末社会的痕迹,如七十七回以"骚子"这种蔑称北方少数民族的语词骂人刺探消息;八十四回所谓"如今兴的是你山东的山茧绸",乃崇祯时风气,等等。】

《野叟曝言》

《野叟曝言》在钱锺书心目中也是一部有得有失的作品。他在《读〈拉奥孔〉》一文中论及章回小说"欲知后事,且听下回"的惯套时,曾言"《野叟曝言》第五、第一〇六、第一二五、第一二九、第一三九回《总评》都讲'回末陡起奇波''以振全篇之势,而隔下回之影',乃是'累赘呆板家起死回生丹药'",可见"'富于包孕的片刻'正是'回末起波''鼓噪'的好时机"(参见第五回注)。《小说识小续》则从整体着眼,评价说:"《野叟曝言》中刻画人情世故,偶有佳处,写贱妇人口吻,亦能逼真,而事迹中破绽不少,如卫圣功何以迄无交代,文素臣既深恶和尚何以借居昭庆寺,素娥精通医药何至误服补天丸,李四嫂为连成画策诱石璇姑,何以计不及此。"《手稿集》的读书笔记中又说:"此书情事每有警策,而文字不爽利,匪特不中为《水浒》《金瓶梅》《醒世姻缘传》奴仆,较之《三言》《两拍》亦远不如。"(第三回注)

第四十七回记斗方名士吟诗自得的段落，《札记》第一百九十则及七百八十则论述得颇为深入。《管锥编》两次用到这部分材料，一次是《太平广记》卷二五六"平曾"，论及修辞中描述人物与境地泯合难分的"习用伎俩"，引此回李姓名士咏梅诗"月下朦胧惊我眼，如何空剩老丫叉"二句，即月光与梅花融为一片之意，说明此法被人用得烂熟，颇有谐趣。另一次见于《太平广记》卷三六九"元无有"，写自矜篇什者"不知有旁观窃听，绝倒于地者"，亦以此回为后世讽刺文士的一个例子。

关于《野叟曝言》中的蹈袭偷师之处，《小说识小续》中只肯让我们略窥一斑，提到第六十八回"李又全诸姬妾所讲笑话多有所本"，挑了较雅驯的第三妾所讲之笑话，谓本自《湘山野录》。后来《管锥编》在《太平广记》卷二一八"华佗"中论"极怒始瘳"，谓源于《吕氏春秋·至忠》，"后世小说亦有师故智者"，遂举出第十九回文素臣撕扯知县小姐衣裙治其"闷痘"的情节。今人复以为小说此节当是取材于《志异续编》卷三"痘症"条（见王琼玲：《清代四大才学小说》，第 152 页），似乎没搞清楚源流先后关系，盖《志异续编》多有嘉庆年间之事，《野叟曝言》作者夏敬渠不可能见到此书。《管锥编》"《全晋文》卷五八"，论贾充置左右夫人，谓仿自《汉书·西域传》，引《野叟曝言》第一百二十一回"皇上有两全之道，田夫人为左夫人，公主为右夫人"，也是"稗官承正史之遗意"了。笔记中可以继续补充一些这方面的发现，《管锥编》"全晋文卷七一"，录陈寿帝蜀不帝魏及论诸葛亮不擅将略之语，引《曝书亭集》"陈寿论"、《潜研堂文集》"书《三国志》后"等，又引《野叟曝言》第七十八回文素臣的议论，钱锺书在笔记中就认为小说家可能是看过朱彝尊文章而发挥的。此外如第七十四回，小说

人物观戏,演唐贺兰进明食狗粪故事,素臣论"古来食性之异有不可解者",评注云:

> 以下一节略本《古今谈概》卷九"食性异常"条,而误以明之赵嗣属唐……总评屡赞此书针线之密,此处不免败缺矣。

还有虽不算是蹈袭因陈,却反映类似之时代心理的内容,经由钱锺书点出,亦颇值得思索。如第一百三十四及一百三十七回,虚构文素臣囊括日本,攻入印度等事,旁注云:

> cf. 程廷祚《青溪文集》[续编]卷三《莲花岛纪略》(宋仁宗时灭西洋献俘)、罗懋登《西洋记》、吕熊《女仙外史》五十四回。

《女仙外史》第五十四回写的是万国进贡的盛景。这类假想天朝强盛讨伐西洋的小说,晚清时期尤其多,如高阳氏不才子《电世界》、碧荷馆主人《新纪元》、陆士谔《新野叟曝言》等皆是。尤其陆氏此书,明显受到《野叟曝言》的影响。钱锺书可能都没看到过。

钱锺书读小说时心情都比较轻松,时有谐谑之语道出,令人解颐。如第四十一回写鸾吹小姐关了纱窗,"整整的睡了一日",注评云:

> 何以形容未出闺前淑媛之贞静耶? 可笑。下文屡见,

如一二七回,已有妾为命妇矣,龙儿曰:"怕大姑夫不肯。"鸾吹涨红了脸道:"真个有这话吗?"董怀新《拟新乐府》云,"女儿动止知羞赧,及作婆娘面如板"(梅成栋《吟斋笔存》卷一引),鸾吹其知免夫?

第十回中小说人物议论诗文之后,紧接写尼姑思春情事,原书此回总评谓:"素臣论文论诗皆千古所未发,泄尽阴阳秘橐,恐干造物之忌,有雷轰龙攫交变。故须以了因赤身上床秽事禁之,如异书中之夹藏春画者然。"钱锺书评论说:

> 《二十年目睹之怪现状》第八十九回,苟才与苟太太对话:"大凡官照、劄子、银票等要紧东西里头,必要放了这个作为镇压之用。"《小方壶斋舆地丛钞》第九帙诸仁安《营口杂记》:"其灶神一男一女,更贴污秽之形于厨,名曰'避火图',大非处家所宜。"

至小说结尾,百寿堂开宴会,伶人将此书前百数十回故事搬上舞台,总评所谓"百篇戏文逐事重提""全书中未发之义,未补之漏,乃一一指点弥缝",旁注评价说,"用意殊巧,胜于《西游记》99回灵山上重数八十难九九数完,惜笔力不副",还引《罗密欧与朱丽叶》剧终时劳伦斯教士的一席总结陈词,这是参考了大施莱格尔(A. W. Schlegel)的《批评著作与书信集》(*Kritische Schriften und Briefe*)里的说法(见于被席勒所赏的《论〈罗密欧与朱丽叶〉》那篇名文,韦勒克《近代文学批评史》第二卷也提到过此事),并且说,《唐摭言》卷六(《全唐文》卷二九四)王冷然《论荐书》结语,

"此书上论不雨,阴阳乖度;中愿相公进贤为务;下论仆身求用之路"云云,"亦此法"。这么郑重地引证类比,算是钱锺书对这部小说有所保留的最高赞美了。

《南方都市报·阅读周刊》,2013 年 12 月 22 日

《金瓶梅》

1970 年代末,钱锺书访美,见到西方汉学家热衷研究《金瓶梅》的盛况(《美国学者对于中国文学的研究简况》):

> 在哈佛的工作午餐会上,一个美国女讲师说:"假如你们把《金瓶梅》当作'淫书'(porn),那么我们现代小说十之八九都会遭到你们的怒目而视(frown upon)了!"

说《金瓶梅》是"淫书"似乎的确出自钱锺书之口,当时在加大伯克利分校读书的水晶记载他以英语回答高斯薇(Victoria Cass)的话:"《金瓶梅》是写实主义极好的一部著作,《红楼梦》从这本书里得到的好处很多,尽管如此,在中国的知识分子间,《金瓶梅》并不是一本尽人可以公开讨论的书,所以我听说美国有位女教席在讲授《金瓶梅》这本书时,吓了一跳,因为是淫书,床笫间秽腻之事,她怎样教?"(《侍钱"抛书"杂记》)我们须记得《围城》里议论说:"……看淫书淫画,是智力落后、神经失常的表示。"

《中文笔记》有两处抄录《金瓶梅》,一处见第八册,一处见第

十九册。前者多是简要摘录的"趣谈",后者篇幅特别长,开篇页眉补记的总评说:

> (《金瓶梅词话》)回目甚拙劣,甚至字数参差(如第一回"景阳冈武松打虎,潘金莲嫌夫卖风月")。诗词皆劣,淫鄙如潘金莲、陈经济亦以词唱和(eg. 82-3 回,85 回;经济与韩爱姐亦情书往复,98 回、99 回爱姐情诗)。仆妇对话口角如出一人,虽生动而无变化(皆下贱人口吻)。《歌代啸》第1 出,李和尚道:"若是葡萄架,一时倒了怎处?"张和尚道:"贱累[妻]亡故已久,你我又不走州里老爷那一道[偷丫头],何妨。"(□□□此书大闹葡萄架□)

按,回目对偶不齐乃明代小说屡见之现象。由"葡萄架"而提及明杂剧《歌代啸》,圆括号内前后四字漶漫难辨,可能是指《金瓶梅》本于此。此处补记,当是读上海古籍出版社 1984 年 1 月初版徐渭《四声猿(附歌代啸)》所感,两处方括号中关于对白的解释,即见于第 126 页注 74、75。然注 73 云此处倒葡萄架有拈酸吃醋之意,分明与《金瓶梅》之葡萄架并无关系。另外关汉卿传世的小令亦有"若咱,得他,倒了蒲桃架"之语(《词品》卷一)。钱锺书认可《金瓶梅》写人物对话非常生动,如笔记第 43 回处就评注说:"此等对话虽俚而口角如活,亦此书以前所无。"《管锥编》"全晋文卷八九王沉《释时论》"中曾论历代描写位卑而倨傲者之举动的用语,盛赞《金瓶梅》写春梅以手接物时的"如有似无"四字,认为"写生入神",胜过前贤。

《金瓶梅》因袭他人处似乎少一些,笔记中没有谈及,但在别处发表过两个例子,一处见于《宋诗选注·序》注29,谓第八十回"正是'人得交游是风月,天开图画即江山'",出自黄庭坚《王厚颂》第二首;另一处则在《谈艺录》四三的"补订",谓元好问"浇愁欲问东家酒,恨杀寒鸡不肯鸣"一语(用陶诗成句),"流传为街谈涂说,如《金瓶梅》第七十一回:'有诗为证:凄凉睡到无聊处,恨杀寒鸡不肯鸣。'"而后世多师法《金瓶梅》,故而钱锺书说"《红楼梦》从这本书里得到的好处很多",这在笔记中略有体现。第五十二回李瓶儿撞见潘金莲和陈经济嬉戏,忙唤二人为官哥儿扑个蝴蝶作掩饰,钱注云:

> 《红楼梦》宝钗扑蝶实得窍于此。19回,"金莲且在山子前花池边用白团扇扑蝴蝶……那陈经济扑近身来,搂他亲嘴……却不想玉楼远远瞧见,叫道:'五姐!'"

其他例证,还见于《中文笔记》三家评本《石头记》(第18、19册)部分,如谓焦大所说的"咱们白刀子进去红刀子出来",紫鹃说的"蜜里调油",均先见于《金瓶梅》;谓黛玉、晴雯等人偷听谈话,也多与潘金莲"听篱察壁"有类似之处。

钱锺书对《金瓶梅》中的女性人物之年龄,也拿来与《红楼梦》对照。第六十一回记申二姐年纪为21岁,评注说:

> 在《红楼梦》中已为老女矣。此书选色多在三十后。(cf. *Causeries du Lundi*, vol. II, pp. 445–6. "La femme de pente ans" as "Balzac en est l'inventeur.")67回,如意儿枕上答西门庆:"我今年属兔的,三十一岁了。"69回,文嫂道:

"说起我这太太[林太太]来,今年属猪,三十五岁,端的上等妇人,百伶百俐,只好三十岁的。"75 回,如意儿曰:"我娘家姓章,排行第四,今年三十二岁。"西门庆道:"我原来还大你一岁。""一壁赶着一壁呼叫他:'章四儿,我的儿。'"88 回,"[金莲]可怜这妇亡年三十二岁"。91 回,孟月楼三十七岁,倒大李衙内六岁,改为三十四岁。13 回,李瓶儿道:"奴属羊的,今年二十三岁。"因问大娘贵庚,西门庆道:"房下属龙的二十六岁了……第五个小妾与大房下同年。"33 回,王六儿"约二十八九年纪"。

有人曾记钱锺书谈话,谓《金瓶梅》中的"紫膛色瓜子脸"美人,跟《玉蒲团》写"麻子脸"美人一样,胜于《红楼梦》写服饰长相之千篇一律(黄克《忆周振甫钱锺书先生》)。笔记至第三十三回,钱注云:

> 孟玉楼之麻、王六儿之黑,皆选色及之,一破套习。《绿野仙踪》36 回,"金钟儿瓜子粉白面皮上有几粒碎麻子儿";《红楼梦》46 回,"鸳鸯两边腮上微微的几点雀斑"(一本"细白麻")。

《管锥编》论《诗·郑风·有女同车》"颜如舜华""颜如舜英",后来增订本添入一节讨论:"'雪肤''玉貌'亦成章回小说中窠臼。《金瓶梅》能稍破匡格。如屡言王六儿'面皮紫膛色''大紫膛黑色'(第三三、六一回),却未尝掆为陋恶,殆'舜英''苕荣'之遗意欤?"

除了《红楼梦》，其他小说对《金瓶梅》也有所借鉴。第三十三回王六儿与小叔子被人捉奸，其夫韩道国尚在线铺中吹嘘自己与西门大官人的交情。钱锺书注云："《儒林外史》牛浦郎匡超人滥觞于是。"由此可见，钱锺书对于《金瓶梅》也绝非全然定位为"淫书"的，他对小说描写的世态人情颇有感触，见潘金莲跷脚自称老娘，即批注四字："江青所师。"第三十二回写太监冶游，专以掐拧妓女身体为乐，评注："《纪录汇编》卷188，'《留青日札》摘钞'卷二：'每一交接，将女人遍体抓咬……其女人当值一夕，必倦病数日，欲火郁而不畅故也。'"第五十七回，西门庆曰："咱闻西天佛祖也只不过要黄金铺地，阴司十殿也要些楮镪营求。咱只消尽这些家私，广为善事，便强奸了嫦娥、和奸了织女、拐了许飞琼，盗了西王母的女儿，也不灭我泼天富贵。"《管锥编》"《太平广记》卷二四三"，节引这段文字，以证世间"通神无不可回之事"的金钱观念；对于《金瓶梅》中的果品菜谱，钱锺书也集中抄录出来，评注不多，一是说元宵节果品如何有石榴与橄榄，一是说作者鲜果干果不分，还对西门家的节庆菜单评议了"无素肴"三字，这大概和第七十回批注列举小说人物字号多有"泉"字一样，显示出原作对于"土豪"作风的嘲讽。文学作品里面寄食权势的篾片人物，钱锺书也一向留意，"文革"时就曾私下里将某位夸耀自己与时贵同席吃饭的某位"当红的学者"比作《金瓶梅》中的西门庆家清客谢希大、应伯爵（黄永玉《北向之痛——悼念钱锺书先生》）。笔记摘录了不少对此二人丑态的描述文字，比如第五十二回，谢、应在西门家吃凉面，佐以醋蒜肉卤，每人"登时狠了七碗"，西门庆吃不到两碗，说："我的儿，你们两个吃这些！"此处虽无评注，也足以发人一笑了。

《南方都市报·阅读周刊》,2013 年 10 月 13 日

《封神演义》

钱锺书从小把《封神演义》读得烂熟,总能信手拈来,无论是谈诗艺还是做小说,皆可运用得妙趣横生:前者可见《谈艺录》四四"补订",把清人敬重黄山谷而贬低江西诗派的风气,比作"《封神演义》中'截教'门下妖怪充斥而通天教主尚不失为'圣人'";后者可见《围城》中方鸿渐拿其父为孙子起"非相"一名开的玩笑。《中文笔记》第一册札记"残本"中有云:

> 《湘绮楼日记》光绪十九年正月十七日及二十日考论《封神榜》颇详。谓其本拟《水浒》《西游》,兼袭《三国志》。其文有"狼筅",已在明嘉靖以后。闻仲拟张江陵,姜环又明斥梃击事云云,殊有见。近人(据《传奇汇考》)考作者为陆西星,扬州兴化县志有传,与宗子相友善。王氏所谓在明世宗以后者,正相符合,而未见引此。又,李秀成供词论洪秀全毁神像云"今除神象是天王之意,亦是神圣久受香烟之劫数,周朝斩将封神,此是先机之定数,而今除许多神象,实是斩将封神还回之故。我天朝封万千之将"云云,此节亦无引者也。

《李秀成自述》反映的是清代农民受小说影响的"一般知识、

思想和信仰"，兹不论述。王闿运对《封神演义》这部小说的看法，的确很有见地，远胜卫聚贤冗长不当的《封神榜故事探源》。王弟子宋育仁，后又作点评，以为作者当是刘基。钱锺书未引的日记部分，还言及太极图有焚身之祸，意在讥刺太宗杀方孝孺，梅山诸怪猪狗佐白猿总戎，是讽刺李景隆诸将，钱锺书可能觉得穿凿太过了。《传奇汇考》卷七（又见于《乐府考略》卷三十九）于邓九公土行孙故事的《顺天时》条目下，提出《封神传》作者是元时道士陆长庚，这是孙楷第的发现，张政烺以为"元时"为"明时"之误，后柳存仁比勘对照，论之更详，但这一直不是主流的观点。最为人接受的，还是鲁迅根据明刊本卷二题署所提出的作者为明人许仲琳一说，钱锺书似乎对此尚不以为然。唯此缘故，《中文笔记》第十册有读抄《封神》笔记，编订者在目录里署作者为许氏，这恐怕违背了钱锺书的看法。钱锺书说"未见引此"，可能在邓之诚《中华二千年史》第五卷"明清"部分出版（1956，序言自称脱稿于二十年前；参看邓之诚《五石斋日记》1945 年 6 月 6 日及 1956 年 7 月 13 日）之前。

钱锺书读此书仍侧重于小说修辞的批评与本事的渊源，尤其在蹈袭因陈之处特别要予以说明。如第十七回，杨任"眼眶里长出两只手来，手心里生两只眼睛"，旁注引《警世通言》卷三十六"皂角林大王假形"中描述大王神像之语，已见《谈艺录》第六一则补订补正，补订则以为皆本自《大悲咒》卷首每绘千手千眼观世音眼生掌中之像，不见于笔记中。又如《管锥编·周易正义》"震"一则，曾引《水浒传》第三十七回宋江与公人听艄公（船火儿张横）唱湖州歌，"老爷生长在江边，不爱交游只爱钱。昨夜华光来趁我，临行夺下一金砖"，随即指出《封神演义》第三四回哪吒作歌袭此"。哪吒歌作"吾当生长不记年,只怕尊师不怕天。昨日老君从此过,也须送我一金砖",笔记中此处注又引《精忠说岳传》第二十五回王横歌:"老爷生长在江边,不怕官司不怕天。任是官家来过渡,也须遗我十千钱。"按钱锺书此处未明《水浒传》"不爱交游只爱钱"一句系金圣叹所改,本亦作"不怕官司不怕天"。还有《管锥编·史记会注考证》"外戚世家",提及《封神演义》第四十八、四十九回扎草人为赵公明而射以桑枝弓、桃枝箭事本自《全上古三代文》卷六引太公《六韬》、卷七引太公《金匮》所记,亦属此类。关于妲己的情节,明人有些相关的文献记载,虽不是小说家之所本,却可见《封神演义》在流传过程中的大众心态。第四回注:

> 沈曾植《海日楼札丛》卷六,璩昆玉《类书纂要》一条云:妲己狐狸精,好食人精血。周武王伐纣,临刑,妲己化形上升,太公用降魔鉴一照,妲己坠地化为九尾狐狸……妲己肉身乃苏州太守章华妻也。《纂要》记明世俗间称谓有极俚俗可资谈助者,金陵书坊射利之作。

又补记云:

> 明刘元卿《贤奕编》卷四附录"闲钞"下:缠足一事谓之妖,古无此,盖自妲己始。妲己乃雉精,足尤未变,故用裂帛缠之。

再如前引第四回注后又记:"汤用中《翼駉稗编》:'恰克图四

部祀闻太师、申公豹甚虔'。"按闻、申俱是小说新造人物,影响至
于边陲,甚令人惊异。据今人栾保群《神怪大辞典》所附"《封神
演义》中的神谱"一文,申公豹曾为贝加尔湖附近民人所祀奉的
"北海神"。

钱锺书笔记旁注中又引《精忠说岳传》第二十二回语"若不是
《西游记》中妖精出现,即便是《封神传》(《封神演义》)内天将临
凡",可见清小说家心目中此书已可并举了。钱锺书提出《封神演
义》多有沿承《西游记》之处,比如第四十回,抄杨戬与魔家四将之
打斗情节,旁注云:

> 杨戬与《西游记》中孙行者略似。又 54、60、75、86、91、
> 92 回。

其中第九十一、九十二回杨戬与梅山七怪变化斗法事与《西
游记》第六回孙大圣与杨戬变法斗法、第六十一回孙行者与牛魔
王变化斗法事都颇为雷同,钱锺书将此三例采入他自己的书中,
用以说明"故事情节之大前提虽不经无稽,而其小前提与结论却
必顺理有条",并引《古今小说》卷一三张道陵故事作为参照。最
后指出元魏译《贤愚经》写佛弟子与外道幻师变化斗法故事乃是
最早的例子:"虽导夫先路,而粗作大卖,要不如后来者入扣连环
之居上也。"(《管锥编》"增订之二",第 177 至 178 页,参看《容安
馆札记》第 800 则)此外,第六十一回准提道人赞词有"不生不灭
三三行,全气全神万万慈"等句,"三三行"意思甚深,系源自洛书
之象(参看张文江《西游记讲记》),钱锺书注:"与《西游记》第一
回赞须菩提祖师诗大同,必相因袭。"

《诗可以怨》一文中引《封神演义》第三十四回太乙真人"心血来潮"一语,说:

> "来潮"等于"动则是波"(引者按,即上文孔颖达《正义》所引贺场语)。按照古代心理学,不论什么情感都是"性"暂时失去了本来的平静,不但愤郁是"性"的骚动,欢乐也一样好比水的"波涛汹涌""来潮"。

我们只觉得例子采纳得精妙极了,而这在笔记中,钱锺书旁注说《镜花缘》第六回百花仙子被谪时曾嘲心血来潮之说,可参观",正因先记得这番嘲谑之语("小仙自来从未潮过","其实我也不知怎样潮法"),方能从松动了的套语陈词中发现其中古人心理的妙趣。

《南方都市报·阅读周刊》,2013 年 11 月 3 日

《西游补》与《何典》

《何典》开篇小曲《如梦令》:

> 不会谈天说地,不喜咬文嚼字。一味臭喷蛆,且向人前搞鬼。放屁,放屁,真正岂有此理!

《容安馆札记》第二则以最后一句笺释英国 17 世纪剧作家

Thomas Shadwell 的"Words are no more to him than breaking wind. They only give him vent(渠视言词无非放屁,乃发泄之出口耳)"一语,突显恶谑下的反叛意识。清代小说中时有采用降格手法以庄重之文体写卑下之内容的。比如《绿野仙踪》第六回,记村塾先生邹继苏诗文稿中的《臭屁行》和《臭屁赋》。前者有"君不见妇人之屁鬼如鼠,小大由之皆半吐,只缘廉耻重于金,以故其音多叫苦。又不见壮士之屁猛若牛,惊弦脱兔势难留,山崩峡倒粪花流,十人相对九人愁"这样的奇句,且把"杜撰"取谐音改为"肚馔";后者云"虽有龙阳豪士,深入不毛,然止能塞其片刻之吹嘘,而不能杜其终日之鸣咽"。钱锺书读书至此,注引元人杂剧《孙真人南极登仙会》头折孙思邈道童向卢道邻所颂"屁赞",以及《缀白裘》四集卷三《义侠记·戏叔》一段对白。

札记"残页",读董若雨诗文集,曾言"明末吊诡之风重,以亡国孤愤益隐谲其文。笔力较乃父为开张,虽修词使事亦病纤碎,而颇饶幽韵微诣,文胜于情"。董说诗作多记梦,钱谓"陆放翁诗、王湘绮日记均好说梦,要无过若雨者矣",而这与小说记孙行者之梦颇有相类之处。残页又记:

> 圆女看董若雨《西游补》,谓余曰:鲭鱼影射满清。颇有见地。第二回有中国者非中国而慕中国之名,故冒其名;第九回于积案中独审秦桧,并拜岳武穆为师;第十回鲅子隔壁,又曰鲭鱼造青青世界。皆有微意。然讽世之微词尚兼出世之寓言,君国之悲与空无之法交至错综,不可执一以求。鲭鱼指清,亦复指情魔,小月王合之成情字,横植小字则成清字。明崇祯末周同谷《霜猿集》一云,"谨具大明江山

一座,崇祯夫妇二口,奉中赍敬,晚生文八股顿首拜"。吕晚
村《真进士歌赠黄九烟》所云,"谨具江山再拜上,崇祯夫妇
伴缄贶","谨具江山百座城,崇祯夫妇列双名。鲜红简子书
申敬,献纳通家八股生",自注"吴中弟子所为,将鲜红绢帖
一个上书",即用其事。《西游补》第四回,于时文嬉笑怒骂,
至云"一班无耳无目、无舌无鼻、无手无脚、无肺无心、无骨
无筋、无血无气之人,名曰秀才,百年只用一张纸,盖棺却无
两句书",亦即深恨文八股也。第十三回曰,"还是青青世界
中人,都是无眼无耳无舌的呢",正相映带。书中古文骈文
皆纤诡非体,明末风气则然,不尽出于游戏也。第五回,行
者变虞美人,"做个风雨凄凉面",第七回行者变虞美人,做
个"花落空阶声",二语特妙。

1927年刘半农已根据董说诗集中的线索断定此书作于明崇
祯十三年(1640),钱锺书不可能不知道,然又以钱瑗所云"鲭鱼影
射满清"为是。或可认为,虽作于是年,未必成书于彼时。近年多
有人提出《西游补》作者为董说父董斯张,实难据信。谓"不尽出
于游戏也"者,或是针对1929年施蛰存所作题记中说的"作者胸
襟洒脱,偶以文字为游戏,故书中诗歌、文辞、时文、尺牍、平话、盲
词、佛偈、戏曲,无不具体,仍不脱明季才人弄笔结习,未必遂寓禾
黍之悲"。施蛰存看来是玩文字游戏的,钱锺书发现其中也有可
贵的思想。往大处说,其中包含了亡国之悲、空无之论,还有对于
科举制度的谴责(参看《管锥编》"《左传·昭公十八年》"论明清
之交言科举事)。还有以"先汉名士项羽"讥讽"插标自货,扬己
炫人"之辈(参看《管锥编》"《史记·律书》"),也是不能用"才人

弄笔"所掩盖的。

　　而从小处说，小说的游戏笔墨关乎修辞技艺的尝试，《西游补》第六回所谓"用个带草（一本作怀素）看法，一览而尽"一语，被钱锺书两度拈来，一次用以解说"习惯于一种文艺传统或风气的人看另一种传统或风气里的作品"的笼统概括法（《中国诗与中国画》），另一次则比附他自己改造的朱子语录中"热读"一词（《管锥编》"全晋文卷一一二"）。

　　清初《西游记》续作，尚有《后西游记》一书，刘廷玑谓"虽不能媲美于前，然嬉笑怒骂皆成文章"。若论文思奇诡、物象变幻，此书不如《西游补》远甚，然而凭空构造出解脱大王、十恶大王、造化小儿、文明天王、三尸大王、不老婆婆等，嘲世之心跃然纸上，亦颇能显示作者之才力。《管锥编》曾言："《西游记》中捉唐僧者莫非'物'，《后西游记》则亦有'鬼'。"盖谓此书所立邪魔，实际多为人之"心魔"所生，非《西游记》精怪所属之异"物"，亦即《汉书·艺文志》"杂占十八家"所谓"人鬼"（详参《管锥编》"《史记·封禅书》"及其增订部分）。

　　上文所引《西游补》"风雨凄凉面""花落空阶声"二句，尚且兼顾雅俗。后世白话小说家，更胜一筹的是之俗语土话的混合运用之上。比如《平鬼传》第一回所谓"买了半捏子没厚箔，行了一龟二狗头的礼"，第三回"倒头骡子""不修观"，《何典》之"养家神道""搣迷露做饼""使柄两面三刀""化阵人来风"等皆是。钱锺书有闻必录，"残页"中还见一处补白记道：

　　　　又有《玄空经》亦其类。又有《道俗情》一书（序作嘉庆甲子西土痴人题于虎阜之生公讲台），写钱士命、施利仁等事,亦贯串俗语为之,情事文章皆支批无聊,惟用语多与《何典》合者,如"倒浇蜡烛十枝,镶边酒一镡,荒糖一味,装体面千条"之类,乃知《何典》特此体中最特出者。

　　按《道俗情》即《常言道》(成书于19世纪初)之别题,记明末人蹈海于小人国、大人国寻子母金钱故事,用许多吴语方言的俗谚成语,旨在嘲讽世人甘为"钱奴"。《玄空经》有光绪甲申自序,作者为郭福衡(一名福英),字友松,道光初年生,松江府娄县人。张文虎诗文曾记其事,叶德钧考之颇详。此书以松江方言写成,与《何典》写法颇为雷同。书题即松江土话,子虚乌有之谓也。书中"做了一番轰轰烈烈的起码货大生意""痧药瓶里捉藏,斜斜气气的发了一票横财",都是语义自相矛盾的谑戏之辞。钱锺书读嘉庆间的《文章游戏》,颇重视缪艮整理的《俗语对》、汤春生《集杭州俗语诗》和汤诰的《杭州俗语集对》,皆将俗话方言集联作对,如"猫脚女婿,狗头军师""看这个师姑摸这个奶,做一日和尚撞一日钟"等,笔录数页。《管锥编》"《史记·司马相如传》"一节论"文学中之连类繁举",曾言"小说、剧本以游戏之笔出之,多文为富而机趣洋溢,如李光弼入郭子仪军中,旌旗壁垒一新",此下首先即开列董说《西游补》各回的铺比类举之文,《西游记》《金瓶梅》及《镜花缘》《醒世姻缘》等书皆有可置入论列者。钱锺书引《文心雕龙·诠赋》"繁类以成艳"一语,"繁"尚容易,"艳"则需一番文学章法的功夫,追求剪裁得整体统一,搭配得相互映衬,显现出五光十色的语言光芒来,也就是所谓的"化堆垛为烟云"了。

《南方都市报·阅读周刊》,2013年11月24日

《钱锺书手稿集》里的戏曲趣谈

钱锺书于古典戏曲,并没有下太多功夫。年轻时候,他在《天下》的创刊号(1935 年 8 月第 1 卷第 1 期)上发表了一篇自己不愿提及而至今还被他人谈到的论文,题为 "*Tragedy in Old Chinese Drama*(《中国古代戏曲中的悲剧》)"。《容安馆札记》第七二八则有云,"吾常言元明以来院本情节人物实鲜足取。偶遭名隽,可供摘句",早经他人摘引点明而众所周知。很多稀见的本子,他应该也看不到。《钱锺书手稿集·中文笔记》读《笠翁十种曲》三遍,读《明人六十种曲》两遍,《孤本元明杂剧》两遍,《元曲选》《明人杂剧选》各一遍,《西厢记》(王季思校注)及《长生殿》各一遍,其他单本则见于《古本戏曲丛刊》初、二、三、五集。

不过他摘录的戏曲文本和他的议论仍有值得参阅之处,因为通人眼光与议论自有独到之处。前些日子,孔夫子旧书网出现了一册价格昂贵的拍卖书籍,乃是钱锺书批注本《西洋小说发达史略》,其中有一图显示的页边注,记录中西文学人物因谐音而设立的名字,其中中文人名有胡图、单聘仁和詹光。后两位都见于《红楼梦》,胡图则是明清之际戏曲多见的人名,经《中文笔记》摘出的,一在丁耀亢《赤松游》,一在尤侗《钧天乐》,一在沈起凤《报恩缘》,前个胡图绰号昏侯,后两个胡图字作浑斋和混斋。钱锺书抄读《明人六十种曲》,还注意到《鸾鎞记》里面有位胡谈,字诹之,他打趣说,"当是适之老兄耳"。读《琴心记》以为刻画人物(卓文君)近乎人情,"非郭沫若叛道女性之比也",二者恰可并置而观。读《投梭记》,演谢鲲为鸨母投梭折齿,联系目下经历而自嘲:"是夜余假齿堕地,折为二,其亦有缥风之艳福,钦取之恩荣乎,一笑。"

《六十种曲》里除了《西厢记》,钱锺书最欣赏的也许算是《西楼记》,谓此"为明剧中最聪明伶俐热闹旖旎之作,就剧情尚在《玉茗》《玉茗堂四梦》之上,惜曲文不如"。而"临川四梦""曲文刻意橅放元人用北人语词,往往不可通(补注:王骥德《曲律》所谓剩字累语是也)",唯《玉簪记》"刻画男女私情细腻,有突过前人处",有的地方显出了《红楼梦》的口吻,有深微于《西厢记》之处。对于其他作品,他说《金雀记》写反面人物"语言粗秽、文理荒谬""'乔醋'一出尚有思致";《运甓记》"角色情事太多,结构殊散";《四喜记》《金莲记》皆是"人多事杂,亦(一作全)无结构";《蕉帕记》"只图热闹,全不入情";汤显祖的少作《紫箫记》"词更淫艳,事弥支离";《昙花记》"冗长凌杂,一味卖弄内学",其中第三十七出,"文字是自己的强,美色是他人的胜",旁注云"易哭厂,'爱看他人妻,贪吟自己诗'之起也"。

最妙的是,在抄读《琴心记》时,第二十九出有逐打庖丁一节,众人禀告"他口内都含肉。腰间尽带椒。作裙包鸭腿。兜肚塞胡桃。两肋皆藏藕。空臀又夹糕。原来头上发。一半是猪毛"，嘲讽厨子夹带东家食材。钱锺书抄了两遍。后一次笔记里，他根据破额山人《夜航船》卷八"海参笑话"一则，另作"戏补"："袖里呈梨柄，领边出蔗根。裤间双卵鸭，帽底一头豚。枣子支窝夹，莲心脚罅存。槟榔红满口，面饼白遮臀。板子休轻打，屁中弹海参。"这可是钱锺书自己写的打油诗呢！

　　读关汉卿《王侯宴》时，钱锺书从人物李嗣源口白中讲述一节故事，谓雏鸭由雌鸡带大，后见河中群鸭泛水，遂入水归群，旁补注引梅尧臣《宛陵集》卷三十《鸭雏》一诗，并标"Anderson，*Ugly Duckling*"一语，意思想必是以为可与安徒生童话《丑小鸭》作比较吧。

《南方都市报·阅读周刊》，2013 年 9 月 29 日

钱锺书读《奥兰陀的疯狂》

　　《管锥编》中于意大利文艺复兴时期的大诗人阿里奥斯托（Ludovico Ariosto，1474—1533）诗文征引共有十次，多半出自《奥兰陀的疯狂》（*Orlando Furioso*）这部恢宏长诗。钱锺书将这位作家译作"亚理奥斯图"或"亚理奥士图"，不尽一致。我们只好遵从一般习惯的译法，而诗题用的是他夫人杨绛在《堂吉诃德》中的译名（借自西人研究的译注一再将《奥兰陀的疯狂》节序译成行数，说明杨绛对此书是非常陌生的）。《小说识小》中有"亚里屋斯吐《咏屋兰徒发狂》第七篇"云云，译得有些草率，不能算数。《管锥编》注释中引的是"赫普利古典丛书"（Biblioteca Classica Hoepliana）本的意大利原文。十多年前，还有些读者根据钱锺书读西方古典喜引"娄卜古典丛书"本的情况，认为钱锺书不懂那么多外语，都是看了英文的对译故意引原文以示高深的。《容安馆札记》出版后，我们看到第五百三十一则及第七百六十八则"杂书"的第一部分即关于读"赫普利"本《奥兰陀的疯狂》的心得，总共有十四五页的篇幅（另外还有十一则札记也涉及此书）。《管锥编》所引述者全见于此，根据钱锺书读书笔记和札记的分别，尚未出版的《西文笔记》里肯定有更详细的摘录。在此我们选几条来读。为求便捷，对于札记中所引的原文，我们直引汉语大意。

第四歌，一位公主因被人诽谤不守贞操而将依照当地法律处死，Rinaldo 听闻后道："少女于绣榻接纳情郎以宣欲，即被处死，制订和奉守这法令的人都该被诅咒。""同样是郎情妾意、两心相悦，为何女子要被那些蠢才们愤愤不平地给予处罚，而男子却可以一犯再犯不受责备，甚至还能得到夸赞和颂扬？"（分别见第六十三和六十六节）钱锺书评论说，阿里奥斯多在此毫不忌讳地反对自古希腊贤人梭伦以来立法思想中的两性道德观（doppelte Sexualmoral），普劳图斯在《商人》（Mercator）一剧中也对此有所体现（参考的是 Iwan Bloch 的《论卖淫》Die Prostitution）。《管锥编》"《周易正义·大过》"提到"亚理奥斯图诗中诅咒古人定律，许男放荡而责女幽贞"，即见于此处。钱锺书札记中又评论说，尽管阿里奥斯多兴高采烈地讲了不少女性缺点的故事，仍不失其骑士本色。他引述了三段诗行为证，前两段分别是 Rinaldo 对试图检验妻子是否忠实而陷于悔恨的骑士的劝解（XLIII 48—9），水手讲述律师 Anselmo 与妻子互相背叛并宽恕的故事之结论（XLIII 143）。还有第二十八歌讲的故事，说伦巴第国王 Astolfo 与其臣子 Giocondo 均为美男子（Iocondo 是平民百姓对此名的拼法，后来拉封丹的仿作即题为 La Joconde），却先后发现自己妻子不忠，于是游荡世界引诱了上千名贞女失节，最后两人决定共享一个少女，谁料她仍然要红杏出墙，二人大笑，得出女人都经不起诱惑的结论。故事讲完后，一位老者评论说："哪个男子对自己妻子忠贞不贰呢？都能经得起婚姻之外偷香窃玉的诱惑吗？凡妻子不忠于丈夫的，我敢说都是丈夫的不安分造成的。基督告诉我们：你们愿意人怎样待你们，你们也要怎样待人。"（XXVIII 79—82）钱锺书说，乔治·艾略特的小说《亚当·比德》中勃艾色太太（Mrs Poyser）的名言"我不否认女人傻，万能的主造她们来配男人"，恰似阿里奥斯多观点的简朴表达。

第三十七歌围绕厌恶女人的 Marganorre 的故事展开，说他"不能忍受女人靠近，仿佛阴柔的雌性气味有毒"（XXXVII 40），钱锺书谓可参看《周书》卷四十八，"萧詧恶见妇人，虽相去数步，遥闻其臭"，又与莫扎特意大利版歌剧《唐璜》（Don Giovanni）中的"仿佛嗅到女人之气息（Zitto! mi pare sentir odor di femmina）"相类。

补注中还提到《奥兰陀的疯狂》两处与《天方夜谭》故事雷同的情节。一处是第二十八歌中 Astolfo 与 Giocondo 的故事，钱锺书说，这是对《天方夜谭》开篇序曲的一个闳肆的扩写本（a vasty improved version），这并非独见新说，此前西方学者早就指出这一点。文艺复兴时期《天方夜谭》虽未传入欧洲，但中古意大利人即听说过这个序曲故事，阿里奥斯多在上一歌结尾便自称是从他朋友威尼斯牧师 Francesco Valerio 那里听来的。另一处在第四十三歌，插叙曼图亚城律师 Anselmo 与妻子的故事，先是丈夫发觉妻子与英俊骑士偷欢，欲杀之于荒野，妻子神秘失踪，又以幻术令丈夫在巨大财富的诱惑下答应与一黑人男子睡觉，随即现身斥责其品德亦非坚毅刚贞，两人于是和好如初。钱锺书说，这个故事亦见于 Mathers 由 Mardrus 法文转译本中的"The Fifth Captain's Tale"，按即埃及苏丹拜巴尔一世的十二巡察官所讲故事（Breslau 本，第

930—940页)的第五则,Burton 与 Payne 译本均将之置于副册(巡察官为十六人),不怎么为人所重视。钱锺书说比较家和探源者(comparatists and sourciers)应当对这个题目下些功夫,这句话恐怕到今天还有效,因为我们读 Robert Irwin 写的《天方夜谭手册》(*The Arabian Nights*:*A Companion*,1994)一书,第三章关于欧洲文艺复兴文学所受《天方夜谭》的影响,关于《奥兰陀的疯狂》也只能举出前一个例子(并且把人物关系都混淆了)。

第五百三十一则札记开篇,钱锺书即用英语说:“近代语言余能读者四,其叙事诗中,惟此书超然独异,几无瑕疵,兼有爽畅之诗才与奇诡之组织。”(Of all the narrative poems in the four modern longuages that I can read, this stands out unique in its almost flawlessly perfect union of delightful poetry with wonderful yarn-spinning.)根据钱锺书自小喜爱《说唐》《岳传》这类小说的习惯,不妨推想他读这部妙趣横生又枝蔓繁复的骑士文学作品一定也是非常快乐的。《管锥编》一处引此札记中描写摩尔兵卒攻城“冒锋镝争先,然或出于勇而或出于畏”的句子,与《左传》相比较;另外一处论时代谬误时,指出《奥兰陀的疯狂》里面出现中古欧洲未有的火枪,被阿里奥斯多以“魔鬼手制”而掩饰过去。札记还有一段妙语值得一提,意思是说,钱锺书以前读书得知马克罗比乌斯(Macrobius,五世纪初拉丁作家)曾评价荷马描述大小战事搏杀均胜过维吉尔一筹,他现在觉得此公若能生睹《奥兰陀的疯狂》,无疑会让阿里奥斯多凌驾于荷马之上远甚(Had he lived to read Orlando Furioso, he would beyond all doubt have placed Ariosto even far above Homer)。他津津有味地回忆起书中两大武士的最后一次决战(见于全书末尾,钱锺书在此记错了章节),大呼妙极(the most magnificent），乃是"以奔雷走电完成的全诗之最终乐章"（which forms a finale of crashing thunder to the whole）。这不就是《堂吉诃德》里面那位"痴气旺盛"的主人公喜欢的话题吗？现在的学术研究论文，哪儿还在乎这个。

《南方都市报·阅读周刊》,2013 年 12 月 8 日

钱锺书对于范当世的态度

晚清诗算是钱锺书读书的一个重要部分。从《容安馆札记》到《中文笔记》，所读个人专集甚多，其中光宣名家占篇幅较长者有陈三立、张之洞、郑孝胥、樊增祥、易顺鼎等人，从目前所见手稿来看，缺席的有沈曾植和宝廷。范当世在近代诗坛地位颇高，《范伯子诗集》却只占有一页札记（《中文笔记》第二册，"大本"之三，不见于目录）。《管锥编》未曾提及范当世的诗；《谈艺录》摘引了两首，前一处称其为"同光体一作家"，不做任何评论（可与"大本"之札记末尾互参），后一处以目拟文的诗句与《儒林外史》等书的排列对应关系，则是《小说识小续》先已公布过的。《石语》的按语提到过范当世《东坡生日诗》，并引郭曾炘"不谓闭门范伯子，已曾奋笔诤东坡"二句，这见于《匏庵诗集》卷九《续题近代诗家集后》的第六首。郭诗讥讽范当世斥苏轼之立异的轻薄，令我们想起《围城》中董斜川说的"苏东坡，他差一点"。但是钱锺书也注意到抑苏轼扬王安石的背后是为维新变法张本，郭诗原注其实也说，"斥坡公之不附新法，此当时士大夫风气"。

"大本"札记开首说"重看《范伯子诗集》，余《起居注》十二已言之"，不知这部分手稿是否还在。钱锺书接下来评价说："古诗不免词费，近诗不免词粗。佳处偶遭，则又直干老根生面别开者，书卷少而言语多，故尤觉榛芜不剪。自负特甚，亦乡曲之一端，自言欲接遗山，遗山安雅，岂如此犷厉哉。"说得一无是处，本来可观的地方也是缺点。后文于诗集不举一句诗，只是嘲笑了其诗题的"好掉文，往往酸俗不通"，把林琴南误写作林纾南，等等。如果我们对照笔记里与范当世有类似文学渊源的诗人，比如籍忠寅，他比范当世名气小多了，可钱锺书在《困斋诗集》的笔记（《中文笔记》第一册）中说他律诗"为惜抱、濂亭、至父之体，欲骨力开张而声调宏亮者，颇有善言，能唱叹，胜其文也"，不是分明比范当世更适合承继桐城诗派的余脉吗？

《中文笔记》两度长篇幅地抄录《晚晴簃诗汇》，两度摘《近代诗钞》，均对肯堂诗不著一字。"残页"部分还有《晚清四十家诗钞》笔记。这部书为范当世弟子、吴汝纶之子吴闿生所编纂，带有强烈的门户标榜之色彩。钱锺书评价说：吴氏"承乃翁月旦，最推范肯堂、李刚己，所录亦偏袒莲池弟子。王壬秋、李莼客、张香涛皆只钞一首……评点多皮相目论"。其中范当世作为"四十家"中的一家，入选之作颇多。于是钱锺书评论道："余最不喜范伯子诗，尝谓'叫破喉咙，穷断脊梁'八字可为考语。学山谷而不博炼，学退之而乏浑厚。盖无书卷无议论，一味努力使气，拖沓拈弄，按之枵廓。同调中前不如张濂亭，后不如姚叔节也。吴氏父子动以太白许之。卷三易实甫、陈栩孙亦皆被太白之目，何张太碧之多也。"

"余最不喜"这四字说得颇重，八字考语更令人觉得不堪。范当世出身贫寒，屡试不第，又多愁多病，好作忧国感时之诗，这本不该是被讥嘲或贬斥的理由。不过肯堂好说自己的家世渊源，除了远祖有那位先忧后乐的范仲淹，更以姚门女婿甚为自得。诗集篇目大量出现"外舅"字样，即他第二任妻子的父亲姚濬昌。如《谈艺录》中引过他声援姚鼐的"泥鼋鼓吹喧家弄，蜡凤声声满帝城。太息风尘姚惜抱，驷虬乘鹥独孤征"，就出自一首题目特别长的《读外舅一年所为诗，因发箧出家大人及两弟及罕儿诸作，遍与外舅观之。外舅爱钟、铠诗，至仿其体。爱诲当世以外间所见诗派之异，而喟然有感于斯文也。叠韵见示，当世谨次其韵，略志当时所云云》。姚濬昌出身桐城姚家，乃姚莹之子，太平天国运动期间避乱江西，被曾国藩收留，曾跟莫友芝学诗。曾、莫皆为倡导宋诗的同光体之前驱，而桐城姚家，自姚范、姚鼐起就主张追摹北宋江西诗派尤其是黄庭坚的风格。诗题中说，姚濬昌读了范家三代人的诗，便谈起了"外间所见诗派之异"，外间诗派即所谓不识姚家祖风的"泥鼋""蜡凤"。如此说来，南通范氏通过肯堂继室姚蕴素的关系，也成了"内间"。这就是范当世写诗给常州词派张家女婿庄允懿时所引以为傲的"各从妇氏数门风"（《为秉瀚题比屋连吟图》）之意了。此外，范当世老师前有刘熙载，后有张裕钊和吴汝纶，又与陈三立攀上姻亲。晚年得李鸿章赏识，为"东床西席"之"西席"，感恩戴德，溢于言表。钱锺书的考语，想必是针对范当世重视攀关系、拉交情而人格上显得略有些卑下猥琐所发。但即使如此，亦不足以当"余最不喜"的判断。《中文笔记》第十一册《晚晴簃诗汇》笔记，在卷一五九姚濬昌处批注："范肯堂为其婿，叔节为其子，故阿私如此。选其四十首，而同卷江殿叔仅十八首耳。"

钱锺书父亲曾因评价范当世而受到了些攻讦之语。1933 年初，钱基博在《青鹤》杂志第 4 期上发表《后东塾读书杂志》，论范伯子文集，说"卢冀野先生以通州范当世无错《范伯子文集》十二卷见假，粗读一过"，即评论道："昔孟东野有诗囚之称，范氏文议论未能茂畅，叙事亦无神采，独以瘦硬之笔，作呻吟之语，高天厚地，拘局不舒，胡为者耶？吾欲谥以文囚。"随即他评论了以前读过的《范伯子诗集》，说："范氏诗出江西，齐名散原。然散原诗境，晚年变化，辛亥以后，由精能而臻化机；范氏只此番境界，能入而不能出，其能矫平熟以此，而犹能矫平熟亦以此。"

把范当世和孟郊相提并论，不算是钱基博的独见。实际上，范当世自己就写诗称颂过孟东野，说他文辞有大同之理，与西人所言的公德相近（《究观东野之文辞颇有合于西哲之言公德矣感叹再题》）。陈衍也早移用"诗囚"一语评价范当世，《近代诗钞》中就说过："伯子识一时名公钜卿颇夥。徒以久不第，抑郁牢愁。诗境几于荆天棘地，不啻东野之诗囚也。"汪辟疆的《近代诗人小传稿》也不提出处地抄录了陈衍这段评价，似乎是当作定论或公论了。至于说范陈诗风异同，陈三立的变化在辛亥以后，范当世去世较早，便只有这番境界，自然算不得丑诋菲薄之词。

可是，钱基博的评价引起范当世乡人的反击，有冯超（字静伯）写信给钱基博，发表在《国风》上，对于钱基博的观点予以反驳，主要不满于钱基博认为肯堂古文和桐城派取法不同又极力借重以张大门户声势。钱基博有一个回复，并给《青鹤》的主编陈灝一写了封长信。面子上有所致歉，但其实行文仍略带嘲讽之意。这些书信以及冯超的回应都集中在《青鹤》第 14 期上发表。

另一位南通人徐一瓢在当时还出版了一部小册子,也把这些书信收集起来,题为《论范伯子先生文与桐城学驳钱基博》。徐氏后来在1944年《古今》上发表《记通州范伯子先生》一文,其下篇(第57期)结尾追述这段公案,还要说:"子泉辞穷,复书一敛横恣之气,语调也变为谦抑,而谓静伯近于误会。且谓范先生风流文采照映人间。"

我想,钱锺书在读书笔记中表达自己的态度时,无一赞语,且用"余最不喜"这种纯主观判断的言辞,或许与其尊翁往昔的这段恩怨有些关系;但也可能本来就是无法容忍范氏这种为人为诗的作风。

《南方都市报·阅读周刊》,2014年1月26日

钱锺书笔记中的晚清诗人掌故

　　钱锺书读书抄书，多有活泼之妙。他对于晚清诗人掌故逸闻的爱好真是浓厚，恐怕不亚于今天我们对各种"八卦消息"的兴趣。据安迪考证，《中文笔记》里有最晚年代标识的读物，应该是1993年10月出版的《郑孝胥日记》，次年4月钱锺书住院直至去世，我们去看"硬皮本"第三十四册笔记，钱锺书下功夫仔细审看，用很大篇幅来摘录郑孝胥记外室金月梅的所有文字。他记着石遗老人跟他说的，郑孝胥堂堂一表而原配奇丑，且妒悍无匹，就假装说自己为国事要夜起外出锻炼筋骨，实际是去找小老婆睡觉。

　　钱锺书抄《南亭笔记》卷十四，记梁鼎芬对两湖书院学生演说两宫西狩，泪随声下曰："你们想想看，皇太后同皇上两天只吃了三个鸡……"尚未说及"蛋"字，已呜咽流涕，语不成声。抄《郑孝胥日记》时也记湖北人拆其名"鼎芬"二字的联语，"一目高悬，屁股拆成两片；念头大错，颈项斫了八刀"，据周劭先生考证，这出自蒯光典等人之手。《中文笔记》有读蒯著《金粟斋遗集》的内容，唯一有批注处，即是关于蒯光典对梁鼎芬的厌恶攻讦（引自《世载堂杂忆》）。钱抄的《郑孝胥日记》还录一嵌字联，原文谓"南皮尝为翼庭者集对云：在天愿为比翼鸟，隔江犹唱后庭花"，实际上大家更熟悉的说法是李士棻讥周翼庭所作，见汪康年《庄谐选录》卷三。钱锺书对李士棻本人的掌故也很熟悉，笔记中读了《天瘦阁诗半》总结说："芋仙平生最得意事，为得曾文正赠诗，与朝鲜使臣唱和，次则蒙曾沅浦赠钞，与张孝达同门；更次则有上海两妓所谓靓人碧玉者，喜诵其诗。皆反复道得口津出者也。"并点出《二十年目睹之怪现状》第十一回"亦写芋仙，则淋漓恶毒矣"。按即小说人物"李玉轩"，高伯雨有《索隐》一文，论之甚详。钱锺书似不熟悉《海上花列传》，那其中有一高亚白，也是影射李士棻。

　　周星誉（叔子）与周星薲（素人或涑人）、周星诒（季贶）兄弟，与钱的好友冒效鲁也有亲戚关系。钱读如皋冒氏丛书本的《五周先生集》时并未多说什么，只提示我们周沐润（文之）的掌故"鹤翁"（冒鹤亭）知道不少，但《外家纪闻》里面未载，反而见于徐珂的《闻见日抄》中。又忍不住记录说，文之狎卢家巷褚氏妓的诗，有"岂缘风月关防密，或者春秋责备严"这等妙句，实则"光绪中有人于吴市见周、褚唱和册子"，这倒是"鹤翁"的《小三吾亭词话》提到过的故事。钱锺书读《越缦堂日记补》，很注意李慈铭早期日记中与"言社诸君"的关系。在他看来李起初读书还不多，但是周星薲在日记上的评点"俨以长老自居"，极推重莼客当时的学问，忍不住讽刺说："偶读书已蒙此不虞之誉，其不好学者更可想矣。"后来李慈铭与周氏兄弟绝交，日记中多有涂抹处，钱锺书猜测都是涉及周家的事情，比如有一大段浓抹的内容，他根据上面的眉批断定是涉及周星诒的话。但周星薲的那些评语都无涂抹，反而还在有处肉麻的箴规之批语上做了圈点，"如此亦几见真实受用素人之劝哉"。

李慈铭私人生活颇有些不足为外人道之处，这与他婚姻上的问题颇有关系。钱锺书评议其日记中批识王星诚诗处，"详记自浙入京还沪狎妓事，艳思丽藻，袭而能雅，是好文字。盖居乡时，与妇马氏异室以居，同床不梦，屡议买妾事，迄未成。琴弦不调，剑锋欲试。至是香洞肉林，色荒情急，实有如伶玄所谓'慧通而流'者矣。独是米汤乍灌，真已魂销（云茗欲以身相托问八字云）；香泽方亲，乃成病渴（每宿后辄体中不快，或腹痛），又不免贻笑土老子、镬枪头耳"。

易顺鼎仿赵之谦"悲庵"而自拟"哭庵"一号。钱锺书注意到其日记中"有每次哭泣几次之记"。《哭庵传》说自己中年丧母，在墓旁修建草舍守孝，"暂以哭终其身"，欲有"殉母"之举。又作《倚霞宫笔录》，说母亲显灵降乩，不许其死。钱锺书讥笑说，"盖实甫欲博孝子名……而复惜命，故托之母灵"。

钱锺书不仅看见樊增祥把咖啡当鼻烟吸、买机器自制冰激凌，还注意到陈锐《裦碧斋集》中有首诗（《送刘采九还里》）说刘凤苞嫌咖啡不甜误认牛油为白糖的笑话。近人王栻主编的《严复集》，前言说严复回国去天津北洋水师学堂任总办而"不预机要"（陈宝琛语），说明李鸿章对严复不重用。钱锺书批注说："不知严复是为瘾君子也。编者于第五册前影印英文日记，第三册704、730页'与四弟观澜书'，瞠目无睹。全书亦未及严氏此节，真咄咄怪事也。"英文日记中严复说自己一下午抽两管。第三册704页，说自己吸食鸦片的经历"可作一本书"；730页，则对弟称"兄吃鸦片事中堂亦知之"。这虽然不算特别醒目的关节，但是于文字中的生活细节特为敏感者，则应该是可以注意到的。

我们从《中文笔记》才知道，原来钱锺书早就看过黄人的《摩西遗稿》。他在卷首略记各家序所提及诗人之生平，谓其"以狂疾死"，眉批道："《尔尔集》附甲午年作小诗第五首云：'阿姊慧过我……中道病狂易……先后成两人，友爱终一气。遣嫁伤母心，不字遭物议'云云，盖其姊亦病狂不字。"也算是"以诗证史"——证其家庭病史了。这都是心细眼明的表现。

笔记中读晚清诗人的别集，钱锺书多有几句评价，算得是艺林月旦的掌故谈资。比如说陈三立诗有时"好谈新学，虚遣新名词，往往类《新民丛谈》所谓哲理诗"；说陈锐诗"不成体制，每似打油"，有"名士不学"所导致的笑话；陈衍诗，"佳处不过《江湖小集》《桐江续集》"；张佩纶的名句"惜花生佛意，听雨养诗心"，乃是"广雅佚诗古体"；梁鼎芬诗"气粗语大，横冲直撞处太多""诗集偶有长题及序，皆不成句"；李慈铭诗"平浅无味，肤廓不切，一意修词""近体对仗并不能工"；又谓李士棻诗格卑俗，"虽专鹜标榜而不得侪于真名士也"，其诗只配和王韬、袁祖志之流唱和，"刊登《申报》而已"。他还嘲笑孙雄编的四朝总集题为"诗史"是"牵强不通""人多诗杂，了不知其命名用意"。孙德祖的《寄龛诗质》，更不在话下，钱锺书嫌其"才短"，只抄了一首《十月望重得云门寄诗再和》的"第一绝"，谓"全集唯此二十八字稍有趣"。这些"酷评"当然有个人意气在其中，不得当作公正的判词。钱锺书少年时好学黄景仁（《石遗室诗话·续编卷一》），于是他不满张际亮"甚薄黄仲则"，说他"较之仲则，直是伧夫耳"。

《围城》里董斜川说："老辈一天少似一天，人才好像每况愈下，'不须上溯康乾世，回首同光已惘然！'。"此前有人已经指出源自陈宝琛的摹本罗两峰《上元夜饮图》题诗后两句："不须远溯乾嘉盛，说着同光已惘然。"钱锺书读《沧趣楼诗集》的笔记里，在此处批注引明末诗人曾异撰的《纺授堂二集》卷五《送董叔会重游都下》其三："送君莫道成弘事，犹记当年万历初"，看来也不算陈宝琛的独创（这条也收入《容安馆札记》第七百五十则，见第 2158页）。他对《光宣诗坛点将录》中的"呼保义宋江"，也有不少妙见与酷评，《札记》已说"散原尚能以艰涩自文饰""竟体艰深""多用涩字"，于俗字"惟恐避之不及"。《中文笔记》说得更清楚，言其屡用"照"字、"携"字、"苍"字、"魂气"字、"摇鬓"字，又一处于集中摘句，对这些使用频率很高的"涩字"画线标示，有什么"万古酒杯犹照世，两人鬓影自摇天""忍看雁底凭栏处，隔尽波声万帕招"，又有什么"提携数子经行处""提携万影立黄昏""下窥城郭万鸦沉"，读者诸公是否觉得眼熟？不就是《围城》里董斜川诗句"数子提携寻旧迹，哀芦苦竹照凄悲""秋气身轻一雁过，鬓丝摇影万鸦窥"那些用字的材料嘛。

《掌故》第一集，2016 年 6 月

钱锺书留学时代的阅读兴趣

前些年,有位师长说曾与钱锺书昔年清华外文系同窗某先生晤谈,提到钱的外语能力,那位老先生摇头说:他没有学过意大利语,他哪里会意大利语呢。我当时听闻后即感奇怪,难道后来去学就不算了吗?最近,商务印书馆出版了《钱锺书手稿集·外文笔记》的第一辑三册,影印了钱锺书留学时代共10本读外文书的笔记。我匆匆翻览一过,觉得内容虽然也极为丰富,但还是显露出一些青涩的痕迹,与《中文笔记》所存最早部分也看起来颇为内行的状态完全不同。比如法、意、拉丁语言的有些引文旁写出了英语译文,比如抄读"来屋拜地(Leopardi)"的《思想集》(*Pensieri*,1837)笔记(抄原文附以英译)之末,有意大利语读音规则的简单记录。这些倒是更觉真切可信,假如开始读薄伽丘《十日谈》没用英译本,或是读但丁《神曲》的笔记之末尾有现代意大利语读音的学习笔记,那才真让人觉得奇怪了呢。我们还看到,他这时读Robert Burton《解愁论》拿的是节选本,接触萨福和卡图卢斯的抒情诗集用的也是比较通俗的英译本。

读书笔记的影印可破除不少神话,让我们领略庞大的学术工程是如何累积建筑的。第一册"饱蠹楼读书记"扉页日期署 1936 年 2 月 4 日,第二册作于 1936 年 3 月 30 日:相距不到两个月,便有满满 200 页的抄书内容,可见其勤勉。不过看篇目,我也有些疑惑不解。《听杨绛谈往事》中说饱蠹楼的经典以 18 世纪为限,19、20 世纪的书要从牛津市图书馆去借。可是,"饱蠹楼读书记"这两册号称"提要钩玄",读的大多是 19 世纪以后的人,甚至说都是当时人的书。第一册最晚至少有 Victor Basch 那部《哲学与文学的审美论集》,刊于 1934 年,第二册里的美国作家 Burton Rascoe《文林巨擘》,问世于 1932 年,Oliver de Selincourt 的《艺术与道德》是 1935 年在伦敦出版的。两册笔记中早于 19 世纪问世的书,只有柯勒律治的《文学传记》(Biographia Literaria)和那套约翰生博士主持的《漫游者》(The Rambler)杂志。我不清楚饱蠹楼的藏书历史,不敢说杨绛记错了。这头两册读书笔记所显露出的钱锺书,似乎对于 18 世纪以前的书并不再着急搜读,没准儿他初到海外,渴求一读的就是那些新近的书,除了补充(更可能是重温)圣茨伯里和白璧德著作中关于晚近文学与文学批评的介绍,剩下来就是广泛浏览摘录文艺与哲学的新书了。这个兴趣可以说一直贯穿在留学时代的这 10 本笔记之中,他关注的大量学者作家,不仅是与之同时代,甚至不过早生十来年的光景,属于刚刚起步的人物。扬之水发表的日记里曾记赵萝蕤晚年批评钱锺书精力浪费在 18 世纪的英国作家身上,她老人家真该看看这些笔记。

另外,杨绛说她几乎读过《潘彼得》作者巴里的全部小说和剧作,钱锺书只从一部 My Lady Nicotine(no. 6 末尾)摘了几句话在笔记中;杨绛又说"文学史上小家的书往往甚可读",提到过 John Masefield 有《沙德·哈克》《奥德塔》两部小说,写得特好,至今难忘其中气氛", *Sard Harker* 见于笔记之中(no. 8 末尾),也是草草抄了两句话而已。这一对"海天鹣鲽"(第一本笔记扉页钤印)读书趣味的异同,说来倒也有意思。

钱锺书写英语论文《十七、十八世纪英国文学里的中国》,用的好多资料都不见于这十本笔记中。论文说自己受 Pierre Martino 的书《十七、十八世纪法国文学里的东方》(1906)之启发,笔记中只有此人一部论当代文学的《高蹈派与象征主义》(1925);又说追随的先驱还有 Brunetière,可我们也找不到他论文提到的那部八卷本《法国文学史批评》(简称 études critiques),只有另外一部四卷本的《法国古典文学史》(no. 7,前面抄录了意大利文学史家对文艺复兴时期不同阶段的划分等意见,后文赞同作者对伊拉斯谟的评价,并关注了老 Scaliger 的《诗学》一书)。关注钱锺书的人应该都注意到他在牛津的师承关系,他学术上的导师是 Herbert Francis Brett Brett-Smith(1884—1951)。1930 年后,一些文人学士在牛津组成规模不小的一个团体,名曰"洞穴(Cave)",典出《圣经·撒母耳·上》的"亚杜兰洞"(the Cave of Adullam)故事。成员除了 Brett—Smith 之外,还有刘易斯(C. S. Lewis)、托尔金,以及 Neville Coghill、Hugo Dyson 及 Leonard Rice—Oxley 几位学者,或又添上 Coghill 的学生 Cleanth Brooks、R. B. McKerrow 与 F. P. Wilson。其中钱锺书的导师和 McKerrow 都以文本校理而见长,多有校勘整理英文经典著作的成就。Brooks 曾云此圈中学人的治学经验有两点,一是关注 what the text says 而非 what the text means,一是好从传记家、文学史家和辞书编纂者的成果中寻求解诗之密钥。前者可理解为对校勘学或修辞学的重视,后者则是功夫在诗外的意思,即从掌故、渊源和语义及语境的变化中研究文学。这些似乎与钱锺书的读书论学方式多少有些关系。对于后来才以《纳尼亚传奇》出名的刘易斯,钱锺书对他的随笔集和学术著作读得比较多,《管锥编》中数引其书;《指环王》作者托尔金也是中古文学的学者,我在翻看《容安馆札记》时偶见钱锺书论及童话故事的 Happy Ending,曾引述这位埃克塞特校友发明的 Eucatastrophe(谓故事主人公在逆境中突然得以善终收场)概念。至于那位 Rice—Oxley 教授,据说他正是 1937 年 6 月钱锺书送交论文后的考官之一。另外,这个团体名字既典出“亚杜兰洞”,意指大卫之庇护所,旧约中大卫要密谋反对扫罗,据他人考证,扫罗是影射当时英国文学研究界的一个大人物,牛津墨顿学院(杨宪益在此读书)的教授 David Nichol Smith(1875—1962),钱锺书读此人一部《莎士比亚在 18 世纪》,有笔记留存(no. 9)。

我们从笔记中注意到,钱锺书留学期间还读了很多心理学的书,尤其是一些新出版的心理分析学派的著作。这些研究往往与文学所体察的问题相关,故后来谈诗论艺时他对此能大加阐发,使用过诸如“反转”“测验法”“投射”“同时反衬现象”“疲乏律”“补偿反应”“通感”“愿望满足”“白昼遗留之心印”与“睡眠时之五官刺激”“比邻联想”“意识流”或“思波”“失口”“反作用形成”“抑遏”“防御”“占守”等术语。我们由其早期所读的相关书籍来看,他使用这些术语是有一个长时期、广范围之准备的。

正经论著里的出处往往在此寻不见,写游戏文章的材料倒是一查就得了一个。在第八本笔记中,他读 J. Barbey D'Aurevilly 的 *Les Diaboliques* 六篇,我们想起《魔鬼夜访钱锺书先生》中引过

一句"火烧不暖的屁股",这见于第五篇,果然在此抄着法语原文,可译作:

> "尽管地狱暖烘烘,鬼臀依旧冷冰冰",——据那些在黑弥撒中与之交合的女巫们说。

钱锺书一定对自己读过此书而得意不已,文章中的"钱锺书先生"就这样恭维"魔鬼":"你刚才提起《魔女记》已使我惊佩了。"他抄书贪多求快,遇见有趣的掌故来不及详记原文,就干脆以汉语文言概述。比如《魔女记》第六篇记 La Duchesse D'Arcos de Sierra—Leone:

> 西班牙最贵妇,platonically 爱一人,其夫知之,当面命黑奴杀此人,剜心掷二狗食之,必辱之也。女求食心不许,与狗争。愤出亡法国为妓,亦以辱其夫也,求生梅毒,果然。

不知是牛津教授圈子的学风使然,还是钱锺书自己也酷爱掌故逸闻呢,笔记中出现了好多传记、回忆录和掌故杂俎的书。比如王尔德同性情人 Alfred Douglas 暴露隐私的自叙、斯威夫特身后被公开的秘密情书、爱丽丝·梅内尔(Alice Meynell)之女为她写的传记等。他还注意大作家身边之小作家的表现,比如雪莱之密友、伍尔芙之父、马修·阿诺德之侄女婿、叶芝之心腹这类人物的书或传记,他也有兴趣一观。至于当时正活跃的布卢姆茨伯里派诸多成员,我们都可以在读书笔记中找到他们的踪影。交游极为广泛的弗兰克·哈里斯(Frank Harris)那卷帙庞大的名人交游丛录《当代群像》(*Contemporary Portraits*，有五编)，钱锺书在此两度抄读。其中说老相识萧伯纳"面孔瘦削多骨，缘于凡事爱追根究底"(a long bony face corresponding to a tendency to get to bedrock everywhere)；又如记达尔文走红之时，身边为一众聒噪女士所包围，好似蜜蜂凑在一碟子糖块上，问他如何避免再从人退化成猴子；还说卡莱尔"无色欲，故不知美感。其妻以此郁郁而死"(钱氏以中文简述)。哈里斯那著名的禁书，充满了露骨描述的自传，还被称作"西洋《金瓶梅》"的，不知道钱锺书读过没有。

Richard Le Gallienne 的《浪漫的九十年代》这部回忆录也是充满了八卦，钱锺书忍不住拿中文记录的，比如说"Spencer 与人辩不合必至气厥，ear—clip 无用，与人语而喜亦然。命老妇弹琴以解之"，看到就忍俊不禁。Arthur St. John Adcock 的《今日格拉布街之诸神》(*Gods of Modern Grub Street*，1923)，是名记者写的当代文坛掌故书，其中钱锺书摘录了对约翰·布肯(John Buchan)的一段描述，说"此一平庸之苏格兰人，偏偏怀有不可救药的感伤之心"云云，钱锺书那时真爱翻读布肯的小说，目录中频频出现，然而一般不过只是摘录一两句有趣的描述或对白而已。其中 *Greenmantle*(1916)那本小说就是《三十九级台阶》的续篇，笔记下面画的两张人面草图，应该是钱锺书揣想小说家所谓"slept like logs"的样子。

钱锺书到了英国，对英语作家善讽刺、诙谐之人物多有留意。他读了幽默小说家伍德豪斯(P. G. Wodehouse)编选的《一个世纪的幽默》，似乎有些不满，以英语评论，大意谓此集等于把好作家的坏故事集在一起了。他以打字机完成的笔记，有一则读 *Punch* 杂志的幽默作家 Thomas Hood 自选集(no. 5)，其中论再婚，谓此遭遇鲜有境况改观者,好比独裁政府二次鼎革,第一次还是白银,再度就成了黄铜了。他更喜欢的一位 Punch 作家是 Frank Anstey,笔记中五六次出现此人的作品,但大多只有摘录零星几句话。有一处(III,页269)说:一位诗人是个强壮的运动员青年,虽则他留着长发——要么那头长发倒是个意外事件,好像力士参孙的情况那样。

钱锺书要是没读到哈里斯《吾生吾爱》,心里一定觉得痒痒的。他能顺手给吴组缃开黄书单子,这时自然也想必乐于在单子上再添几笔。他读到庞德翻译的 Remy de Gourmont《爱之博物学》(*The Natural Philosophy of Love*),记下两个术语,一是"Zoöerotism"并附中译文"人兽交",一是"Scatophilia"(嗜粪癖),又记"spider 雌交尾未完食雄"。我们从笔记中知道他至少读过两部 Victor Marguerite 的法文小说,其中一部就是使作者丢了荣誉勋章的惊世骇俗之作,《单身女孩儿》(*La Garçonne*, 1936)。钱锺书在笔记中罗列其"immoral descriptions",其中有"男人在戏院中手淫女人""杂交野合"以及"玻璃房子(Chambre de glaces),女子狎妓同性交"等"罪名"。

第一辑简介中关于第二本笔记的拉丁语格言,"nulla dies sine linea, qui scribit bis legit(没有一天不写一行,谁写,谁看两遍)",那本来是两句话,不该放在一起的。前句出自老普利尼所引画师 Apelles 之遗言,谓无日不动笔也,原是画笔,这里可引申为抄书之笔;后句则是中古拉丁俗谚,可译作"动笔胜似两回读"。前言说钱锺书后来的笔记有题作"*Noctes Atticae* or Notes in an Attic"者,中文版少一"or"字,若译作"亭子间读书笔记",只是后面部分,前面是"阿提卡之夜",即钱锺书喜爱的拉丁学者 Aulus Gellius 的学问笔札之书题。目录中也有些问题：第一册，John Hay Beith 的笔名是 Ian Hay，不是 Jan Hay；第二册中把 Richard Whiteing 拼成了 Richard Whitening，法文小说《群山之王》（*Le roi des montagnes*，1856）的标题 Montagnes 误排作罗密欧的族名 Montagues，目录和页眉标题在第 450 页至 468 页漏掉了 Marvin Lowenthal 编译的《蒙田自叙》（*The Autobiography of Michel de Montaigne*）一书和数页英语警句选抄，全当成 Logan Pearsall Smith 的那本《再细读与反思》（书名 Reperusals 被拼成 Reperisals 了）的内容。第三册，Louis Petit de Julleville 的名字掉了一个"de"字，W. Pert Ridge 本该是 William Pett Ridge。今天读者都知道格罗史密思兄弟写的《小人物日记》十分有趣。《容安馆札记》第一九二则，钱锺书回忆昔年在巴黎旧书肆发现这本书的过程也为人所熟知。钱锺书说，"忆在 Hugh Kingsmill，Frank Harris 中睹其名"，因此见到就买下来。我们在《外文笔记》第三册目录中看到这个题目，好奇他为何箧中有书还要抄录。翻看才知，起始页页眉上的"George & Weedon Grossmith：'The Diary of a Nobody'"并不是笔记的标题，而正是从 Hugh Kingsmill 为他老东家哈里斯写的那部传记中偶然记下的一个书名，如此就和《札记》所说的吻合了，这册根本没有《小人物日记》的读书笔记。

《上海书评》，2014 年 7 月 20 日

钱锺书眼中的薄伽丘及后继者

意大利文学史上,以新式的俗语短篇小说(novella)文体写作故事集的风气,流行于 13 世纪后期至 17 世纪初期。13 世纪末问世于托斯卡纳,至 16 世纪得以编排刊行的《新故事集》(Il Novelli-no),内容并无多少新意,作者自称是写给那些"不知道这些故事以及想要知道这些故事"的读者看的。真正发生改变是在 14 世纪,薄伽丘的《十日谈》开篇也标明了写的是"百篇新话"(cento novelle),稍后还有萨恺蒂的"三百故事",15 世纪则有萨莱诺的马苏乔的"新故事集"、乔万尼·塞尔坎比的"故事家",16 世纪有班戴洛的"故事集"。我们翻检最近出齐的四十八册《钱锺书手稿集·外文笔记》(以下简称《外文笔记》)以及早先的《容安馆札记》(以下简称《札记》),可梳理出关于这些作品的一些意见。

从笔记手稿看,钱锺书首次读《十日谈》是在留学期间,用 1855 年初刊的沃特·基廷·凯利(Walter Keating Kelly)英译本。19 世纪英国绅士翻译的《十日谈》虽自称"全译本",却多有节略,没有译出第三日第十话与第九日第十话的主干，钱锺书抄录了前一篇的大段原文。第二遍读，用20世纪初的里格（J. M. Rigg）英译本，此本依旧有删节，但译文字句对应得较为忠实，可猜测这是钱锺书准备读原文时选用的参考书。有篇记叙愚汉受人捉弄，以为自己怀了孕，钱锺书批注："cf. 猪八戒。"1945年岁末，他在友人编辑的刊物上发表的《小说识小》中说：

> 第九日第三篇故事，愚夫楷浪特里诺（Calandrino）自信有孕，惊惶失措，谓其妻曰："我怎样生得下肚里的孩子？这孽障找什么路出来？"按《西游记》第五十三回猪八戒误饮子母河水，哼道："爷爷呀！要生孩子，我们却是男身，哪里开得产门？如何脱得出来！"口吻逼肖。

抄读意大利原文《十日谈》在《外文笔记》中所占的单书篇幅差不多是最长的，未写成的"西学《管锥编》"必以此书为中心之一。钱锺书用的乌尔里科·赫普利经典文库本，由安哲罗·奥托里尼（Angelo Ottolini）编订，在"二战"前后二十多年间几次重印。他抄录的编订者前言，说薄伽丘的恋慕对象菲亚美达，与但丁的贝雅特丽齐及彼特拉克的劳拉不同，类于因怀情欲而激动得颤抖的斐德拉与狄多。因此，薄伽丘才会热衷于在《十日谈》中描述一个无畏的群体，他们忘记了瘟疫所带来的死亡之可怕而设法追求快乐，嘲弄或是漠视旧的信仰，在"避难时刻"欢乐地获得了新生。钱锺书以英文批注说：

> 对于这种流行的浅薄观点，须看 J. H. 维特菲尔德在

《彼特拉克与文艺复兴》(*Petrach & Renascence*,1943)中的矫正意见,他认为韵体俚话与德范故事(fabliaux & exempla)等中古民间文学中的那种怀疑一切的嘲讽(beffa)精神,只是在薄伽丘那里得到了"发扬"而已。

看来他并不认为文艺复兴的时代精神与中世纪的传统是对立的、断裂的。一个新的时代可以否定上个时代主要表现出的价值与意义,但支持新时代前进的思想资源,仍然很大程度上来自于上个时代。

编订本前言逐一解说十位讲故事人的名号含义,钱锺书全抄录下来。年纪最长的那位女士帕姆皮内娅名字的含义是"丰产者"(Pampinea, la rigogliosa),"聪慧自信的女性,矜喜于自己的仁慈心肠,以及优美成熟的青春"。批注中先引用了路易吉·鲁索(Luigi Russo)的意见,盖言世俗世界成为新文人获取灵感的来源,女性就是这个世俗世界的象征。复记安哲罗·利帕里(Angelo Lipari)沿此思路的阐释,指出帕姆皮内娅的名字源于拉丁文(pampinus),表示"老藤生出新芽",指向了为研究古代人文传统而做的准备。《容安馆札记》里认为,薄伽丘以这位女士首先象征着一种真正的创造力,同时这种力量又总是深植于传统的。

老迈的医生想要追求美貌的寡妇而遭到嘲笑,立即反驳称女人们吃葱韭(porro)不取葱头之白而只爱其叶青,与下文的"头顶皓白而尾梢常青"(il porro abbia il capo bianco, che la coda sia verde)用了同样的双关语。批注说这是意大利人的惯用语"esser come gli agli che hanno il capo bianco e la buccia verde",即"好似白首而皮青"。对比主要的几种中译本,原文的coda(尾巴),各家或译作"叶梢",或译作"尾巴",而以肖天佑译作"发出的芽儿"并加译注传达得最为清楚。有个故事写情夫捉弄丈夫,令其在自家要卖的酒瓮中劳作,自己与女人在瓮外偷欢。结尾有一句:

in quella guisa che negli ampi campi gli sfrenati cavalli e d'amor caldi le cavalle di Partia assaliscono.

字面意思不难理解,仍以肖天佑译文为最佳:"就像安息草原上发情的公马向母马发起进攻那样。"诙谐文学语涉秽亵,很难翻译得传神,须以译注为补充。肖本译注只介绍安息的地理方位等知识,与此处语境无关。方平、王科一译本及王永年译本则无注。钱鸿嘉等人译这一篇,虽然错将 dolium 翻成了"果汁桶",但此处加了一条注释,云"见古罗马大诗人奥维德的《爱的艺术》,III,785—786",提供了求解的门径:那两行诗教妇人床笫行乐的姿势,"若生育女神给你(腹部)留下了斑纹,就摆个安息快马的样子"。钱锺书读书素喜在难解处下力,批注先列举了英文、德文和中国戏曲文学中将情妇比作马匹的证据,继而说"安息马"乃是"a veiled allusion to coitus a posterori","一种以'a posterori'的方式进行交媾的隐蔽暗示",画线的拉丁文词组并不是要表示逻辑学的"从后果推测原因",而是拿《围城》里褚慎明见此联想到"posterior(后臀)"的自家典故开开玩笑。钱锺书的批注继而又猜测没准儿换了途径,走了"旱路"云云,体现出淘气的学者在这部"人的喜剧"中观察世俗风化的好奇心。

钱锺书对第三日第十话"放魔鬼入地狱"那段低俗谐谑很有兴趣,对比了萨恺蒂、班戴洛的小说和布鲁诺的喜剧,还参考了17

世纪法国小说家索雷尔和 18 世纪法国革命家米拉波的连珠妙语,再将清人《燕兰小谱》这样的梨园掌故与《后汉书》这样的正史引在一处,错落有致、花团锦簇地为薄伽丘这段虽亵渎耳目却生机盎然的修辞加以赏鉴。这雪球后来越滚越大,《容安馆札记》第 461 则又引了拉封丹和英国谚语,第 278 则从另一个角度添上了若干中西诗文小说,讨论被引诱之女子从无知无欲而无餍无足。钱锺书为何喜欢这等令人脸红的故事?《十日谈》第三日第一话讲述一位青年农夫装哑巴进女修道院做园丁,所有修女争着与他偷情。批注里提到了马克思在 1867 年 11 月 7 日致恩格斯一封信的补白,认为可以解释这篇故事的道德含义,原信的内容掺杂着法文和德文,《全集》中译本作:

> 在意大利宗教裁判所的一份记录上,可以看到一个修女这样一段自白。她天真地对着圣母像祷告说:"我求求您,圣母,给我任何一个人,让我同他犯罪吧!"可是俄国人即使在这方面也更厉害一些。大家都知道有这么一件事:一个很健壮的小伙子在一个俄国女修道院中只待了二十四小时,被抛出来就已经成了死人。修女们把他折磨死了。的确,听取忏悔的神父并不是每天都到她们那里去的!

这尤可作为"互文"来阐发《十日谈》这种败坏旧风俗之故事的意义。而钱锺书的学术志趣并不在社会制度批判,他仍要将问题拉回到文学的坐标。《札记》中概述《红楼梦》主旨时说:

> ……傍淫他色,亦或判身与心为二概,歧情与欲为两

途。以桑中之喜，兼柳下之贞，若不有其躬而可仍钟斯爱，形迹浮荡而衷情贞固者……马牛之风无它，媾合而已矣。男女之私，则媾合之外，有婚姻焉，有情爱焉。禽简而一，人繁而三……重以爱欲常蕴杀机，婚媾每行市道，参伍而合离之，人世遂多燕女滥窃之局，文家不乏歌泣笑骂之资矣。

这番说理显得周道平实，于人性与文学两面皆有体察理解上的警拔和深刻，一方面注意观览世俗，着眼于社会组织上的道德评估；另一方面则从言语表达的传统方式、隐晦方式与新创方式中，启发我们在历史环境与社会背景变化中观察人类个体处境的异同。

《十日谈》之外，钱锺书曾记录威尔金斯的《意大利文学史》(1954) 对 14 世纪头一部仿作《三百故事》的评价，谓其对话生动、讽刺辛辣、绘声绘色，记历史小说家休利特（Maurice Hewlett）将作者萨恺蒂视为讲故事水平超过薄伽丘的作家。他熟读过的邓洛普《小说史》则引述并赞同将萨恺蒂的价值置于薄伽丘第二。桑科提斯在《意大利文学史》第一卷第十章说萨恺蒂是个"粗鲁随便、不讲规矩的家伙"，下文又说他"因袭陈腐""他写东西是因为人家已经写过了"，钱锺书的读书笔记抄录英译本、意大利文本各一遍，干脆把这一章都完全忽略掉了。须记得他曾说："在读过的薄伽丘的继起者里，我最喜欢萨恺蒂，其次就是班戴罗。"

《三百故事》传世的有两百二十三篇，虽然数量上和班戴罗不相上下，但每篇都很短小，难怪钱锺书屡屡称之为"意大利古掌故书"。他用的是"李凑列经典丛书"的《著作集》(1957 本)，《外文笔记》里抄录过两回，头回只摘了几段（包括与《十日谈》重复的

"放魔鬼入地狱")。第二回读则是详尽的通读和抄录。

　　一般只认为 novella 源自拉丁文"新的"一词,钱锺书不可能不知道这个解释。汉语里"故事""掌故"的字面意思恰恰与"新"相反,"小说"倒是颇为贴切:"小"未必意味着"短篇",而主要表示"残丛小语"的"小"。钱锺书曾以《三百故事》第一百五十二篇中的一句(Questo famiglio volea pur parlare al signore, pensando forse d'aver danari per lo presentato dono; elle furono novelle che mai non poté andare a lui. "这仆人还想再跟其主人谈谈,以为他会凭着所带来的礼物得到些酬劳;但却是空扯无益,他再也无法接近主人。")为核心,指出这里的 novelle 含义相当于 inutile,"无用的"。又解释小说中的 nuovo 一词,判断即与 bizzaro(奇异的,古怪的)以及 strambo(歪曲的,失常的)同义,第一百四十五篇里的"che parea il piú nuovo squasimodeo che si vedesse mai(平生所见最为奇异的怪物)"这句,钱锺书以英文小字在行间解释 nuovo 为"strange(奇异的)"、squasimodeo 为"bogey(怪物,恶棍)",批注谓雨果小说名作中的"夸西莫多(Quasimodo)"即源于后一字。他认为这个 nuovo 及 novelle 的用法可以与弥尔顿《失乐园》第十卷"为什么上帝……竟会在地上造出这样新奇小巧的东西"(金发燊译文)中所用的 novelty(新奇小巧的)相比,且指出这个词带有非难、贬损之意。尽管历来解释 squasimodeo 为"傻瓜",但早先的《意大利语词典》也指出其字面义即"看似合理的(quasi—rational)",因此从"貌似合乎常规(实则相反)"这个组词的结构来源看,"傻瓜""怪物",都是可以说得通的,钱锺书的看法当然是不落俗套的见解。

　　萨恺蒂的小说集第六十四篇写一老绅士浑身披挂、骑瘦马远赴他乡参加比武,伤痕累累地回乡遭人嘲笑。钱锺书记述前人研究意见,谓此篇可能是塞万提斯写《堂吉诃德》的一个原型。他揭示中西修辞的不谋而合则更为有趣,如第二十一篇写一人弥留之际无人问视,唯有苍蝇久留不去,好似在传达上帝恩赐的信息,批注联想到《三国志》裴松之注所引《虞翻别传》所云"生无可与语,死以青蝇为吊客",以及寒山诗"若至临终日,吊客有苍蝇"等;还引了德国荒诞派诗人莫根施特恩《致一只苍蝇》(An einen Fliege),"Du bist zu oft der wundersame Trost/ von Eingekerkerten gewesen(你的行踪对狱中人总是奇妙的安慰)";我们还熟悉鲁迅的那篇《死后》,"嗡的一声,就有一个青蝇停在我的颧骨上",这值得再添补一笔。

名列第二位"最喜欢"的"薄伽丘的继起者",班戴洛也被邓洛普称为当时"所有意大利小说家中名气仅次于薄伽丘"。钱锺书晚年不满于"译文把那些枝叶都删除了",用了三百三十多页的笔记抄读了半部原文,还难得地翻译了其中一篇,对班戴洛改写的古代故事中反射出的"客观真实感"或云"富于时代本质"的表现大加赞赏。他用的是 1928 年再版的 Brognolico 编订本,只抄录了五册中的前三册,涉及了前两卷一百零三篇故事。第一卷第二篇是假托古波斯背景的中古宫廷故事,君主要与头号大臣在宫廷礼仪(cortesia)上竞争孰更高贵,每居下风,恼羞成怒要处死大臣,继而领悟到君主的职责在于分辨善恶,而不是自以为是地追求美名。被赦免的大臣从刑场上走回宫中,对君主说:"世上有两种事物最为类似,即涨落不定的海潮和难以预测的风向,却有数不尽的愚人不辞辛劳地认真追求和关注着这些东西。"抄书至此,批注引罗伯特·伯顿的《解愁论》,"假若其人居于王庭,则抑扬趋附,随波逐流,因王者之喜怒而变化也",颇见纸背的深深感慨。

班戴洛《故事集》影响了塞万提斯、德维迦、司汤达、巴尔扎克等大作家,莎士比亚的《罗密欧与朱丽叶》《无事生非》及《第十二夜》也都取材于此书。然而较少有人谈到晚近才被列入莎翁全集的那部《爱德华三世》,关于英王与索尔兹伯里伯爵夫人的暧昧故事,可能也是从班戴洛《故事集》第二卷第三十七篇中获得的灵感:在意大利小说家那里,英王使出万般苦缠功夫最终娶了孀居的少妇,而莎士比亚要表现英雄襟怀,遂将儿女情事拦腰砍断。钱锺书读这篇时非常赞赏班戴洛生花妙笔,不仅摘录了大段的对白与议论,甚至在描述伯爵夫人母亲一处以眉批叹说:"very good!"

《外文笔记》还抄读了博乔·布拉乔利尼以拉丁文写成的《笑林》(*Facetiae*)英译本,"笑林"是杨绛译《吉尔·布拉斯》注释中的用名。杨绛译注中所引的那条《笑林》,说的是富有的教士厚葬爱犬,遭主教指责,辩称狗留下了遗嘱,将它的部分财产给了这位贪财的主教。译注说这个故事是欧洲最早的传说,后来传入法国特别流行,并举出了另外三种受此影响的作品。这番丰富的知识其实是从邓洛普《小说史》里抄来的。傅雷1954年致宋淇信:"闻杨绛(译 *Gil Blas*)经锺书参加意见极多。"中文阐释者们向来根据苏俄学者的解释,称 facetia 为"猥亵小说",指"一种内容不健康的色情小说",实际上,它只是指文艺复兴时期以拉丁文写作的 novella 体。不过博乔的这部"段子集"的确也是偏爱低俗、秽亵的情节。担任过半个世纪教皇秘书的他和教廷里的同侪们曾为了打发时光,建立了一个叫"谎话作坊"(Bugiale)的俱乐部,肆无忌惮的谈资成为日后拉丁文习作的素材。博乔乃是著名的古典学问家,他让很多古希腊罗马文献重回人世:在法兰西与日耳曼各地修道院寻访中古钞本的过程中,他从释读、誊抄的工作中接触到活生生的古人智慧,发现了未经"黑暗时代"之阴翳的世俗文学的魅力,这也就是他想要写这么一部离经叛道的小书的原因。

《外文笔记》还有以打字机摘录的查理·斯佩罗尼的书,今有中译本《诙谐的断代史:意大利文艺复兴时期妙语录》,搜罗了文艺复兴时期的十几位意大利诙谐作家,除了卡斯蒂廖内《廷臣录》是钱锺书详细读过意大利语原文的书,其他应该都没在别处读过。在笔记中有一处表达了钱锺书的独到之见,多米尼奇在那部最大部头的掌故集中记述有人纠正神圣罗马帝国皇帝的拉丁文法错误,他傲慢地答复说:"我是罗马皇帝,高于语法!"批注中引了古罗马作家苏维托尼乌斯的《论语法学家》的拉丁文原话:"你作为元首能赋予人民一个身份,但不能给词语一个用法。"虽两造相隔千年,却简直就是同一情景下的当面反击。

1978年,钱锺书在意大利开会发表英语报告《意中文学的互相照明:一个大题目,几个小例子》,先举《十日谈》第四日"入话"(未涉人世之少年入闹市见美色女子而惊异,其鳏父骗他说是母鹅,回家后少年唯思求得一"母鹅")与《续新齐谐》卷二、《聊斋志异》卷七"青娥"但明伦评相比照,复举《后汉书》与《世说新语》中孔融的"小时了了,大未必佳"名言与博乔《笑林》及萨恺蒂《三百故事》中相同的"少年谐智"故事,认为中意文学一定存在着尚未揭示的古代交流途径,"它们很值得研究"。英文原稿涉及的材料更多,乃是原来笔记批注的删略。其实,博乔的《笑林》还有好几篇是中国读者非常熟悉的,比如"丢驴吃药",比如"爷孙赶驴",还有今天很多人在童年时听过的阿凡提故事(只不过主人公换成了但丁）。

　　此外，钱锺书还读过比班戴洛更晚的巴西尔（Giambattista Basile，1566—1632）所著《五日谈》（*Il Pentamerone*），这部集子原来是以那不勒斯方言写成的，往往不太被认可为是薄伽丘的成功仿作，倒是被视为童话作品的最早范本。里面颇有几篇著名的故事受到后世的因袭和改造，比如第一日第六话的"灰姑娘"和第二日第一话的"塔中长发少女"。钱锺书读过《一千零一夜》的著名译者理查德·伯顿的英译本以及著名学者克罗齐的意大利语译本。克罗齐这部译本历来被视为《五日谈》研究的里程碑之作（1925、1974 年重印时开始加入卡尔维诺所作新序，钱读的是1957 年重印本）；而伯顿的翻译是第一个完整的英译本（1893），目前中文世界唯一汉译本（马爱农、马爱新译，1996）就是依据伯顿这个译本转译出来的，虽力求严谨，文辞上也颇下功夫再现原作魅力，但终究因伯顿英译本的陈旧过时而难免讹误。比如《引子》中叙喷泉前一老妪与仆役斗嘴，最后老妪"就像乡巴佬常说的那样：'用牛角挑开你的狗眼，看看老娘是谁！'"查原文"乡巴佬"一处本为人名 Silvio，克罗齐此处注云后面那句话出自文艺复兴时期意大利剧作家瓜里尼的喜剧《忠贞的牧羊人》（*Pasto fido*）开场，当时此剧大为流行，故而老妪能脱口而出。"Ite svegliando gli occhi col corno"，本义是游猎者招呼伴当们"吹响号角睁开双眼"的一句口号，在此掺杂于谑骂中语涉双关，类似说"以尔之角开尔之眼"，"角""眼"都涉及性暗示，于是立刻让一直不笑的公主展颜启齿。伯顿不了解这个出典，译注中说那人名可能是个牧羊人，遂造成中译本马虎带过。钱锺书在读塔索的田园诗剧《阿明塔》和古希腊田园诗集的札记中早都抄录过瓜里尼这部剧的内容,因此在这里只是简略标注了克罗齐所提示的出处。

对克罗齐译本的摘录又被采入《容安馆札记》第六百九十九则进行讨论。《札记》开篇的英文评论,表明了钱锺书重视这部短篇小说集,在于"巴西尔此书为安徒生之外唯一一部为成年人所喜爱的童话集",虽写天真幼稚之故事,叙述笔调中却具有成熟的心智,带有作家个人的"那种充沛的主观精神"(questa permeante soggettività)。而巴西尔在文体风格上最突出的两个特点,乃是"警句派""概念主义"或译作"玄思派"(concettismo),以及"列举法"(Enumeration)。这两者,尤其前者,将巴西尔与他所处的17世纪前期欧洲文学主流紧密联系起来。钱锺书在《札记》中也注意到克罗齐将这种文辞上的想象力与巴洛克时期意大利文坛最具实力的马里诺派诸家相提并论(克罗齐对于巴洛克文学带有成见,他认为巴西尔是在无意间脱离了巴洛克的套路才成就其伟大的)。实际上,巴西尔起初就是马里诺派诗人,不过成就不突出罢了。他脱离马里诺派窠臼后完成的讽刺诗集《那不勒斯的缪斯》(Le muse napolitane)是充满了修辞张力的一部作品,这种对话口吻的牧歌体文学也出现在了《五日谈》中。而钱锺书在《札记》中以引述他人意见所盛赞巴西尔堆聚同义词(accumulation of synonyms,并称此为"a baroque device")的列举之才能,"同义词集的滔滔洪流喷薄而出"(fiumana impetuosa di sinonimie accavallantesi),成为"一场放纵了对于含义之关注的游戏,对于文词意指不加附带之内容"(un jeu libéré du souci de la signification et placé sans le signe de la gratuité),这当然还是巴洛克文学的修辞追求。更令人惊异的是巴西尔在五十篇故事中设计了对于日出日落的一百多次隐喻修辞描述,花样层出不穷。钱锺书在《札记》中特别提到，克罗齐一再强调《五日谈》中关于晨昏时分以曲折迂回的滑稽之言进行表述的多变特色。钱锺书评价说，这种被巴西尔以超卓之才华进行戏拟的史诗体套路，其实是文艺复兴以及巴洛克诗歌中屡见不鲜的手法。我们看《五日谈》最新的权威英译本作者卡内帕（Nancy L. Canepa）教授所写的专著《从宫廷到山林》(*From Court to Forest*, *Giambattista Basile's Lo cunto de li cunti and the Birth of the Literary Fairy Tale*, 1999)，第八章末节即专门讨论《五日谈》中这个修辞现象，所举的文艺复兴及巴洛克时期诗文例证，包括了马里诺的《阿多尼斯》以及法国七星诗社诸家作品；他引的马莱布（François de Malherbe, 1555—1628）那首《圣彼得的眼泪》还是别人著作中讨论过的。对比钱锺书完成于20世纪60年代后期的札记，卡内帕所引文献都涵盖其中，并且对于马莱布同一首作品，钱锺书引的是其法文全集的编订本。不仅如此，钱锺书这段札记里还比较了德语巴洛克诗家们的类似创作，充分证明了这种修辞追求的时代性。

综上所述，钱锺书对于文艺复兴时期的短篇小说集的阅读，在他所见的意大利语范围内达到最大限度的延伸。遗憾的是有些作品他平生未能寓目，比如塞尔坎比的《故事家》，又比如斯特拉帕罗拉（Giovanni Francesco Straparola, 约1485？—1557）那部影响久远的《欢夜集》(*Le piacevoli notti*)。意大利语之外，他对法国玛格丽特女王所写的《七日谈》的了解，可能也只是来自文学史。《容安馆札记》第444则论《堂吉诃德》时曾说："尽管我不能阅读西班牙语书籍，但在我看来，意大利人和西班牙人在散文体讲故事技艺方面早就臻于化境，这领先英国人甚至法国人很久。"由于学西班牙语比较晚，钱锺书对于近代早期西班牙短篇小说集读得更少了，塞万提斯的《警世故事集》(*Novelas ejemplares*)，他抄读过英文的选译本。还有那部比《十日谈》早的《卢卡诺伯爵》(*El conde Lucanor*, 1335)，安徒生《国王的新衣》源自此书第三十二篇，钱锺书也没读过。《容安馆札记》第 691 则曾论安徒生此篇"讽世殊妙"，页旁所增补注提到晚明人陈际泰文章中有类似故事记述，号称是"读西氏记"所得，钱锺书说："所谓西氏，当指耶稣教士，惜不得天主教旧译书一检之，此又安徒生所自出耳。"《管锥编》引及这段时，又以为"'西氏记'即指《鸠摩罗什传》"。由此回看《容安馆札记》中对意、西两国文家在 novella 方面的奖誉之言，大概也就只能坐实了一半吧。

部分内容刊于《读书》，2016 年第 8 期

钱锺书读奥维德

钱锺书借助于英法文译本（尤其是"娄卜古典丛书"），并结合自己对拉丁文和古希腊文程度不同的认识，阅读了大量的西方古典著作。我曾统计《管锥编》中引用过的古希腊罗马作家，多达93位，这个数字显得非常惊人，很难想象中文学术著述里还有谁能这般博通。而他的读书笔记手稿包含了更为丰富的内容，从中可看出他对西方古典文学的探索程度和认识水平。虽缺乏足够的语文根底来作为训诂文本意义的精准工具，但勤奋的博览习惯和聪慧的思辨才能却使他深入独到地领会文本的某些细节。不过，这种领会往往着眼于修辞佳胜之处，对于像斯特拉波《地理学》这类著作，钱锺书就摘录得极少。长于词藻铺排、设喻取譬的诗家文人，才是他一贯喜爱的。其中当然要将伟大的罗马诗人奥维德作为重要的代表。库尔提乌斯的巨著《欧洲文学与拉丁中世纪》曾指出，奥维德自中世纪后期就被誉为"修辞之王"（Knig der Rhetorik），他是最先使罗马诗歌中讲求修辞学的人物。最近因此书中译本问世,我刚刚对读了《钱锺书手稿集·外文笔记》第十六册的相关部分,这些对奥维德的评语皆被钱锺书摘录下来。

　　从已刊著述和手稿笔记来看,除了《岁时记》(*Fasti*,但杨绛译《堂吉诃德》第二部中的注释里节录过此书的原文),钱锺书引用过奥维德的其他全部主要著作,包括《恋歌集》(*Amores*)、《爱的艺术》(*Ars Amatoria*)、《情伤良方》(*Remedia Amoris*),直到《变形记》(*Metamorphoses*)、《哀歌》(*Tristia*)、《拟情书》(*Heroides*)、《黑海书简》(*Epistulae ex Ponto*)等,甚至还有那部援引各种神话典故谩骂仇敌的长诗《朱鹭》(*Ibis*)。很多语句已然烂熟于心,比如研究科学史的戈革曾写信请教钱锺书,物理学家尼尔斯·玻尔曾以某句中国"古话",谓剧场中的观众也是演员,来比喻量子理论中的观测现象(即观测与对象互相作用)。这句古话有何出处,钱锺书回信谓"傍观者即局中人,观场人亦登场人,此意亦不记吾国古籍有道者;西人常言时髦妇女上剧院,'to see and to be seen'",随即顺便引述了《爱的艺术》里"看与被看"的话(spectatum veniunt, veniunt spectentur ut ipsae),"则颇蕴其旨"。虽然他也提示问者可去看他《管锥编》举过"我视人乃见人适视我"的若干中国古代诗文里的例子("《毛诗正义·陟岵》"篇),好像是故意一样,只明引奥维德这个西方古籍。莫非在暗示:东西方本来是"心理攸同",可蒙昧者只知向遥远的对方探寻看似迥异的"真理",而遗忘自己原来就充足完备的传统?

　　如钱锺书这样的阅读覆盖范围,加上信手拈来的征引本事,绝不会满足于仅将奥维德作为比较汉籍文词命意的旁证者;他晚年曾打算在西方典籍上"评泊考镜",再写一部《管锥》之"外编"(《管锥编·自序》),在我看来,奥维德极有可能是其中的论述核心之一。

说来也有意思,钱锺书关于这位诗人次数最多的一句引文,却并不存在其传世著作中。《容安馆札记》曾几次借用英国诗人 Francis Thompson 的评价"so essentially modern（本质上如此现代）",来称述奥维德的一段话（dictum）："decentiorem esse faciem in qua aliquis naevus esset（面生痣而愈加俏丽）。"这句话其实是老塞涅卡的《辩言篇》（*Controversiae*, II 2, 12）给奥维德总结的口头禅。《辩言篇》谈到奥维德诗中的瑕疵,为他自己所爱护和保存,于是认为这位大诗人"缺乏的不是裁断力,而是节制自家诗作之自由度（licentia）的意愿"。在修辞学家老塞涅卡看来,文学上的瑕疵好比脸上的痣,遮蔽了美人的姣好面容,就该是竭力去除的（昆体良也认为奥维德缺乏对于才情的节制）。奥维德那句话的意思则是,微瑕反而确立了独特的个性,比油光水滑的"完美无缺"更多几分魅力。林黛玉嘲笑史湘云"偏是咬舌子爱说话",钱锺书援引脂砚斋评语"真正美人方有一陋处"云云,也将奥维德"如此现代"的话拿来连类比附,其中还有哈兹利特（William Hazlitt）的隽语："任何事物不带点儿瑕疵,很快就显得无趣,要么就像是'蠢善'（stupidly good）。"

钱锺书极为赞同这种审美观。《管锥编》也曾引过奥维德这段话,把美人脸上有痣,同"美貌之补丁"（beauty pitch）一说相参照,以为"收烘云托月之效"。当然,瑕疵并不等于以丑为美。钱锺书推敲中西历代诗文作品里关于女子如何掩蔽缺陷或丑态的描绘文字时,也时常想到奥维德。《札记》谈到若无皓齿,就不要去嫣然一粲,引《爱的艺术》（III, 279—80）里的话："Si niger aut ingens aut non erit ordine natus / dens tibi, ridendo maxima damna feres(要是你牙齿生得黑、大、乱,大笑会使你魅力全无)",随即举出《传家宝・笑得好》里的笑话(二妓,一齿白,与客答言皆开口音:"姓秦""年十七""会弹琴";一齿黑,则云"姓顾""年十五""会敲鼓")以及龚古尔日记中的纪闻(妇人欲在晚间舞会上卖弄风情,想让自己嘴显得小些,每日念一百遍"Un pruneau de Tours",反之则重复"J' avale une poire")等例证。

关注修辞的钱锺书,素来在文学批评中重视人物形象描绘的语言才能以及背后的审美心理。这和奥维德的那种 Erotic Rhetoric,颇可引为同调。钱锺书说起《金瓶梅》的"紫膛色瓜子脸"美人,跟《玉蒲团》写"麻子脸"美人一样,胜于《红楼梦》写服饰长相之千篇一律(黄克《忆周振甫钱锺书先生》)。这里谈违背古典美人标准的面容肤色,正如奥维德所言美人痣,本被视为瑕疵甚或缺陷,反而可以在千篇一律中塑造出别致的美感。读书笔记评《金瓶梅》写人物相貌,"孟玉楼之麻、王六儿之黑,皆选色及之,一破套习"。《管锥编》"增订"也说:"'雪肤''玉貌'亦成章回小说中窠臼。《金瓶梅》能稍破匡格。"

《堂吉诃德》中桑丘见到了主人幻想的美人杜尔西内娅,唇边生痣和金毛,"我一点儿没有看见她的丑,只看见她的美"(杨绛译文),这是受主人的心智影响发的昏话(即所谓"桑丘的堂吉诃德化")。钱锺书读到娄卜本《希腊牧歌诗人集》中希腊化时代的提奥克里忒图斯将叙利亚美人的黝黑肤色形容为"蜜糖棕色(honey-brown)",归因于"悦目即姝,惟爱所丁",令我们想到方鸿渐讨好鲍小姐的昵称,"黑甜"。《札记》中随即以奥维德《爱的艺术》来作为补证:"有许多字眼可以用来掩饰那些坏处。那皮肤比伊里力阿的松脂还要黑的女子,你可以说她是浅棕色。"(戴望舒译文）前一句，"Nominibus mollire licet mala"，直译作"缺点可经名称得以削减"，钱锺书深晓修辞术中的名实分别，自然能够赏其意趣。有趣的是，这也难免教面皮白净的钱夫人杨绛先生要出来说，"后世读了莎士比亚的十四行诗，就要追问诗人钟情的'黑女郎'（Dark Lady）究竟是谁"，总想着要提醒我们，那是枉费功夫（《真实·故事·真实》）。

堂吉诃德曾高谈阔论，纵议古今诗教，信口说"有些诗人宁可冒流放庞托岛的危险，还是要骂人"，其实是奥维德早年多写放纵轻浮的诗作，后成为被放逐的罪名。老塞涅卡拿美人脸上的痣说事，本来还有一层意思，就是隐喻诗歌主题上公开展示的道德污点。"立身"别于"文章"，本是《管锥编》里反复讨论的一个大题目。其中当然也提到了奥维德在《哀歌》里的自辩之语：

crede mihi, distant mores a carmine nostri；

vita verecunda est, musa jocosa mihi.

钱译："作诗与为人殊辙，吾品行庄谨而篇章佻狎。"辞章上的恣肆放荡不该与人品上的表现并置而论，换句话说，那些满纸高尚说教的道德文章，岂不正如动用一切手段把容貌掩饰得毫无瑕疵的美人，表现的就是毫无生趣的 stupidly good 吗？《札记》中谈到《爱的艺术》在后世的接受，不同意霭理斯在《性心理学研究》中认为此书在文艺复兴以后才具有重要意义的看法，"概不知 Chrétien de Troyes 早于十二世纪译此诗，一时作者奉为鸿宝也""更不知文艺复兴与中世纪皆尊此诗，而所见适反也"（谓中世纪人有意忽略原作主旨），——虽是借他人之成说来发议论，却是何等宏通畅达,这正是钱锺书对文学与人性之关系保持深入关照的结果。

我在这里随意地列举了钱锺书著述或札记中的几处奥维德引文,另外的引文还有很多(《管锥编》就引过至少 12 处)。囿于篇幅关系和作为文章所限定的某个范围,当然不能逐一全部摆出来。如果真的"假以年寿",那部题为《感觉·观念·思想》的"西学《管锥编》"终究成书,而且奥维德也真成其中的枢纽作家,那么钱锺书会选择《变形记》还是《爱的艺术》呢?前者显然更著名,但钱锺书明显更喜爱后一部书。可我们总要提防有人会不以为然地提问:就算写成了,这些谈论"美人痣"或是容貌肤色、"爱的艺术"的话,对我们有什么意义呢?

那些经历了 20 世纪中国社会风风雨雨的老辈学问大家,我读其书,也时有"想见其为人"的会心之处。近来上课介绍罗念生翻译荷马史诗《伊利亚特》的情况,突然发现老先生是到生平最后一年里才决意动手的,而一开始先译的,居然是最后一章。特洛伊老王跑到希腊人的军营,打听到他儿子的尸首没有被狗和鸟吃掉,诗人说"老人听了很高兴",认为神明还是祝福了他的儿子。此后,我们看到老王跪在阿喀琉斯面前,"抱住他的膝头,亲那双使他的许多儿子丧命的杀人手",然后提出恳求:"阿喀琉斯,你要敬畏神明,怜悯我,想想你的父亲,我比他更是可怜,忍受了世上的凡人没有忍受过的痛苦,把杀死我儿子们的人的手举向唇边。"没有高谈阔论的那种文辞,但我觉得,特别感人,由此才算认识到罗念生的伟大。

钱锺书和罗念生不同,他不译名著,而是以渊博的引文完成著述,看起来是炫人眼目。但假如我们把他对某个大作家的摘引汇总一下,总还是能看出一些独特之处。比如奥维德,钱锺书为何要赞同他对所谓"完美"概念的否定呢？在现实中被视为"污点""瑕疵"的诗文描述,就是不道德的文学吗？用言辞、声调的巧妙安排,就能遮掩事实上的丑陋,让世人以为那就是高尚或完美的事物吗？最伟大的文学作品都有丰富复杂的含义,我们在某个时代与之相遇,发现其中的某些内容。钱锺书有感于现代中国学术的漂泊无根,要尽一切努力走出时代局限,对中西古今各家造名拟像、言志载道的精神成绩进行总结,不妨广为取譬。

比如《管锥编》里曾讨论魏明帝《报倭女王诏》里"哀"字可训为"爱"字,由此生发"殊情有贯通之绪,故同字涵分歧之义"的意见,认为概念相近的要见其差别,概念不同反能相通。随即谈到概念区分有"分而不隔"的交界处,以四时朝暮的交迭相递为喻,"明于人事治道者,必不限断井然",于是注中引出奥维德《拟情书》里的话,"暮光降临大地,此是白日之终了,亦是暗夜之始来"(*Heroides*, XIV 21-2: Modo facta crepuscula terris, Ultima pars lucis, primaque noctis erat),钱锺书说:"昼夜终始,断定殊难。外物犹尔,衷心弥甚矣。"这里是谈诗论艺的修辞学,还是思辨论证的逻辑学？和我们的日常思维、行为准则乃至对于真理的认识有无关系呢？在这个关系里,我们还会看不出有深切的现实关怀吗？

有人见钱锺书读书每每菲薄古今作家,即使对极伟大的作品也能挑剔出一二小毛病来,便批评他刻薄阴损,这仍然是以为瑕疵损害完美的"不够现代"的表现。伟大的著作,难道需要像一张准确无误的列车时刻表吗？假如允许伟大的艺术作品存在瑕疵会更独特,正如美人脸上生痣而更为俏丽一样,我们才会认识到,钱锺书那样细致入微的"挑剔",其实就是赞赏啊。就此而言,奥维德和他还真是东海西海相隔两千年的知音呢。

《文汇学人》,2017 年 5 月 26 日

【补记1】

作文后偶尔重读范旭仑先生文章《少年情事宛留痕》(《上海书评》,2013 年 9 月 15 日),引钱锺书日记 1937 年 1 月 1 日,与杨绛谈《论语》之语("弟子三千,莫非威仪棣棣、文质彬彬,独子路太朴不雕,美质未学,犹存本色,最得师怜")。又引顾宪良《钱锺书》一文,谓:"老钱最愿意读本色的书,也愿意写本色的文字。他自己喜欢本色,他也求人本色。"颇与此文主题相合。

【补记2】

文章发布后,有朋友批评我说是不是没看出来奥维德写《爱的艺术》这样的作品都是带有戏谑反讽口吻的,并不是在乎或相信那些审美观。但我把几个层次的意思写在一起有些混淆。实际上我当然知道这个情况,钱锺书就更明白了。他经常反感于中国文学修辞里的千篇一律,因此另有创立之新意的,他就非常赞赏。我们绝不会说,钱锺书赞许《金瓶梅》写麻脸或是黑皮肤的美人,那么他现实生活中就喜欢那样子的,杨绛就不是嘛,因此杨绛才出来讲说好奇心的读者不要以为莎翁笔下的 dark lady 真有其人。

另外还有一个小的例子,却可以看出比较有意义的价值来,奥维德正好参与其中。就是《管锥编》"全上古三代秦汉三国六朝文一五二":

《鱼》:"微哉鱼,食而不骄。"按"骄"即腋气,今语所谓"狐骚臭"。……陶九成《辍耕录》卷一七《腋气》条谓即《北里志》之"愠羜",冯维敏《海浮山堂词稿》卷三《南黄莺儿》亦曰"气",则与古罗马诗所谓两腋下有羊(caper, hircus)巧合(注:Catullus, LXIX, LXXI; Horace, *Sermonum*, I. ii; Ovid, *Ars amat.*, I. 522, III. 193; Martial, III. xciii, IV. Iv)。

这一则,可能源自陈寅恪有篇文章《狐臭与胡臭》(1937),谓"疑此腋气本由西胡种人得名",后因华胡通婚,才改为狐狸的狐字。盖中古华夏民族受西胡血统混种所致。但陈的材料引的都是隋唐以后的内容。黄永年先生有一篇文章,《读陈寅恪先生〈狐臭与胡臭〉》,就是对其立论的文献依据过晚提出批评意见。钱锺书使用了另外一个角度,他说这个腋下之气,本来和外国人或人家少数民族没关系。他这里是在评论晋代的郭璞,他写《山海经图赞》,其中多处谈到这个字"骄",就是"骚"字的另外写法,其中也包括上引那一处。因此不是隋唐以后过来的,而是晋代人看更古老的中国文献里就有,而且原本不是联系到狐狸上,而是羊这个物象和相关修辞结合起来。最后钱锺书又超出传统中国史学家考据的范围,他提出西方的旁证,就是四个古罗马诗人,都用过这个典故,腋下有羊,文辞背后有一个物象,文学的修辞时常要拟象来描述一个情况,这是各种文化里形成自己的逻各斯的一个本质的东西。前面从语文学的训诂小细节,来推翻权威史学家的著名论断依据,后面则联系到西方文学可与之呼应的相似思路。

【补记3】

文章中引修辞学家老塞涅卡的《辩言篇》说奥维德的口头禅

一处。老塞涅卡的意思是奥维德过于讲求修辞的炫技。引了库尔提乌斯的话，说奥维德是使修辞学被引入罗马诗歌的大诗人，这个评价被钱锺书留意到。这几个意思没表述清楚。第一，钱锺书很可能一直没读过老塞涅卡，因此他这里本来就是断章取义的。第二，库尔提乌斯的意思是说，演说术的那种表演某个主题、进行说服目的的表述的方式，是奥维德先在拉丁诗歌里树立起来的，而且他追求妙语连珠的效果，老塞涅卡觉得过度了。

杨绛的《小癞子》与钱锺书的《小癞子》

1951 年，上海平明出版社出版了一册《小癞子》，是杨绛翻译的 *Lazarillo de Tormes* 这部西班牙流浪汉小说的鼻祖，根据 1924 年波士顿出版的 Mariano J. Lorente 英译本转译。译者序说，原题意思是"托美思河上的小化子"。"河上"，是因为主人公出生的磨坊总是建在水上的(见第一章第一段)。"小化子"，则缘于《新约·路加福音》里有个癞皮化子叫拉撒路 Lazarus，而 Lazarillo 是这个名字的指小词，相当于"小拉撒路"的意思。"我们所谓癞子，并不仅指皮肤上生癞疮的人，也泛指一切无赖光棍地痞之流"，因此便题为"小癞子"了。上海 20 世纪 40 年代的报刊上也有一个著名的漫画人物叫作"小癞子"，张乐平的《三毛流浪记》里也有一个机灵的癞痢头，被称作"小癞子"。不知道杨绛的灵感是否受到这些形象的启发。到 1953 年上海平明出版社重译重排本，译者序里加了一大段说明：

马克思分析"流氓无产阶级"(Lumpenproletariat)的时候,也用"Lazzaroni"一个意大利字,(见 *The Eighteenth Brumaire of Louis Bonaparte* 莫斯科外国文书籍出版局第八十八页)就是从"Lazarus"一字来的。我们所谓癞子,并不仅指皮肤上生癞疮的人,也泛指一切光棍地痞之流;我国残唐五代时的口语就有"赖子",意思是"攘夺苟得,无愧耻者,即无赖"(翟灏《通俗编》卷十一引《五代史·高从诲世家》)。还有古典小说里的泼皮无赖,每每叫作"喇子"或"辣子"(例如《儒林外史》第二十六回、四十一回、四十二回,《红楼梦》第三回),跟"癞子"是一音之转。和 Lazarus 这字,音既相近,义又相同;而西班牙文 Lazarillo 是"小 Lazarus"之意,所以译作"小癞子"。

后来各版序言,除将原作题名"托美思河上的小化子"改成"托美思河的小癞子""托美思河的小拉撒路"外,这段说明只作删减,基本意思保持不变。汉语小说里的语辞考证,实从钱锺书那里得来,《容安馆札记》第 759 则:

> 《列子·说符第八》:"宋有兰子者,以技干宋元。又有兰子又能燕戏者,复以干元君。"按殷敬顺、陈景元释文引史记注:"阑,妄也。"任大椿《列子释文考异》谓"兰""阑"古通用。苏时学《爻山笔话》谓"今世俗谓无赖子为'烂仔',疑本于此",是也。翟灏《通俗编》卷十一"赖子"条引《五代史·高从诲世家》:"俚俗语谓夺攘苟得无愧耻者为'赖子',犹言无赖也",惜其未上溯及于"兰子"。《红楼梦》第

三回："泼辣货,南京所谓辣子。"《儒林外史》第四十二回:
"被几个喇子诓着。"皆一音之转。

    《管锥编》中"《列子》张湛注 九则"有进一步的论述,后来又
有补订,上文"《五代史·高从诲世家》"的不准确表述,被替换为
"《五代史·南平世家》"(参看《中文笔记》第 17 册第 187—188
页)。后来各版《小癞子》(包括《杨绛全集》这种"定本"),均将残
唐五代的口语"赖子"改为"癞子"。杨绛袭用钱锺书笔记时,还
漏掉了他其中隐约的一个批评:"惜其未上溯及于"《列子》之"兰
子"(参看《中文笔记》,第 10 册第 602 页);她也未提及宣鼎《夜
雨秋灯录》"续集"卷二还有一篇同名小说(《中文笔记》第 20 册
第 79 页录之"北之剪绺,南之扒儿手也……扬州东关,有小癞子,
尤称巨擘")。
    杨绛译的《小癞子》经历了多次重译。最初是 1951 年上海平
明社本,她只用了罗朗德(Mariano J. Lorente)英译本(1924)为底
本;译本序说,最早的大卫·罗兰(David Rouland, 1586,误作
1566)和近代的马克汉(Clements Markham)两种英译本都只是听
说而没见过。1953 年上海平明出版社出版重排本,杨绛做了重
译,她在序中说个别地方参考了罗兰的古译本,用的是 1924 年 G.
E. V. Crofts 的整理本。根据杨绛的说法,古译本之特别,在于
"据说就是莎士比亚引用过的本子",但据法译本转译,又有画蛇
添足之处云云。钱锺书《外文笔记》第 33 册有抄录罗朗德那个英
译本的内容,其中第一页的背面补录了满满一页罗兰英译本的导
言和评价,包括小说的社会背景和当时西班牙山区的风俗面貌,
末尾处是对罗兰译文的评价,认为其西班牙语知识并不够好,并

不足以独立完成一个译本(参考了法文译本),但也还是多少采用了原文。1956年作家出版社刊行了"重新改译"本,"译本序"变成了"译后记",记述底本的选择取舍,与上一版并无不同,唯善于藏拙,删去了一些话。但是译文面貌大有不同,减少了那种肆意改写成流利话本小说的译法。

钱锺书在罗朗德英译本笔记的另外一页背面空白处,记录了日本小樽商科大学《人文研究》在1956年12月第13辑收录的花村哲夫(Hanamura Tetsuo)英译本,"translated verbatim in order to be faithful to the original at the sacrifice of the brevity which is characteristic of English language",意思是逐字译出,宁可牺牲英语的简洁特色,也要忠实于原貌。随即举例如不用"negro"这等现成词语,而要译作"a tawny man";通常使用的"son of a bitch"也要变成"son—of—harlot"才更精确。前一例原文作 un hombre moreno,按negro 一词其实在小说中混用于同一人,这词本就源于西班牙语,moreno 也指黑人,但往往带有(与白种人)混血的意思,杨绛翻译时对此就不做区分。后一例原文写作 hideputa,是 hijo de puta("荡妇的儿女")在口语中的简省叫法,杨绛此前译作"狗养的",此后就改作"婊子养的"了。

1962年版的杨译《小癞子》无序言后记,在此不多谈。1978年年初,上海译文出版社出版了杨绛再次重译的《小癞子》,写于1977年5月的"译后记"中说:"本书根据一九五八年法国奥皮叶(Aubier)书店重印富尔歇·台尔博司克(R. Foulché-Delbosc)校订的西班牙原文本(restitución de la edición príncipe)(1900)译出。"这段话有两个问题:第一,杨绛未明说这个本子是个西法双语对照本,法语是她所长,西语是她所短,她依据原文译出,未必不会去参看法语译本;第二,杨绛未说明白"restitución de la edición príncipe"的意思,"edición príncipe"指的是"首刊版",指以印刷术刊行后的最早版本,富尔歇·台尔博司克对文本的编订工作企图心很大,这是说要"复原'首刊版'",即重建被查禁前的最初原貌,是比现存 1554 年各地不同版更早的源头。实际上,对于杨绛用的这个 1958 年西法对照本,钱锺书也下了大功夫详细阅读,一部篇幅 220 页左右的双语书,他的笔记多达 30 页(《外文笔记》第 14 册第 352—366 页,第 15 册第 251—267 页),且仅涉及整理者 M. Bataillon 所撰的长篇著名引言和学者 Alfred Morel-Fatio 在 19 世纪后期完成的法语译文,后者正是最早提出还原首刊版想法的学者。"复原"的意义是什么?除了文献学上的"考镜源流"的求真宗旨,还包含着对《小癞子》讽刺批判社会之意义的认同,对于"宗教裁判所"对民间不平之呼声进行禁锢的反抗。这篇记于"文革"刚结束的《译后记》中说:

> 其中几篇,因大胆暴露教会的丑恶,经教会当局检查,删裁得所余无几,很是可惜。

只是举重若轻地略申其意而已。

杨绛写于 1985 年的最后一篇译者序,等于是她对《小癞子》介绍文字的定稿。2014 年《杨绛全集》第九卷里收入的《小癞子》是最后一次经过杨绛自己审订的版本,译者序又改题为译本序。其中有几个变化,首先,对版本源流讲得更为清楚;其次,用新的底本:承西班牙友人赠书,杨绛选定 1982 年的 José Caso González 校注本来更新译文;再次,改变前说,不再认为莎剧《无事生非》

（*Much Ado About Nothing*）中采用小说故事,而是援引英国学者意见,即 1535 年的《趣事妙语集》（*Merry Tales and Quicke Answers*）"已有这个故事"。注释中引的是 1960 年《近代语言评论》的论文。从读书笔记手稿可见,这个观点也是钱锺书发现的(第 43 册,第 411—414 页)。

　　另外,杨绛在序中提到,最近她去大英博物馆看了一部 14 世纪早期的钞本,题为"*Descretales de Gregorio IX*",其中页边装饰图有七幅表现了瞎子和小癞子的故事(按 Descretales 系 Decretales 笔误,指格里高利九世的法令典籍)。最早发现这七图的文献,是《西班牙语文评论》（*Revue hispanique*,因最初十多年刊物在法国发行,故采用法语标题）,此志早期主编即那位想要"复原'首刊版'"的富尔歇·台尔博司克,在第九辑(1900)刊载其《〈小癞子〉论》（*Remarques sur Lazarille de Tormes*）提到这一发现,并被 M. Bataillon 在 1958 年西法对照本的那篇引言所转述。这篇法语引言很精彩,后来还被译成了西班牙语,作为单行本出版（*Novedad y fecundidad del Lazarillo de Tormes*,1968）。钱锺书笔记摘抄这篇引言甚详,但影印件中未见提及这七幅装饰图的线索。我不知这样是否还可以算是杨绛不假于钱锺书而增补的新见?我们仍可以说,杨绛翻译《小癞子》的历史跟随着钱锺书的阅读史,努力追踪 20 世纪西班牙文学的学术史和所能获取的最佳条件,从而不断更新。无论如何,这在整个中文译界也是极为难得的了。

　　　　《南方都市报·阅读周刊》,2017 年 7 月 9 日

钱锺书早年学文章的"兔园册"

余十六岁与从弟锺韩自苏州—美国教会中学返家度暑
假,先君适自北京归,命同为文课,乃得知《古文辞类纂》《骈
体文钞》《十八家诗钞》等书。绝鲜解会,而乔作娱赏;追思
自笑,殆如牛浦郎之念唐诗。

钱锺书晚年补订《谈艺录》时,曾提到上面这段少年读书经历
里的往事。我们知道到了 1927 年,他原本就读的苏州桃坞中学
暂时停办了,他随即转入无锡辅仁中学。因此,上述这段经历,就
发生在 1926 年夏天。杨绛在《记钱锺书与〈围城〉》里,细数了夫
君儿时种种"痴气"的表现:他小时候的读书、识字、写文章,都因
他受"没出息"的大伯纵容而养成晚睡晚起、贪吃贪玩的脾性,毫
无章法,全凭兴趣。早年书摊上租小说囫囵吞枣地看下来,固执
地自作主张读错别字,滚瓜烂熟地记得关公、李元霸等人的兵器
斤两却不认识阿拉伯数字。在正统的诗文修养的教育上,还有尚

待引导激励之处。在杨绛的记述里,上述这场考校文章的功课,具有更多令人困窘的细节:

> 他父亲回家第一事是命锺书锺韩各作一篇文章;锺韩的一篇颇受夸赞,锺书的一篇不文不白,用字庸俗,他父亲气得把他痛打一顿……这顿打虽然没有起到"豁然开通"的作用,却也激起了发奋读书的志气。锺书从此用功读书,作文大有进步。他有时不按父亲教导的方法作古文,嵌些骈俪,倒也受到父亲赞许。他也开始学着作诗,只是并不请教父亲。

将这两段记述进行比较,我们可以得知他作古文的入门书就是姚鼐的《古文辞类纂》,嵌些骈俪文句是因为读了李兆洛编选的《骈体文钞》;而自学作诗,最先是依赖于曾国藩的《十八家诗钞》。

骈体文以骈俪对仗为句式特征,重藻饰与用事。历来论者可分成两派意见:一派以骈体文为纯粹的骈文,即通篇皆骈者,于是排斥散文句式的混入,有意与散文(即唐宋之古文)分庭抗礼;另一派则以为骈体文可以骈偶为主,结合散文句式的优长,强调骈散会通。这两派在清代可分别以阮元和李兆洛为代表。阮元是《四六丛话》作者孙梅的门生,并受力诋唐宋古文的凌廷堪之影响,后来写作《文言说》,标榜"文必有韵""文必尚偶",将单行的散文排斥在文的范围之外。李兆洛服膺姚鼐的古文成就,但不满桐城义法所谓刻意地无所依傍、不求工整,认为"奇偶不能相离"才是天地之道。三十一卷本《骈体文钞》即多选骈中有散、散中有骈的文章,并声称"后人欲宗两汉,非自骈体入不可"(《答庄卿珊》)。

民国时期,就骈体文学发表研究观点的学者,尚有刘师培、李详、孙德谦、钱基博、刘麟生等人。其中李、孙、钱等人皆主骈散合一的观点,尤其孙德谦《六朝丽指》声称"骈散合一乃正格",影响最大,钱基博在《骈文通义》中就拈出孙氏"骈文尤贵疏逸"的观念,总结为"疏逸之道,则在寓骈于散"。因此,杨绛回忆说钱锺书学习古文并不遵守桐城义法,时而加入骈俪句式,他父亲反而会赞许。钱锺书后来在《谈艺录》提到龚自珍《常州高材篇》,将之视为"常州学派总序",首先肯定的就是阳湖派古文的"文体不甚宗韩欧"。单纯地排斥一端,独尊骈体或散体,在钱锺书看来都是"一叶障目"的成见。

《骈体文钞》三十一卷,以秦李斯石刻铭文(又收入李斯《上秦王书》)为首,后面收录的都是两汉魏晋南北朝时期的骈体文章。钱锺书后来的读书笔记里以及著作里都再也没提到过李兆洛这部书,这不禁让我们想起钱锺书对于《昭明文选》的态度。

我们不妨以清人吴德旋《初月楼闻见录》卷一里的话来作为一个对照:

> 初,稚农游金陵,昵一妓,欲挟之归。妓曰:"以君之才,妾侍箕帚,宜也。但观君谈论间,恨读书尚少耳,他日请相从也。"……假东湖僧舍以居,夜读《昭明文选》。一沙弥前曰:"秀才年不为少矣,乃尚读此'兔园册'耶?"稚农益以为耻,发愤肆力于经史之学,遂为通儒。

"稚农"是《甲申传信录》作者钱士馨的字,他是生活于明末清初的浙江平湖县人。据说他韶华之年好冶游,后发愤治学。可见明清时的人已经把《昭明文选》(以下简称《文选》)这样的书当作童蒙应试所用的"兔园册"了。因此,开始借以寻觅门径的初级选本,在后来不断奋进突破的过程中也许会失去价值。尤其是"文选学"在清代经阮元专门提倡,盛况一直不减,"词章中一书而得为'学',……惟'《选》'学'与'《红》'学'耳"。钱锺书素来反感"朝市之显学",因而也很少从正面提到《文选》一书。

《谈艺录》《管锥编》都曾经站在《东坡志林》的角度,"推崇魏晋之文章,而恨《文选》之未尽",乃是"齐梁小儿不解事"。昭明太子不懂陶渊明《闲情赋》、王羲之《兰亭序》的好,是时代风气使然,后世讥诮其为"文人之腐者""笨伯"的大有人在。钱锺书不追风,反倒说几句公道话,他不满《文选》的是删略或漏掉另外许多佳作,虽收"书"体,却排斥所谓"直说不文"的"家书",比如鲍照《登大雷岸与妹书》,以及北齐人写的《为阎姬与子宇文护书》,等等。钱锺书译贺拉斯《诗艺》里的话,"石不能割而可以砺刀,不能诗者评诗,正复如此",——在他心中不能文者评文、编"文选",亦复如是。

《骈体文钞》所录文章,大多也是极为精彩的。但假如我们翻阅钱锺书后来的已刊著作,就会发现在他个人的阅读史里,早已摆脱了少年时代那部"兔园册"在格局、视野上的影响,对于很多篇章持有异议。比如班固的《高祖沛泗水亭碑铭》,钱锺书熟读洪迈《容斋随笔》,晚年引用《三笔》卷九所指斥此篇是后来"好事者"伪作的判断。北魏温鹏举(子昇)最有名的文章《寒陵山寺碑》,李兆洛选此篇的目的在于"其为唐初等慈、昭仁诸文嚆矢"。

但后人所见,都是据《艺文类聚》卷七十七摘录。钱锺书指出《艺文类聚》引文开首有"序曰"二字,铭词已略,且序文也好像经过了删节:

> 《朝野佥载》卷六记庾信论北方文章曰:"惟有韩陵山一片石,堪共语!"正指此碑;据见存面目,已失本来,庾之特赏,只成过誉耳。

至于那些哀策诏书,一律不能引起钱锺书的兴趣,他对模仿"九锡文"一体的俳谐游戏之作倒是更关注一些。

东汉陈忠的《荐周兴疏》,谭献评语是"似未完"三个字。钱锺书对此心细眼明,《管锥编》"《全后汉文》卷三二"说:

> 按同卷忠《奏选尚书郎》实即此《疏》末节,不应重出。

不仅校正了严可均的错误,同时也等于给少年时代的读物做了一个注脚。

还有陈琳《檄吴将校部曲》,《札记》第三百十六则已引晚清学者赵桐孙《琴鹤山房遗稿》卷五《书文选后》这段话:

> 《文选》有赝作三:李陵《答苏武书》、陈琳《檄吴将校部曲》、阮瑀《为曹公作书与孙权》;按之于史并不合。此《檄》年月地理皆多讹缪。以荀彧之名告江东将校,而荀彧死于建安十七年,荀攸死于十九年,而《檄》中举群氏率服、张鲁还降、夏侯渊拜征西将军,皆二十年、二十一年时事。

《管锥编》里收入这则札记，补上一句"足补《选》学之遗"，已经是否认这篇文章的作者归属，由此不认可其文学史上的价值了。阮瑀那篇也在李兆洛选目之列。

还有一篇题为"魏伯起为东魏檄梁文"，认为出自《魏书》撰者魏收手笔，李兆洛批注说"此据《文苑英华》录《北史》慕容绍宗檄梁文，其词与此相出入"，《艺文类聚》卷五十八就认为是魏收所撰。严可均辑《全北齐文》卷五杜弼《檄梁文》，此文即其"后篇"（"前篇"又重见于《全后魏文》卷五十四，作者定为慕容绍宗）。钱锺书在《管锥编》中有一大段讨论，其中同意严可均的意见，认为作者就是杜弼，"前篇"收入《魏书》，是经过魏收润色的；并认为"前篇"较"前篇"更佳胜。这段讨论在文句的艺术品鉴上非常细致，但是也许疏忽了时代背景的考察，曹道衡先生在《北朝文学六考》一文中对此持有不同看法。无论如何，至少钱锺书在此表达了对少年时深受影响的入门权威读本的某种质疑。

还有像卷十九收入的《与嵇茂齐书》，《文选》李善注根据干宝《晋纪》认为作者是吕安，李兆洛遵从此说。但《嵇绍集》分明说是赵至所撰，严可均持此说，钱锺书在札记和著作里每次提到此篇都以赵至为作者。

在十六岁那年同时从《骈体文钞》和《古文辞类纂》两书入手，自然使得出身常州的钱锺书并不单纯推崇骈文，对于阳湖与桐城两派能做较为客观的认知。例如庾信《周上柱国齐王宪神道碑》这篇骈文，固然文辞佳美，历来传颂，什么"珠角檀奇，山庭表德；仪范清冷，风神轩举""千秋万古，英灵在斯"，都是名句。但钱锺书不满其情感上不够真挚，放在庾信的别集里面看这些类似的作品,尤其发现很多问题,行文最忌讳的就是不贴合,骈文以连类丰赡为美,不贴合造成了事理上的牵强。他认为能够在墓志碑铭文章上有所改变,破除旧格式而"出奇变样"的,乃是韩愈,此后还有王安石和欧阳修,而姚鼐《古文辞类纂》对于这三家选录最多。

钱基博教训顽劣的长子之后,没过几年出版的著作里就有《〈古文辞类集〉解题及其读法》(上海中山书局,1929)一书。这个小册子关于读这部古文选集的"分类读""分代分人读""分学读"的三种读法,特别值得参考。然而子泉先生平生在国学教育中标榜《古文辞类纂》的态度,并不代表他完全服膺桐城派。从上文所述钱锺书的文章习作里掺入骈俪句式,反而得到父亲表扬,就可以见其立场了。他同时也并不特别赞许阳湖派。《潜庐自传》里说自己所撰书房楹联,写的就是:

> 书非三代两汉不读,未为大雅;
> 文在桐城阳湖之外,别辟一途。

这正如《容安馆札记》第七百八十七则所说的,"文无时古,亦无奇偶,唯其用之宜、言之当",就足够了,又何必在意是不是"时文",守不守"家法"呢?同时我们也注意到上联里所包含的那种读书上的通达态度,这是不是也潜移默化地影响了钱锺书呢?

《文汇报·笔会》,2018 年 8 月 12 日

杨绛译《堂吉诃德》功过申辩

前些日子在报纸上看到,西班牙语的著名专家董燕生,仍在把杨绛译的《堂吉诃德》当作"反面教材"(舒晋瑜采访:《董燕生:再说说〈堂吉诃德〉、"反面教材"和"胸口长毛"》,《中华读书报》,2017 年 5 月 24 日)。其中值得商榷的是,杨绛在翻译法上的"点烦"(采访者误作"减繁")之说,并不是董燕生理解的内容之删节。后者仍然把从前的字数统计当作依据:"她的译本比我的少了十几万字。少在哪里?"前不久,于慈江先生写了一部著作《杨绛,走在小说边上》,已经注意到董燕生得出的数字直接源于版权页:1995 年浙江文艺出版社的董译《堂吉诃德》版权页,写着字数83.9 万,而 1995 年版人民文学出版社精装本杨绛译本版权页,写着字数 72 万。出版社因排版不同统计字数会有出入。实际上人民文学出版社以前的网格本版权页还曾写过字数 70 万呢。而且1995 年那一版杨绛译本只有一个两页多的简短前言,董译本里却包含着十多页的两篇文章。要按照这个逻辑来,我们还可以使用

2011年长江文艺出版社董译本和2015年人民文学出版社杨译本版权页来比较,你会发现董译本变成78.7万字,杨译本反而升到82.6万字了。这能拿来作为论据吗?

我一直坚信对于翻译水平的评判,首先要估量所选底本的质量。董译本在1995年版里提过底本,却只说是西班牙Editorial Alfredo Ortells这个出版社在1984年出的,有人据此对比杨绛所用的20世纪四五十年代马林(Francisco Rodríguez Marín, 1855—1943)编注本第六版(实则初版在1911年就问世了),马上得出结论:董燕生利用的底本更为先进,从年代上看,这的确可使得大多数外行不敢议论了。但我通过"网搜学"发现,董燕生所用1984年版,全部注释出自1833年问世的一个古老的本子,注者是克莱蒙辛(Diego Clemencín, 1765—1834)。与马林比起来,克莱蒙辛编注本不仅时间上偏早,而且众所周知的是他遭到了马林多方面的否定和批驳。钱、杨夫妇都极为熟悉的普德能(Samuel Putnam, 1892—1950)英译本对马林本大加称许,并多次谈到克莱蒙辛在注解方面的不足,在此不必多言。而董燕生则在"译后记"说"译文并非供学者研究的专著",因此底本用的不"先进",也不好说他水平就不"先进"了。

被董燕生揪住不放的杨绛译文,例如桑丘形容堂吉诃德意中人杜尔西内娅"胸口长毛"一句,原文作de pelo en pecho,董译本作"有股丈夫气":"我翻译时翻遍了字典。""西语词典上解释的意思是,形容一个人非常勇敢强壮,女人具有男子汉气质。一旦西班牙语国家的人们明白了这个望文生义的直译,都会情不自禁地哈哈大笑起来"。可问题是:第一,de pelo en pecho是否只具有比喻义?我拿此短语去检索Google Images,出来的图片就是一大堆胸前毛茸茸的汉子。第二,桑丘原话前后形容那村妇矮胖雄壮,声如洪钟、力大如牛,中间插一句"胸口还长着毛哩",如何就不能按照字面意思理解?这样的漫画笔法难道妨碍了我们对真实性别体貌的理解吗?第三,修辞独特之处(就是所谓"各种语言里都有大量的固定说法"),为何就不能直译?鲁迅批评赵景深把Milky Way 不译作"银河"而译作"牛奶路",我们今天看来,错误仅仅在于那个"奶"不是"牛奶",而是神后赫拉的乳汁而已。罗念生也曾说:"我力求忠实于原著,以保留一点'异乡情调'。例如,我把 honon phos 译为'看见阳光',而不译为'生存在世'。"虽然其间仍有灵活变通之处,但足够供董燕生等"看前辈是怎么翻译的"了。

有意思的是,仅在"胸口长毛"这一章里,我们就可以另外找出两个例子来说明以上的问题。一处是桑丘引过的谚语,"在绞杀犯家里,不该提到绳子",原文作 no se ha de mentar la soga en casa del ahorcado,杨绛和董燕生都没有取消其字面意思,改成"讲话不触人忌讳"这样的意思或是"当着矮子不说短话"这样的汉化说法。实际上,数十年前,钱锺书的《谈艺录》就引过这句话的法文版本,赞许严复诗作中的直译"吾闻过缢门,相戒勿言索",说是"点化熔铸,真风炉日炭之手"。钱锺书因为写过一篇《林纾的翻译》,被很多人误以为他只讲翻译的"化"境。实际上他说的"化",只是偏重于语句序列和结构的重新组织;他那么欣赏不同语言传统的文学修辞,在这方面其实他还是支持直译的。《容安馆札记》第八十四则曾录岳珂《桯史》卷十二记金熙宗时译者译汉臣视草事,其中将"顾兹寡昧""眇予小子"译释作"寡者,孤独无亲;昧者,不晓人事;眇为瞎眼;小子为小孩儿",又引诰命用"昆命元龟",译云"明明说向大乌龟"(《癸巳存稿》卷十二《诗文用字》条引),钱锺书评价说:"按此鲁迅直译之祖也。"虽不免有些偏激,但可知其赞成的"直译"是疏通了原文整体意思有所"点化熔铸"后再进行的直译,并非割裂句意、叛离语境的"逐字译"。

另外一处,堂吉诃德效仿高卢游侠阿马狄斯(Amadís de Gaula)进行苦修,表示"机不可失"时曾说:no hay para qué se deje pasar la ocasión, que ahora con tanta comodidad me ofrece sus guedejas. 杨绛译作:"既然机缘凑合,我就不应该错过。"我看这算是她偶然打盹马虎了的地方。董燕生倒采用了更为精彩的直译:"机遇女神正好把她的头发甩过来,我当然要紧紧抓住不放。"少见的注释里说:"传说中机遇女神是秃子,所以很难抓住。"不难看出,原文的"机遇女神"(la ocasión),就是古希腊神话里的 Kairos,被刘小枫教授译作"凯若斯"的,不知董燕生是否见过"凯若斯"的画像,这秃子女神如何又有头发,他没做解释。查看一下克莱蒙辛的注本,这里有一句类似的说明,后面还引了 Phaedrus 的拉丁文寓言诗(卷五,第 8 篇,第 3—4 行:Quem si occuparis, teneas; elapsum semel /non ipse possit Iupiter reprehendere. "一旦脱走,宙斯束手"),则为董燕生所忽略。但如果我们按照董燕生批评"胸口长毛"的那个思路来看,原文没有出现"凯若斯"的专名,la ocasión 向我伸来 sus guedejas(她的长发),我没理由将之错过,完全也可以视为一种"比喻"的"固定说法"。但此处董燕生比杨绛更敏锐地注意到了其特别的意味(其实也是缘于除了克莱蒙辛、马林等注家此处都无解释),偶然比杨绛更好地体现了杨绛的翻译原则。

董燕生指摘杨绛译本的另外两个著名例子,也可以提一下。

他认为杨绛把法老译成了法拉欧内（Faraones），亚述译成了阿西利亚（Asiria），是没去查字典。这个指摘需要区分，因为杨绛的译名规律始终遵从西班牙语发音的原则，并不是从汉语习惯的对应译法来翻的。法老的标准译名，显然是英语对音的译法了，其实在翻译年代比较久远的作品，树立一个今天的惯例标准，并不比保留西语发音的译法更合适。堂吉诃德说这段话时，上下文是"譬如埃及的法拉欧内氏呀，托洛美欧氏呀，罗马的凯撒氏啊"，杨绛这里用一"氏"字，显然是认为堂吉诃德把法老的头衔当成姓氏（因此和下文作为姓氏的托勒密并列）了，要是采纳今天的标准译法，反而效果不佳。但地名亚述尤其是西班牙以外的地方，既然在五六十年代已经固定中文标准，不该另造译名的。"阿西利亚"确实是五十年代就常见的老译名，不该受到指责。我认为，这个问题假如制定好了体例，按照体例译出就不能算错。普德能在英译本里就是这样确立的规矩，其导言中谈过人名与地名是否转写的问题，认为人名应该保留原本的西班牙语拼写形式，而地名要改成英语的形式。钱锺书在普德能英译本的读书笔记里对此有所重视，杨绛也如此贯彻，专名的转写问题就相当于汉译是否要遵循西班牙语发音规则的问题。比如安特卫普就该译作西班牙语发音的"安贝瑞斯（Amberes）"。另外有些译法，好像也是杨绛的习惯，比如高卢，被她译成"伽乌拉"。但无论如何，杨绛的问题，并不是董燕生所批评的查不查字典那个层次上的问题。

实际上董燕生另有两篇指摘杨绛翻译错误的文章，收入他自己的传记与论文集《已是山花烂漫：一名教师近半个世纪的足印》中。除了个别字词，确如董燕生所言，杨绛在翻译时有所疏忽外，大多数语句上指摘的问题，其实对于我们领会原文或作者的意思并无妨害。有些修改意见似乎还可商榷，比如第二部第六十四章几处译作"蛮邦"者，原文都是 Berbería，董燕生认为这是误作 bárbaros 一词所致，他给出的正确译法是依据"柏柏尔人"而造出"柏柏尔"一词。这其实不必如此的，因为直接理解作柏柏尔人生活地区，反而疏忽了历史语境。在塞万提斯时代，"柏柏尔人"并非实指北非的民族，更多是指包括了整个地中海沿岸由摩尔人和海盗占据的地区。考虑到这种复杂性，译作"蛮邦"有何不可呢？而检索一下杨绛对于 bárbaros 的译法，反倒是非常多变的，比如"蛮子""糊涂蛋"或"粗坯""匪徒"，都要看人物对话中的口语表达如何方便而定。董燕生在文章中说：

> 译者在另一处误把 bárbaro 译成"回回"也是由于不清楚这个词语的演化历史。从上下文看，原著总是把 bárbaro 和 griego 以及 latino 相关提及，所指明显局限于欧洲之内，也就是上面所说的"蛮族"，和北非的"回回"毫无瓜葛。

我们可以在杨绛译文的第一部第二十五章找到这个译法。原文是堂吉诃德赞美心上人达尔杜西娅，列举了历史上著名的美人，随后说"古时候希腊、回回、罗马（griega, bárbara o latina）的任何有名的美人都比不上她"，我也看不出是不是"明显局限于欧洲之内"，但即便如此，欧洲之内就没有伊斯兰教徒了吗？我想象不出董燕生作为一个精通西班牙文化的外语学者，这段话是什么逻辑。

他依据刻板的字典或惯用成语搭配译法对杨绛译本提出的改正方案，往往显得非常粗糙，有几个观点更显出自身理解的问题。比如"照你的衣服和你的模样,你不是过这种日子的人",这是堂吉诃德在黑山对初相识的褴褛的"山中绅士"所言。董燕生认为原文有 ajeno de vos 一语,指的是对自己一无所知,于是提出的正确译文是"置自身于不顾,如今容颜衣着已面目全非"。这真是奇怪的解释,堂吉诃德如何知道一位陌生人眼前的长相和衣着"已面目全非"呢?又比如堂吉诃德为游侠骑士的伟大事业辩护,驳斥劳力而不劳心之说,杨绛译作"好像我们所谓用武的行业不包括那些苦心划策的防御"。董燕生认为杨绛译 fortaleza 一词时选择不合适的义项,不应选择"防御",讥之为"驴唇不对马嘴";他选择关键词的译法是"毅力",译作"似乎干我们武士这一行的不需要坚忍不拔的毅力,而毅力要靠信念支撑的"。这也是奇怪的理解。难道他看不到后面那句"要识透敌人的用意、打算、诡计和困境,要防止预料到的危险,光靠体力行吗"?难道董燕生理解堂吉诃德所谓的脑力劳动,就靠毅力和信念吗?

　　杨绛的西班牙语是自学成才,她译《堂吉诃德》深受钱锺书阅读视野的影响,参考过许多英法文译本,但她仍然能够坚持根于原文进行翻译,于是在重要的地方会超过这些译本。即便是钱锺书极为赞赏的普德能英译本,杨绛也并不盲从。比如开篇处堂吉诃德为心上人拟芳名,那村姑的本名作阿尔东沙·罗任索(Aldonza Lorenzo),堂吉诃德则称她是"杜尔西内娅·台尔·托波索(Dulcinea del Toboso)"。杨绛译文有一句"要跟原名相仿佛",即认为这两个名字有关系。普德能则译作"that should not be incongruous with his own",是认为这个杜撰的芳名与"堂吉诃德·台·拉曼却"一致,则与姑娘的本名无关。董燕生也持普德能的看法,认为原文这句话里的 el suyo 只能是"他的"而不能是"她的"。然

而我们查考晚近的研究名作定论,大概可以归纳出四点:

> 其一,古代的阿尔东沙(Aldonza)和杜尔瑟(Dulce)两个
> 名字一向都有联系。比如12世纪普罗旺斯的女公爵杜丝
> 一世(Douce I, 约 1090—1127),在文献中被记录的称呼就兼
> 有以上二名。
> 其二,杜尔西内娅(Dulcinea)是从杜尔瑟一名的本字
> (dulce,"甜蜜或温柔")化来的,杨绛译注只标明此说。
> 其三,尾音作-ea者,系文学中女性角色人名的常用手
> 法。如 Melibea(《塞莱斯蒂娜》)、Chariclea(古希腊小说《埃
> 塞俄比亚传奇》)。
> 其四,学者拉佩萨(Rafael Lapesa)曾撰《阿尔东沙、杜尔
> 瑟、杜尔西内娅》(Aldonza-dulce-Dulcinea, 1967)一文,对于
> 这两个名字的渊源关系详加考论,给出了确定的解释。

因此,杨绛译文没有问题,错的是董燕生的翻译和他的识见。
而更荒谬的是董燕生故布迷阵,云山雾罩地声称塞万提斯悲悯众
生,于是不肯直接称呼客店门口站立的"跑码头娘儿们"为"妓
女",用了一些含蓄的称呼。可我们来查看一下,杨绛在第二章里
译作"两个妓女"的地方,原文是 dos destraídas。这里的 destraído,
字面意思是"(道德)堕落女性",其实就是妓女的另一个称呼而
已;董燕生译作"两个年轻姑娘",这有什么值得自觉高明的呢?
况且,这个词在第一部的序言里其实就出现过了,可我们看到,不
光杨绛译作"妓女",董燕生也译作"妓女"了。怎么没过多久,他
就道德感膨胀了呢?而在另外一处,塞万提斯把那两个妓女称为

traídas y llevadas,杨绛简略译作"跑码头妓女",根据今天各种详注本的解释,应该是形容其奔波来去的身份,类似中文里的"女混混儿"(manoseadas)。董燕生根据字面意思"携来带去",猜测这是一种含蓄的表述,于是译作"饱经风尘的女子"。我们姑且不从语法上讨论"饱经风尘"是否属于"饱经风霜"及"风尘女子"的混合,就算此处杨绛译得不认真,这另外提出的方案哪里看得出生动准确了呢?

董燕生在最近的采访中说:"西语有个说法,所有的翻译都是叛徒。"从这句话看,他一定比早就讨论过类似说法的钱锺书渊博多了,因为后者也不过只知道"Traduttore, traditore"这么一个意大利谚语而已(原话用复数形式,目前最早见于 19 世纪上半叶 Giuseppe Giusti 编订的《托斯卡纳谚语集》Raccolta di proverbi toscani 一书)。西班牙语里的表达,钱锺书还提到过博尔赫斯的"反咬一口",把原作称为是对译本的不忠实了(El original es infiel a la traduccion),见于《探讨别集》中《关于威廉·贝克福特的〈瓦提克〉》那一篇——很有意思,中译本《博尔赫斯全集》把这句话再次"翻转"了,译者黄锦炎不顾下文圣茨伯里所说英译本比法语原作更好地传达了原作的特色,将上面这句话改为"译文没有忠实于原文"。那样倒也真是支持了他们同行的所谓"西语有个说法"了。其实西班牙语的大专家也未必不会出错,第二部第十六章里,桑丘替自家的瘦马辩护,说"驽骍难得"从不对母马耍流氓。只有一次不老实,原文是 y una vez que se desmandó a hacerla la lastamos mi se? or y yo con las setenas,setenas 字面意思是"七倍代价",杨绛译作"我主人和我为它吃了大苦头",不误,Watts 和 Putnam 的英译本均如是;而董燕生却译作"老爷和我狠狠收拾了它一通",

意思完全不同了,只能当他是偶然没看清了。

很多学习西班牙语的人喜欢董燕生译的《堂吉诃德》,因为每个从句顺序大体与原文贴合,依次和原文对下来,并不吃力。但实际上他也有为了故意造成分别而调整句序的地方。比如杨绛在第一部第二十章译桑丘讲那个没完没了故事的开头,是这样的:

> 往事已成过去,将来的好事但愿人人有份;坏事呢,留给寻求坏事的人……

而董燕生认为将"Érase que se era"译作"往事已成过去"属于"不知道这是西班牙旧时民间讲故事开头的套话,根本不能照字面直译"。于是他改了句序,把这一句放在了后面,译文变成:

> 好事人人摊上一份,坏事专找是非之人。从前啊,有一回……

问题是所谓"旧时讲故事开头的套话",这个"旧时"是什么时候?董译本借重的克莱蒙辛注文最后说,注者小时候听过的故事即多以"Érase que se era"开头。但这条注文前面也分明说更早时小说家们写的故事里,"好事""坏事"云云也是这个套语的一部分。马林注本、利科主编的塞万提斯学院本,都如此解释。杨绛在"留给寻求坏事的人"之后,有注说"西班牙民间故事,往往用这种方式开场",当然是知道这个观点的。之所以照字面直译,是为了呼应此后的两句,这是不同的译法,而不能算错。反而是董译本在此调改句序,用中文烂熟的"从前啊,有一回"这样的译文,割裂了这一连串套语的完整性,显得比较拙劣了。

杨绛的译文几乎每个长句都重新加以调整,甚至有时一个段落几句话都会改变先后次序。这其实是杨绛所讲的"点烦"之义所在,她提出这个概念时,树立的翻译史上的"殷鉴",便是早期佛经汉译的"胡语尽倒"。不按汉语的习惯,把外国句式照样搬来,那样的话,才是构成了双重叛逆:"既损坏原文的表达效果,又违背了祖国的语文习惯。"我们想起来鲁迅对于这种语句上进行"直译"的支持态度,《关于翻译的通信》(1932)中说:"中国的文或话,法子实在太不精密了……我以为只好陆续吃一点苦,装进异样的句法去,古的,外省外府的,外国的,后来便可以据为己有。"塞万提斯本人也是促狭鬼,恶作剧地在小说里号称译自摩尔人的一个手稿,告诉我们原作是多么絮烦,"译者把这些琐屑一笔勾销了",倒好像先跟杨绛约好了一般。

董燕生规规矩矩而不够鲜活的译笔,在某些地方也能发挥其长处。第二部第三十二章,堂吉诃德讨论"世界上究竟有没有杜尔西内娅",杨绛的译文太顺滑,"我的意中人并不是无中生有,我心目中分明看见那么一位可以举世闻名的小姐",整段地打破原来的短句顺序重新拼装成极流畅的汉语道白。原文有 puesto que la contemplo como conviene que sea 这一小句,字面意思是"自我见之,则如其应有之相",极有意味可咀嚼,被普德能誉为可印证于萨特哲学的。无论如何,能吸引读者思索的,此时还得靠有些不太流利的译文,让我们放慢阅读,跟着一小句一小句地念过去:"我只知道我看着,而且就是那个样子。"

不同于民国时代的傅东华或是戴望舒,杨绛、董燕生这两位译者都未曾将翻译《堂吉诃德》视为自己分内的使命。董燕生曾回忆往事，说"我从未把翻译《堂吉诃德》纳入自己的工作日程当中"，是1992或1993年北大教授赵振江、段若川两位向出版社推荐他来译《堂吉诃德》的，于是就用了一个月审查杨绛译本，"最后吃了定心丸，有了胆量"。

而杨绛从事文学翻译，更像是命运安排。1952年秋，她进入北京大学文学研究所的外国文学组工作时，已经41岁了。此前，她在清华大学教英文系大一基础英语；更早时候，她在上海，一方面是作为著名的戏剧家，写过三部喜剧；另一方面是支持丈夫写《围城》和《谈艺录》的"灶下婢"。在北上之前，她接触文学翻译工作，只有一个杂志上的短篇，和一本很薄的小册子。进文学所之前，又只翻译了一个同样很薄的文学作品。作为她在入文学所外文组前的翻译成果，无论如何，资格都是不够的。杨绛之最终能够胜任翻译《堂吉诃德》，除了她本人勤奋努力，更重要的是身边有钱锺书的指点和引导，这使她的译笔在一开始就受到一向严厉的傅雷毫无保留的赞美。

宋淇和钱锺书、杨绛，还有傅雷、吴兴华、邵洵美，也许还可以算上冒效鲁（他请傅雷帮忙润饰译作）等，在20世纪四五十年代曾形成了一个或亲或疏的学术圈子。讨论或臧否当时的翻译，显然是其中的一个重要议题。

后来，钱锺书在翻译上面，主要是官方派与的任务，并不反映他自己的见解。有人专门辑录了《管锥编》的片段译文，可见其能力很高。钱锺书最长于西方文学，但自从被指派去做《宋诗选注》，就进了文学所的古典文学组（研究室）。1957年，他在诗里说：

杨绛译《堂吉诃德》功过申辩

碧海掣鲸闲此手,只教疏凿别清浑。

但他还有一位进了外文组、必须做文学翻译工作的太太。傅雷虽然早就对杨绛的翻译贡献出最大限度的赞誉,但钱、杨态度很有意思,完全不认可他的称赞,更不接受他的指导,因为杨绛的翻译背后是钱锺书,没必要由别人插手。杨必译萨克雷之《名利场》,情形也是如此。傅雷致宋淇信中曾说,杨绛、杨必姊妹的翻译,几乎得到了钱锺书无微不至的指点,有"语语求其破俗"一说。所谓"破俗"之"俗",非谓世俗、通俗之"俗",而是曾经一代译学高才如傅、钱、吴、宋诸公对于现代西方文学经典汉译史中缺乏才、学、识之大多数翻译家的批评之语。今天看来,是要和任何带有恶劣习气、不学无术之翻译的对立。如果严苛地要求,杨绛的翻译当然也还存在不少问题,因此她才会不断修订,甚至重译。

假如真存在那个所谓的学术圈子,钱锺书虽然处于这个圈子的中心,但我们根据他本人一贯的表现,深知他是非常厌恶声气呼应的门户、帮派、社党之见的,早年他就曾讽刺那种"文字批评上的势利小人(snob)"(《落日颂》)。正如杨绛所译《堂吉诃德》第一部塞万提斯序言里的第一段,联系杨绛翻译此书的背景来看,令人感触极深。他们并不乞求自己的成果被别人因某种偏爱而完全认可和赞美。因为,唯有引起公正和准确的评价,才是最有价值的:

清闲的读者,这部书是我头脑的产儿,我当然指望它说不尽的美好、漂亮、聪明。……我不愿随从时下的风气,像别人那样,简直含着眼泪,求你对我这个儿子大度包容,别揭他的短。你既不是亲戚,又不是朋友;你有自己的灵魂;你也像头等聪明人一样有自由意志;你是在自己家里,一切自主,好比帝王征税一样;你也知道这句老话:"在自己的大衣掩盖下,可以随意杀死国王。"所以你不受任何约束,也不担承任何义务。你对这个故事有什么意见,不妨直说:说它不好,没人会责怪;说它好,也不会得到酬谢。

《上海书评》,2018 年 9 月 4 日

"圣伯夫的方法"

统计一下《钱锺书手稿集》关于法语书籍的笔记篇幅,排在头三名的作者肯定是普鲁斯特、福楼拜和圣伯夫。圣伯夫(Charles Augustin Sainte-Beuve,1804—1869),或被译作圣勃夫,比如前几年整理出版的范希衡译稿,上千页的《圣勃夫文学批评文选》;钱锺书则称他作"圣佩韦",——这是《韩非子》里的话,拿来好像要和朱自清先生的字凑成一对儿,这至少比"爱利恶德"那名字看起来用得尊重些。

福楼拜和圣伯夫的相似度也许更多些,《容安馆札记》第六百三十五则的杂记里提到当代学者对圣伯夫小说《快感》(*Volupté*)和《情感教育》的比较,指出同类题材的女性人物形象在文艺复兴意大利诗人处早有先声。可我们多少有些好奇,喜爱普鲁斯特的同时也能欣赏圣伯夫吗?《容安馆札记》第七百十八则里就抄过普鲁斯特《驳圣伯夫》里的一句话,谓其作品"算不得有深度"(L'oeuvre de Sainte-Beuve n'est pas une oeuvre profonde)。有些地方,钱锺书也表达了类似的看法。

　　钱锺书的老师吴宓也很推重圣伯夫，1923 年《学衡》杂志刊载尚是东南大学学生的徐震堮翻译的《圣伯甫释正宗》《圣伯甫评卢梭忏悔录》二文，前面都有作为指导老师的吴宓所作长篇大套的编者按语，称圣伯夫是"法国十九世纪文学批评巨子"。《释正宗》这篇颇为重要，以"正宗"译法语"经典作家（classique）"一词，正是学衡派强调"兼取中西文明之精华"的追求对象。此文后来又有李健吾和范希衡的不同译本，可见是常读常新的圣伯夫代表作。深刻影响吴宓的哈佛导师白璧德（Irving Babbit）也是圣伯夫的拥趸，《容安馆札记》第一百一十九则，抄录某书中记哈佛一教授，长于批评，其 idol 为 Sainte-Beuve，钱锺书遂谓此人必是白璧德。《容安馆札记》第十九则专论圣伯夫《文学肖像》（*Portraits Littéraires*）第一卷，开篇总论说，"论文处著语无多，谈言微中，总是偏师，非堂堂之阵，正正之旗也。此为少作，故尤欠鞭辟入里"。可以参看第二十三则开篇对法朗士（Anatole France）《文学生涯》（*La vie littéraire*）这种效仿之作的评价。《文学肖像》全三卷，除了范希衡的选译，比较大的中文版结集是前几年"西方传记文学经典"里的一本，挑了些鼎鼎大名的传主。钱锺书对此书兴致不高，《外文笔记》零零落落抄录，不过十页篇幅，且故意忽视很多那些大人物的内容，应该是上述批评意见的具体体现。

　　钱锺书最感兴趣的当然还是代表了"圣伯夫的方法"之高峰的《月曜日丛谈》（*Causeries du lundi*）。《中国诗与中国画》里引圣伯夫的话"尽管一个人要推开自己所处的时代，仍然和他接触，而且接触得很着实"。他和圣伯夫生平上有相似之处，都是生在世纪初年，跨过所在那个世纪中叶的大革命时代。读书笔记里摘录

　　　　　　　　　"圣伯夫的方法"

《丛谈》前言的句子，"时代又变得艰难些了，狂风暴雨和街谈巷议迫使每个人都把嗓子放粗……我相信，我对作品和作家自觉是真理的话，终于可以爽快地说出来了"（范希衡译文），未尝不可视为某种理想。《容安馆札记》对此书的征引主要体现于页边补注，《管锥编》里的引文都见于"增订四"，《七缀集》里倒是反复出现，也许说明钱锺书读此书时间略晚，——《新月曜日》的十多卷却可能是早读过的，尽管在《外文笔记》排订的顺序看起来在后面。钱锺书读《月曜日丛谈》的笔记篇幅总共长达五百多页。"文评于文章诸体中最为后起"（钱锺书译法郎士语），长篇大套地抄写，肯定是很欣赏其行文风格的了。有个大胆的设想：五六十年代的札记，也许本要催生一部大部头结合作品与作家的批评文集？只是，后来另有感悟，因此转向变成了《管锥编》的构思？不论如何，《管锥编》的结构，自然是突破了文学批评的格局的。

因此，做了很多功课的《月曜日丛谈》笔记，最后也就只是留下了五百多页的摘录和少量批注，这部分内容同那些作为未完成的研究计划材料的笔记不一样。暂且不管文学批评的事，通过那些批注，也可以发现一些有趣好玩的内容。《丛谈》第四册，《圣埃傅尔蒙与尼侬》（*Saint-Évremond et Ninon*）。这位尼侬女士是17世纪巴黎文坛著名的沙龙女主人，机智与魅力出众的交际花，也是女作家。她的情人除了王公贵族（据说红衣主教黎塞留出价五万法郎求一亲芳泽），还有那位著名的格言作家拉罗什富科（François de La Rochefoucauld），钱锺书在页眉就标注了他的名言："那些放纵于爱欲的女人，爱欲不过是她们最小的过失（见《道德箴言录》第 131 条：Le moindre défaut des femmes qui se sont abandonnées à faire l'amour, c'est de faire l'amour，从前的中译本把

faire l'amour 译作'制造爱情')",说的是这位女士。他《管锥编》引席勒诗中嘲讽"一妇以诗名者",谓其夫如"名妓之绿巾夫",用的典故即"尼侬的男人"(Ninons Mann)。

当年尼侬的沙龙接待过很多著名文学家,比如拉辛、布瓦洛、拉封丹、斯卡隆、赛维涅夫人等。赛维涅夫人的丈夫和儿子先后都陷入过对尼侬的爱情之中。钱锺书抄书笔记标识处,圣伯夫提到有人为赛维涅夫人编的《生平与著述录丛》(Mémoires touchent la vie et les écrits de Mme de Sevigné,1842-1865,共六卷),传记资料部分涉及尼侬事迹太多,简直可称为"尼侬外传"(la Chronologie de Ninon)了。这位编者叫瓦尔克纳尔(Charles Athanase Walckenaer,1771—1852),《月曜日丛谈》第六册里有一篇在他去世后不久写的悼念文章。钱锺书摘录了一小段关于其传记文章风格的评价。在此之前的一篇,题为"维耶曼与库赞两先生之荣休"(De la retraite de MM. Villemain et Cousin),是对索邦两位文学系教授的职业成就的论述。其中维克多·库赞在此前不久刚刚刊布了他对隆格维尔夫人(Madame de Longueville)的重要研究,是四卷本的大部头著作。隆格维尔夫人与尼侬一样,都是 17 世纪的交际场明星,风流妇班头,甚至两人有同一个相好——那位格言作家拉罗什富科。圣伯夫指出,库赞书中对于隆格维尔夫人洋溢着虔诚的颂扬之词,其情态好似为赛维涅夫人著书立传的瓦尔克纳尔一样。钱锺书在此加批注说:"如陈寅恪之于柳如是。"

《圣埃博尔蒙与尼侬》笔记上的批注则说:"道光时陈昙(仲卿)《邝斋杂记》卷 8,记夷妓,不知是 Ninon 否?"《邝斋杂记》那段文字如下:

潘观察正威为余言:有夷妓某,年六十余,恒恒如二十
许人,彼国王孙公子、富商大贾皆乐与之交,竟爱而忘其老
也。积赀至二百余万,所蓄妓为其儿孙行者殆二百余人。
为自叙一篇,自言数十年来阅人多矣,惟所欢某是真男子,
以赀二十万赠之,其余半以纳国王,半以分所亲。盖彼国俗
蓄赀不必以贻子孙,亲戚朋友皆在分财之列。有写字箱,行
止必以自随,处置身后事宜,久经书明藏箱内。

潘正威指的是广州潘氏"同文行"在鸦片战争前后的一代经
理人物,有诗集存世。当年十三行街上,"同文行"与法国商馆是
近邻,向友人谈论西方人的遗产处理方式而带出法兰西的风月佳
话也很正常。然而仅谈其遗产分配,不言其"自叙"之内容以及所
交文人亲友是何等人物,也只能说是"在商言商"了。如果可断定
是尼侬,那么这段掌故也很有意义,可看作西方文学掌故的东传
资料。尼侬好施与钱财也是名声在外,85岁临终前还给了一个朋
友的儿子两千个里弗尔银币作为"买书钱",那个11岁的孩子长
大成人后也成了作家,笔名叫作"伏尔泰"。

《文汇报·笔会》,2018年11月20日

钱锺书的"破俗"

　　短篇小说《猫》中,斜眼的批评家傅聚卿,把诗人蒲伯所言擅长"睨视"(leer)和"藐视"(sneer)的"批眼"(the critic eye)引为同道,从此文章也都"字里行间包含着藐视"。美国汉学家雷勤风(Christopher G. Rea)对此有非常好玩儿的解释,他说作者钱锺书用"批眼"两字,显然是取"屁眼"的谐音,以双关语获得一种极度的戏谑效果。这让我想起杨绛在《记钱锺书与〈围城〉》一文里提到,他们的女儿钱瑗曾被顽皮的父亲要求临摹一幅"有名的西洋淘气画","魔鬼像吹喇叭似的后部撒着气逃跑"。这画可以在《手稿集·外文笔记》第12册中找得到,出自爱德华·福克斯的《欧洲风化史》插图,时间在1961年元旦。

　　作为大学问家的钱锺书,与其他很多级别地位等同的学者之不同处,可能就在于他心里面存在着一个隐藏不住、随时可能会蹦出来的顽童。这似乎可以看作因童年情感挫折而导致成年后间歇性的行为退行。汪荣祖的《槐聚心史》一书,从心理学的视角对钱锺书的自我进行多方面剖析,其中谈到了他小时候因过继给大伯父而缺乏生父母的关照,殊少生活上的训练,成年后面对社会人群多怀怯懦防卫之心,于是在家庭环境里建立了一个依赖妻女情感之补偿的世界。我以为这么说抓住了一个关键问题。不过汪先生下文又以淡泊明志的心怀来判断钱锺书自我价值观的取向,提到他经历浩劫,体察人性之弱点,从此自居"山野闲人"云云,似乎还没说透。在我看来,对"我们仨"的高度情感认同,沉溺于读书抄书里的自我"纾解",与政治上毫无志趣的表现,其实都是一种心理上不够成人化的反映。我们之所以有"钱锺书瞧得起谁"的印象,也许就是因为他不想进入这个成人化的俗世,只会像个顽皮的孩子看着每个人。

1933 年,钱锺书发表了一篇随笔《论俗气》,里面说,被批评为"俗"者,有两个意义,一是"量的过度",二是"他认为这桩东西能感动的人数超过他自以为隶属着的阶级的人数":

> 俗的东西就是可以感动"大多数人"的东西——此地所谓"大多数人"带有一种谴责的意味,不仅指数量说,并且指品质说,是卡莱尔(Carlyle)所谓"不要崇拜大多数"(don't worship the majority)的"大多数",是易卜生(Ibsen)所谓"大多数永远是错误的"(a majority is always wrong)的"大多数"。

二十岁出头的人挑明了要和世俗里的"大多数"对着干,任个人而排众数,倒是合乎五四后青年一代的"易卜生主义"精神。只不过钱锺书不算是读《新青年》长大的,他被父亲吊打一顿从此发愤读正经书(指的是《古文辞类纂》《骈体文钞》《十八家诗钞》)之前,小时候迷的是《水浒》《西游》《说唐》《济公传》,中学假期里看《小说世界》(前期)、《红玫瑰》《紫罗兰》这些通俗小说杂志。这里面也有一个"俗",却是他从不厌倦的趣味和文化。

当然,钱锺书也并非一味喜爱"通俗",《管锥编》"《全后魏文》卷五四"一则说:

> 夫俳谐之文,每以"鄙俗"逞能,噱笑策勋;《魏书·胡叟传》称叟"好属文,既善为典雅之辞,又工为鄙俗之句",盖"鄙俗"亦判"工"拙优劣也。"鄙俗"而"工",亦可嘉尚。

可知"鄙俗"之文也有高下之分的。技痒之时,也难免要在这方面逞才气。哪怕是"鄙俗"里面最等而下者,也想要随手拈来做文章。《围城》这部精心结构的小说,就"充斥着胆汁、呕吐物和黏液"(史景迁语),《容安馆札记》里也没少讨论经史诗文戏曲小说里关于放屁、手淫、鼻涕、口臭、排泄物、丑陋女性、病态畸形、蛆虫怪物等"丑的历史"。翻阅钱锺书读明清小说的笔记,看他抱着孔乙己"茴字有几种写法"的乐趣,拿生殖器的几个字眼变化出各种异体,令人想到这种对于语言禁忌上的故意触犯,就是七八岁儿童的常见行为。

这种有些近乎恶俗的"俗",并不是钱锺书年轻时批评的那个"俗"。前者,我们可以看成是读书多了,于是察见的人性本真面目,直言不讳且讲求"鄙俗"而"工",反倒是不俗了。真正的"俗",是虚伪矫饰,缺乏赤子之心,是《皇帝的新衣》里揣着明白装糊涂的大多数臣民——之所以要装扮成一个样子来掩饰真相,恰恰是他们的后天规训造成的，即认为我自己所见所感并不重要，重要的是对整个群体的认同和习俗规训的遵守。而这正是与怀着顽童之心的钱锺书格格不入的。

他谈诗论艺，常讥嘲"俗手""俗子"，鄙薄"俗见""俗说"，独具只眼地留意"违时抗俗"之学者，对之加以表彰。即便如不易免俗的袁子才，也能指出此公本是讲求"学力成熟"的，但是这方面往往被人忽略，才造成空谈性灵的不好影响，真相其实在于"性之不灵，何贵直写"。《谈艺录》八十六则，讨论到袁枚与章学诚之相通处，言乾嘉考据之学兴盛时，二人皆"特立独行，未甘比附风会，为当世之显学"，故虽一主性灵为诗，一主识力为学，却是"所学不同，而所不学同"。不趋附"当世之显学"，也就是我们通常所认识到的钱锺书的立身原则。大家会想到他晚年致友人书信里传下的一句名言："大抵学问是荒江老屋中二三素心人商量培养之事，朝市之显学必成俗学。""朝市"就是"名利场"，他指导杨必翻译萨克雷的 Vanity Fair，即用此名称，典出《镜花缘》第十六回："世上名利场中，原是一座迷魂阵（《中文笔记》，此三字下加圈）。"

名利场上的显学啊！这在今天是多么刺耳扎心的字眼。傅雷书信中谓钱锺书指导杨绛翻译，有"语语求其破俗"之说。这个俗不是"世俗""风俗""俚俗""鄙俗"，而是作为"显学"的"俗学"，也是"俗手"的意思。在我看来，无非才、学、识上的建树，尽自己能力去掉那些阻碍智慧和真知的"迷魂阵"，若进一步则可再求高层次的发挥。不管后来的外语专家们如何指斥甚或诋毁杨绛的翻译，我觉得有发挥处，但基本是做到了这样的"破俗"，这离不开钱锺书的指导。

至于钱锺书怎么刻薄地批评那些"俗学""俗手"，傅雷的书信里转述了不少,不必再谈。或者我们看过几篇《容安馆品藻录》,简直忍不住会想把开篇提到的那"批眼"的称呼送给这个词的发明者本人。但我们不要忘了钱锺书的本意,他也许就是顽童心理作祟,不弄出些"精致的玩笑"就无法消遣这喧闹而又乏味的人生。你尽可以用什么"论至德者不和于俗,成大功者不谋于众"来抬升这种境界。我却只记得他多次引用陈师道的诗《寄黄充》:"俗子推不去,可人费招呼;世事每如此,我生亦何娱!"不期造访的客人前来"瓮中捉鳖",记录了一些不太理解的话拿去乱说,该是多么讨厌。还是书本里去寻中西方的古人对谈吧,这有多么快乐!

《社会科学报》,2019 年 1 月 3 日

"痴人乃欲镂虚空"

　　1945 年钱锺书担任中央图书馆英文总纂,编英文《书林季刊》(*Philobiblon*,共出了 1946—1947 两年七期)。其中他发表的英文书评,是在一个题为"Critical Notice"的栏目里,包括了评裴化行法文著作《利玛窦神父与当时中国之社会》(1937),评美国学者 Latourette 的《中国历史与文化》(1946 年第三版),还有评一部陆游诗选英译本(1946)。之前田建民先生曾作一篇文章(《钱锺书两篇英文文章所引起的论争》《中国现代文学研究丛刊》,2007年第 6 期),介绍了钱锺书那篇陆游诗选英译本书评引发的美国读者来信,但他说得不太清楚,让人读了反倒更有些糊涂,因此值得重新说说。

　　陆游诗选的英译者是一位 Clara M. Candlin Young 女士,她可能是根据陆游诗集原题《剑南诗稿》的意思,把这个英译本题为"The Rapier of Lu, Patriot Poet of China",直译便是"中华爱国诗人陆的剑"。我们当然知道,"剑南"是得自地名,剑南道在川陕一带,是抗击金兵前线。但她也许是把爱国抗敌的陆游形象,通过佩剑来加以突出。

钱锺书对《剑南诗稿》当然精熟于心。十六岁时,严父督促他读的《十八家诗钞》,就有陆放翁一家。这也是《谈艺录》重点讨论对象之一,其中持论甚严,什么"不免轻滑之病"了,又是"意境实鲜变化"了,口气颇类林黛玉教香菱作诗时所言:"你们因不知诗,见了这浅近的就爱。"他自己并不看重其"选"而特重视其"注"的《宋诗选注》里,倒是陆游诗篇数量最多,达 27 题 32 首。说《剑南诗稿》历来无注本传世,自己其实在这方面是很下功夫的。《中文笔记》里后来读钱仲联先生的《剑南诗稿校注》,篇幅很大,基本不是推崇之意,题目上面先标满了记录,细数此书征引了《谈艺录》多少次。里面的批注就更有意思了,几乎全是批评,你这也不知道注,那也不如我说得好,还有大量补注,有些可能一目了然的,就只写俩字:"当注。"他还指出这个校注本,有时窃取《宋诗选注》或《谈艺录》,有时又不敢或不肯窃取——范旭仑先生著文专门谈过这一条。

在英文书评里,钱锺书说陆游诗的确有写到剑的,但 Young女士没有收入这部总共 40 多首的选译本里。而且选的爱国题材,其实只有 9 首,还译得不准确;从所作陆游传记看,对陆游的爱情故事也不熟悉。钱锺书指摘了多处翻译的失误,不少讽刺之言,尤其是嘲笑英译文风格让英语显得面对典雅的中文而无能,让我们想起不久前书评作者在上海美军俱乐部的演讲:中国文学的语言"像十八世纪戏剧里所描写的西班牙式老保姆(duenna),她紧紧地看管着小姐,一脸的难说话,把她的具有电气冰箱效力的严冷,吓退了那些浮浪的求婚少年"。

是的，钱锺书的翻译观念里赞许"化境"，鼓励译者发挥本领，调整语序（从 16 岁节译 H. G. Wells《世界史纲》后的"补白"就是这观点）。但他指出 Young 女士有的地方重新调整了放翁诗的句序，结果变得意义大为不同，显示出对原作理解不足。还有一些细节，比如"桑乾"是指唐宋诗人视为塞北分界的一条河，《宋诗选注》在杨万里一首诗下有一个很长的注释，这里被译作"干枯的桑树"了。还有比如"人烟"，被译成"人像烟一样旋转"。

这篇书评发表之后，来年的《书林季刊》就刊载了一位美国读者的"大哉问"。这个异国知音名叫 Paul E. Burnand，我在网上搜不到这人的其他信息，他自称不懂汉学，只是对钱锺书的文章感兴趣，前面就钱锺书另一篇英文文章《还乡》提了问题；后半部分对上述这篇书评里的几句话有所疑问。钱锺书也写了回复，一起刊于《书林季刊》。读者提到钱锺书对英译陆游诗选的严厉批评，原话是把译者形容为"with a fanciful literal-mindedness"，这位 Burnand 先生说这几个字很精彩。我发现实际上钱锺书也很得意这句妙语，后来还把它用到《管锥编》里了：

> 若夫齐万殊为一切，就文章而武断，概以自出心裁为自陈身世，传奇、传纪，权实不分，睹纸上谈兵、空中现阁，亦如痴人闻梦、死句参禅，固学士所乐道优为，然而慎思明辨者勿敢附和也。凿空坐实（fanciful literal—mindedness），不乏其徒，见"文章"之"放荡"，遂断言"立身"之不"谨重"；作者有忧之，预为之词而辟焉。

可见 fanciful literal-mindedness 就是形容那种望文生义的现象

的,钱锺书心中对应的中文是"凿空坐实"。田建民先生文章译介时没有领会意思,译作"富有想象力而又实际的女性的头脑",没有把握住钱锺书的批评方向。

美国读者询问,这个 Young 女士介绍陆游生平,依据的是他自道贫穷的诗句,宣称诗人老来贫苦,靠向邻家乞米过活,钱锺书为何认为这是一种"fanciful literal-mindedness"呢?田建民先生介绍这段问题,也完全译错了,信中最后那句"why shouldn't we take them at their face-value?"就是说:"为何我们不能将这些'poems on poverty'按照其面值兑现?"田文译成了"那些诗歌是以表现贫穷达到富于诗意吗?"

钱锺书的回信说,陆游的诗句"岂惟饥索邻僧米,真是寒无坐客毡"(《霜风》),这是化用典故,上句出自韩愈《寄卢仝》(至今邻僧乞米送,仆忝县尹能不耻),下句出自杜甫《戏简郑虔》,属于赵翼《瓯北诗话》里所列的"使事"类,不是写实的:都是行家一眼便识的出典,前文未加详说。因此他才这么评价英译者的《陆游传》望文生义,凿空坐实。钱锺书说中国诗典故用得好,要如"水中着盐",但知盐味,不见盐质,这是《谈艺录》里讲过的,我觉得可以用来表述用典的化境,也是文学创作"无一字无来历"却又不妨碍阅读的境界,也可以用来代表钱锺书所谓翻译最上乘的"化境",就是"不隔"。钱锺书说中国古代诗歌有一种 often deceptively plain,"常见的欺骗性的坦白",对于那些不懂古典作品的现代读者来说到处是恶作剧,令这些人很容易把文字上的用典当成自叙传。

钱锺书在书评里说,文学史里的低级错误非常难以消灭,而中日战争又让这种误解焕发新生。有些研究中国文学的大学教授发现了以研究爱国人物来进行爱国的途径,于是把陆游的诗当成达到目的的资料或口实。钱锺书说,陆游的确爱国,但他不是以写爱国题材为主的诗人。或者说,爱国题材不是他诗歌传世的主要价值。我们不该尽信《宋诗选注》"陆游"部分开场所说"他的作品主要有两方面",而应看《谈艺录》第三十七则所言:"放翁诗余所喜诵,而有二痴事:好誉儿,好说梦。儿实庸材,梦太得意,已令人生倦矣。复有二官腔:好谈匡救之略,心性之学;一则矜诞无当,一则酸腐可厌。"相比之下,钱锺书对南宋的爱国诗篇,更欣赏的可能还是陈与义、杨万里等人,他们表达了"对国事的忧愤或希望""并没有说自己也要来动手"——"这也正是杜甫缺少的境界";这种适当、清醒的文学创作态度,体现在"忧时伤生"的《槐聚诗存》里,"忧患之书"的《谈艺录》里,以及表现"the war at once remote and impinging"的《围城》里。

在《宋诗选注》中,钱锺书在批评刘克庄欣赏放翁诗擅于用事时,就"功夫在诗外"之说展开了一番议论:

> 要作好诗,该跟外面的世界接触,不用说,该走出书本的字里行间,跳出蠹鱼蛀孔那种陷人坑。"妆画虚空""扪摸虚空"……陆游借这些话来说:诗人决不可以关起门来空想……

这在当时和主流话语颇为合拍,也是起初《光明日报》的《文学遗产》栏目上周汝昌、胡念贻、黄肃秋等人都予以肯定的内容。但是也许钱锺书这番话的背后,考虑的就是当初海内外塑造"爱国诗人陆游"形象的那两位学者吧。

《文汇学人》,2019 年 5 月 24 日

读《谈艺录》第十六、十七则有感

　　《谈艺录》初版即分成九十一则，"附说"二十四节，各有标题，但没有序号。作者钱锺书大概心里还是有数的，他一直重视形式，好记录一些数字，故而想必此书分章节的时候也有个想法。其实前面六则，后面四则，从内容看可以视为引论和结论部分。中间八十一则，暗含九九之数。《围城》里面也正好是分成九章，过去已经有人说这个数并不是随便来的。比如说希罗多德历史就是缪斯九书的概念，普罗提诺的《九章集》，钱锺书译作"六书九章"，都是如此。《谈艺录》中间八十一则主要围绕的诗人，也可提出九位：李贺、梅尧臣、王安石、陆游、杨万里、元好问、王士禛、钱载和袁枚。但有几则似乎超出了这个范围，有的我能看出逻辑，有的我觉得还不好进一步明确论证。所以《谈艺录》是否就以此九家为枢纽，还有他们各自扮演的角色如何，这一点我想还是不要说得太绝对了。

　　其中关于王安石的部分，应该是从第十六则到第二十三则。

第十六则，读起来好像不是在说王安石，前面一大段写的是韩愈的接受史，主要意思是韩愈在北宋受到特别大的推重。欧阳修尊之为文宗，石介列之于道统。理学家们不喜欢的苏门师弟，也都敬爱他。只有禅僧契嵩写了三十篇《非韩》，吹毛索瘢，但是影响不大。从此直到明代，也基本都是肯定态度。那么有没有对韩愈是"概夺而不与"者，持完全否定意见的呢？"有之，则自王荆公始矣"，就这样算是把王安石引出来了。除了早年偶尔还称赞韩愈，王安石后来持论都是责备求全之说。下面举出了很多的例证，中间有一节补订文字，涉及"小王安石"即王令对韩愈的模仿。然后钱锺书开始为韩愈申辩，他说契嵩、写《旧唐书》的刘昫，都批评过《毛颖传》，这都是煞风景，不值得讨论。因为游戏文字、好辩论、好嘲笑人戏耍，这都是韩愈个人的人性，钱锺书说"豪侠之气""真率之相"，和拘谨、头巾气的儒生不一样。唯有大事上才会毫不让步。王安石对韩愈各种贬词，分析下来，其实是意气之争。而这种争意气的态度、好辩的天性，也就使得王安石有王安石的精彩。因此退之、荆公，也是一样的风格。他引前人的说法，谓韩愈、王安石都好孟子，都是君子必辩的性格。于是判断说：

> 彼此好胜，必如南山秋气，相高不下；使孟子而生于中古，或使当荆公之世，无涑水、盱江辈之非难孟子，恐《七篇》亦将如韩集之遭攻击耳。

要不是司马光（世称涑水先生，著有《疑孟》一文）、李觏（《盱江集》有三篇《常语》反孟子学说）先批上了，王安石肯定非批孟子不可。他外号是"拗相公"，故作别调，乃是"杠精"本色使然。

这一则后面没太大意思，说此后鄙薄韩愈的人多姓王，这只能说是凑巧，或者说钱锺书读书真是多，能排列事件这么整齐。

从第十七则开始，也还是延续"韩愈在北宋的接受史"这个话题。从北宋人对韩愈和一个和尚大颠的关系说起，这么写很容易变成笔记掌故，但钱锺书试图穷尽文献进行罗列排比不同说法，最后我们发现，这是个很重要的话题。韩愈因进谏迎接佛骨这件事情，被贬官到潮州，在那里和一位僧人大颠反而常往来，有三封书信传世。韩愈在北宋这么受欢迎，那他为什么排佛教之外又和僧人往来呢？韩愈在《上宰相书》中自白道："杨墨释老之学，无所入于我心。"作为儒家道统的代表，号称孟子继承人的韩愈，怎么和别教打交道呢？这就好像程颐和灵源的书信往来一样了。各家在诗文里提出了多种不同的看法。首先，书信是不是韩愈写的，这涉及文学品鉴和文献考据；苏轼认为假，欧阳修认为真；陆游认为是狡黠的僧人伪造，朱熹却写了《韩文考异》判断是退之之笔。其次，可能真是有交情，而且韩愈往来的佛门僧众还不少，有名有姓的可以查到十四人以上，那韩愈持什么立场和他们交往？比如刘克庄说，韩愈大多对之嬉笑嘲讽的。但是晁公武的弟弟晁公遡，却说韩欧诸公看起来力排浮屠，实际上对僧人很纵容。此外就连佛门内历代著作对于韩愈也持不同意见。契嵩《镡津文集》认为韩愈表面维持儒道正统，内心却默重佛法等；明代高僧莲池大师却认为韩愈和佛法不沾边，这一点，钱锺书说"缁流之有识者"还是不至于"引退之以自张门面"的。这些话是成书于1947年的《谈艺录》初稿里的。几年之后，陈寅恪写了一篇《论韩愈》，其中主要观点，是韩愈思想受孟子影响，这一点大家都知道，但是他同时也受佛教禅宗的影响。文章写于1951年，发表于1954年

《历史研究》第 2 期。陈寅恪的依据只有一个材料，就是他注意到韩愈幼年，十一二三岁，在广东韶州住过（其兄韩会贬官至此），《西游记》说"曹溪路险，鹫岭云深"，曹溪就是禅宗六祖惠能弘法处，就在韶州。但这个证据是不足以证明韩愈受禅宗影响的，后来山东大学的黄云眉就特别批评了陈寅恪。

陈寅恪文章擅于从一个资料抛出来一大堆大观点，这是他的风格。钱锺书是反过来做学问的，就是各种材料一大堆，诸家论点逐一引述评价，排座次，先后优劣高下，谁有什么漏洞，哪句话又不如谁说的了。——经常把大家绕晕了。但是钱锺书绝非乱摆资料，他后来给钱仲联先生的《韩昌黎诗系年集释》写书评，说集释不光是要集的，各种材料很多，"现在聚集一起，貌合神离，七张八嘴，你有责任去调停他们的争执，折中它们的分歧，综括它们的智慧，或者驳斥它们的错误——终得像韩愈所谓'分'个'白黑'。钱先生（仲联）往往只邀请了大家来出席，却不肯主持他们的会议"。

在这一则接近尾声的时候，钱锺书说出了他的判断，我觉得是隔着时空发生的非常毒辣的批评：

> 余尝推朱子之意，若以为壮岁识见未定，迹亲僧道，乃人事之常，不足深责；至于暮年处困，乃心服大颠之"能外形骸"，方见韩公于吾儒之道，只是门面，实无所得。非谓退之即以释氏之学，归心立命也，故仅曰："晚来没顿身己处。"盖深叹其见贼即打，而见客即接，无取于佛，而亦未尝有得于儒；尺地寸宅，乏真主宰。

在陈寅恪那里,韩愈被标榜得如何伟大,什么古文运动就是尊王攘夷了,什么从禅宗吸收思想在《原道》里推崇《礼记·大学》了,使得"抽象之心性与具体之政治社会组织可以融会无碍"了,这些看法在钱锺书心里都没有,在他看来韩愈就是个出色的文学家,信仰方面就不要谈了。所以今天要是赶时髦,就该写一本书,题目可作"制造韩退之",就是把《谈艺录》提供的这些资料组织组织,应该可以充满篇幅的。

这一则讲这么多,这时才又到了王安石那里。钱锺书说,王安石也经常摆出一副"辟佛"的姿态,诗文里却禅语不断,还写过《楞严疏解》,晚年还舍宅为寺。神宗元丰七年,王安石两度上书,请求把自己的半山宅改为寺院,后来还捐了田产给寺院。半山宅所改的报宁寺,明初拆了,现在南京城东还留了个遗址,就叫半山园。这和韩愈本质上也没有区别。王安石却在《送潮州吕使君》里提到韩愈时大加批评,算什么道理呢?钱锺书没有说,但联系这两则,我有个基本体会,就是前一则说韩愈、王安石都是头号争强好胜的人,后一则说他们辟佛,自己政治主张失败了,然后和佛教关系却密切起来。这难道不就是普通人正常的心理慰藉吗?当然这要进一步谈,需要很多论证。我觉得钱锺书那里应该有一个类似的答案,他聪明透顶,觉得不须多言了吧。

《南方都市报·阅读周刊》,2019 年 10 月 27 日

"围城"题下的阅读史

    1946年初,钱锺书的小说《围城》开始在杂志上连载。这是一部以刚刚结束的中日战争为背景的小说,开篇就把时间拉回到1937年7月下旬,点出这时节"在中国热得更比常年厉害,事后大家都说是兵戈之象"。现实世界里,那时候钱锺书还在欧洲留学,但对于国内形势是非常清楚的,诗作里一直有对国事的挂怀。在《围城》问世前,他发表品鉴中西小说的札记文章,曾评价德国17世纪小说《痴儿西木传》里描写"兵连祸结,盗匪横行之状",与伏尔泰小说《赣第德》里写保加利亚军队之罪行"每有旷世相契处,证之今事,亦觉古风未沫"。说"证之今事",可知他对此前所见闻的战祸是念念不释的。作于孤岛时期上海的读书笔记里,读《唐宋文举要》时录韩愈《曹成王碑》一句"贼死咋不能入寸尺",形容的是唐朝曹王李皋负隅抵抗藩镇叛乱军队的壮烈,页眉上批注了"围城"二字。《围城》没有直接描述战争,显然并非不能写或不愿写。

美国汉学家胡志德曾记1979年5月钱锺书访美时谈话,提到《围城》是希望表现"战争既遥远又无处不在,就像简·奥斯汀小说中的拿破仑一世战争一样"(张泉译)。那场旷日持久的战争沉重影响了中国人民的现实生活与精神世界,作为小说题目的"围城",正像荷马史诗《伊利亚特》里呈现特洛伊战争的攻守形态一样,用最为简洁有力的意象揭示着战时上海的困局。钱锺书1938年年底回国后至次年在昆明西南联合大学外国语文学系执教期间,讲授过荷马的两部史诗;战后他为暨南大学外文系学生开设的"欧美名著选读"课程,第一篇也是选读《伊利亚特》。通过读书笔记和已刊著述里追踪钱锺书的思想轨迹,可以看到这十年间有两条主题线索,蕴含了钱锺书在战争年代里的独特思考:分别是《伊利亚特》的"围城"和《奥德赛》的"回乡"。关于这两条主题如何体现出来,论者另有文章展开论述。在此需要强调的是,《围城》创作中对荷马史诗的参照是带有喜剧感的戏谑与反讽意味的,如突出家常琐屑乃至丑陋令人作呕之事物时的怪诞修辞手法,还有方鸿渐演说词中描述现代社会下等鄙陋的文明流毒,都用了许多荷马史诗里的典故,而众人舟车劳顿地在污秽浑浊的世界里漫游的经历,也在戏仿着史诗里的英雄之旅。不免令人联想到乔伊斯的《尤利西斯》:试图将荷马史诗与现代世界接通的尝试,乃是两次大战时期欧美世界的一股思想潮流,此外在薇依、庞德、曼德尔施塔姆等人的作品中也可以找到不同方向的体现。

20世纪70年代末,《围城》的日文译者中岛长文曾采访钱锺书,询问"围城"一词的由来。钱锺书从书架上翻出泷川资言的《史记会注考证》,找到《鲁仲连邹阳列传》的一段内容,强秦四十万大军围攻赵国都城,有人去拜访客居城中的鲁仲连:

（钱锺书）把新垣衍对鲁仲连说"吾视居此围城之中者，皆有求于平原君者也；今吾观先生之玉貌，非有求于平原君者也，曷为久居此围城之中而不去"这些部分拿给我看，而后说："作为词语来说，这是最古老的例子，但没有什么特别的意思。"

日本友人记述之下做了一些引申和联想：第一，司马迁这里引述的是《战国策·赵策》里的话；第二，作为词汇，《左传》昭公十三年的"围困城"和传为蔡文姬所作的《悲愤诗》里的"围城邑"，作为寓意典故也许比《鲁仲连传》里的这段对话更为合适。

钱锺书自然知道《战国策》的出处，《管锥编》明确说："此节佳文，悉取之《赵策》三，句法操纵，一仍旧贯，未可归功马迁。"使用《史记》的本子，是因为当时刚写完讨论过此书的《管锥编》，手边有书。以《史记会注考证》这种日本汉学名著来表示友好，也再自然不过。但更重要的是钱锺书在留意"佳文"句法之操纵（"居此围城之中"和"有求于平原"二语的重复出现）的背后，更深感于其中历史人物应对"围城"之局时的精神力量。要么困于局中、要么弃局出围的人，大多有政治利益上的考量。"不肯仕宦任职，好持高节"的齐人"千里驹"鲁仲连，自然与这些人不同，为何也留在"围城"里呢？这个问题，恐怕也是钱锺书夫妇选择在战事爆发后回国时面对的问题，也是他们在上海沦陷后如何选择出处时面对的问题。没有引出的下文里也许才包含了真实的答案：

鲁仲连曰："世以鲍焦为无从颂而死者，皆非也。众人

不知,则为一身。彼秦者,弃礼义而上首功之国也,权使其
士,虏使其民。彼即肆然而为帝,过而为政于天下,则连有
蹈东海而死耳,吾不忍为之民也。所为见将军者,欲以助赵
也。"

　　像鲍焦这样的古之"介士",耻居浊世,会因无路可走而"抱木
立枯",这是对大义的坚持。鲁仲连引申到自己在"围城"中的立
场,他不从政,也不参与军事,无"求于平原君",也不认为赵国有
什么仁政值得捍卫。他只是愤懑于侵略者的作恶,才坚决要"久
居此围城之中而不去"。钱锺书在抗战年代里的表现,和鲁仲连
"义不帝秦"的态度是一致的。而且所谓"非有求于平原君者
也",可理解为对于现实利益的超脱,回避党派、主义的站队,乃是
一种清醒的政治态度,这也许就是《围城》不表现战争中政治斗争
的根本原因。《管锥编》里曾说:"并世之人,每以当时之得失利钝
判是非曲直,《庄子·胠箧》所谓'符玺'与'仁义'并窃,'诸侯之
门而仁义存焉',西谚所谓'山呼"胜利者万岁"!'"——这"山呼
'胜利者万岁'",是钱杨夫妇熟悉的堂吉诃德讥嘲桑丘势利眼时
的用语。永远拒绝为胜利者唱颂歌,这同《太史公自序》里称许鲁
仲连的"轻爵禄,乐肆志"精神一样,也是钱锺书追求的人生境界。
最终的日译本以"不能在日语中找到其准确的译法与表意"为理
由,放弃了原来拟定的"被包围的城堡"这个题目,决定只选择《围
城》原题中的一个方面,改用"结婚狂诗曲"为书名。这样一来,就
在很大程度上消除了原本"围城"意象上的多重指向。尤其是作
者虽未正面书写却时时关照在心的战争中人之生存状态,在日译
本的改题操作下被淡化了不少,这当然是非常令人遗憾的。

在小说里，方鸿渐绕了半个中国的大圈，最后又回到了"孤岛"时期的上海。这个平凡怯懦的小人物，感受着"拥挤里的孤寂，热闹里的凄凉，使他像许多住在这孤岛上的人，心灵也仿佛一个无凑畔的孤岛"。"围城中人"心绪上的这种写照，并不仅仅属于现代世界。《谈艺录》第46则里，论元好问同代人受其诗风影响，提到遗山"三知己"之一的李献甫写了一首《围城》，认为是"入之遗山集中，可乱楮叶"。李献甫此诗写于金哀宗天兴元年（1232），蒙古军队围攻汴京，此后哀宗率军离京退走。钱锺书留学时期作《中州集》的读书笔记，上述《谈艺录》这段内容就见于其中，并列称引的雷希颜、李长源、秦简夫等人诗，也都是经历末代王朝的板荡局势，心中感慨之作。元好问诗中也多次出现"围城"字眼，因此早有人指出小说题名的出典可能与此有关。如果再往前追溯，则是杜甫。《容安馆札记》第404则论吕本中《东莱先生诗集》时，特别摘记宋人诗话所云"吕东莱围城中诗皆似老杜"；朱长孺《愚菴小集补遗》卷二《书元裕之集后》也说："裕之围城中作诗指斥蒙古，不啻杜子美之于禄山、思明也……"（《容安馆札记》第320则引）。钱锺书曾对吴忠匡说自己的学诗经历，是在游历欧洲期间才足涉少陵、遗山之门庭的。钱锺书感应时事而从读书学诗经历里产生了切身体会，和杜甫、元好问在乱世中的诗心产生共鸣。

钱锺书后来在《宋诗选注》中评价陆游，说他是"明明在这一场英雄事业里准备有自己的份儿的""这也正是杜甫缺少的境界"。这暗含了褒贬之意：抗战结束后，钱锺书曾担任南京的中央图书馆英文总纂，编英文杂志《书林季刊》，他发表于题为"Critical Notice"栏目里的英文书评，有一篇就是评价一部陆游诗选英译本

（1946），批评了将陆游爱国诗人形象夸大的研究方式。钱锺书说，文学史里的低级错误非常难以消灭，而中日战争又让这种误解焕发新生。有些研究中国文学的大学教授发现了以研究爱国人物来进行爱国的途径，于是把陆游的诗当成达到目的的资料或是口实。陆游的确爱国，但爱国题材不是他诗歌传世的主要价值。这种唱高调的爱国诗并不能真正算是好的描写战争年月的诗，而受杜甫影响的陈与义、吕本中、杨万里等人，以及后来的元好问，才值得学习效仿。或许这个判断足以说明钱锺书的文学理想：他否定了题材决定论，决意以战争作为背景色而不是前景和主要事件来写小说。

从另一方面说，《围城》里面固然充满作者对战事的忧愤、对和平的希望，却也并不以此为主，小说核心主题仍在于人类生活的永久困境。在小说里，以方鸿渐为假想情敌的赵辛楣摆设了一桌"鸿门宴"，怕自己学问压不住对手，就请来了两个朋友褚慎明、董斜川助阵。席间谈话中引出了"围城"的主题：褚慎明口称"结婚仿佛金漆的鸟笼，笼子外面的鸟想住进去，笼内的鸟想飞出来"，说是罗素引的一句英国古话。17世纪初，英国剧作家约翰·韦伯斯特（John Webster）所写的悲剧《白魔》（1612），将婚姻比作花园中的夏日鸟笼（a summer bird-cage），在笼外的鸟想要进来，在笼内的鸟则终日忧惧自己无法离开。这个典故在欧美当代文学也有影响，钱锺书熟悉的英国小说家玛格丽特·加布尔（Margaret Drabble）的处女作《夏日鸟笼》（1963）书题即直接搬用韦伯斯特原话而成。

但把婚姻比作鸟笼，还有更早的别国出处。比如在文艺复兴时期法国大思想家蒙田的《随笔》第三卷第五章，可以读到这样的话:"这就像看到鸟笼的情况,笼外的鸟死命要往里钻,笼里的鸟又绝望要往外飞。"(马振骋译文)钱锺书笔记里对原著有详细的抄录,在上引那段话处,手稿页眉也标注了"围城"二字。无论韦伯斯特还是蒙田,也许都只是事后追认到的源头,并非小说家最初受启发的阅读经验。《围城》随后还有一段对白:

> 苏小姐道:"法国也有这么一句话。不过,不说是鸟笼,说是被围困的城堡 forteresse assiégée,城外的人想冲进去,城里的人想逃出来。"

钱锺书编英文杂志《书林季刊》1947 年 9 月号,曾介绍《围城》的出版,并言"题目出自法国谚语:婚姻如同一座被包围的城堡,城外的人想要进来,城内的人想要出去"。范旭仑前几年已经指出,将婚姻比作鸟笼和比作围城的出典,都是读新刊《巴特利特名言称引录》第十一版(1937)的收获,有 1937—1938 年的读书笔记为证。在那部工具书里,针对英国诗人约翰·戴维斯爵士(Sir John Davies)所著《人妇、遗孀与少女的论辩》(1602)里的一段话,将婚姻比作一场节庆盛宴,参加的人想要离席,未能入席者却想要加入,此下附有长注,提到相关的更早渊源。其中就有钱锺书引的那段"法谚",以及蒙田《随笔》。《巴特利特名言称引录》注里附有英译,并明确指出摘自学者基塔尔(Pierre-Marie Quitard)的《法谚研究》(1860)一书。

然而,把婚姻比作"围城"也并非"法谚",范旭仑已指出这来自阿拉伯谚语,大仲马 1848 年在巴黎刊行的《东游记》,是法语文学里目前所见最早引入这个阿拉伯谚语的作品。钱锺书可能查过基塔尔的《研究》，才会在笔记上将《称引录》搞错了的"French proverb"之说，涂改为"Arab proverb"。学者林丽娟对这类婚姻譬喻的东方渊源进行了专业的梳理，曾经被置于古希腊哲学家苏格拉底的名下，实为从阿拉伯、叙利亚地区传至欧洲的修辞方式，它将婚姻喻作渔网或鱼篓，渴求它的年轻人受到渔人这个陷阱的引诱而想要进来，一旦入其彀中则竭力要挣扎逃逸而不能了。其实这个话题早在19世纪末就受到了注意，博睿（Brill）出版的一册《苏格拉底接受研究指南》，有专门章节讨论这一话题。在13世纪叙利亚教会作家阿卜·法拉兹（Abu'l Faraj）的记述中，"苏格拉底"议论是否要结婚的两难，其设立鱼篓譬喻的态度，是针对婚姻中的女性而发的。有的版本里，议论者会变成"第欧根尼"，显然这个故事的出处就是古希腊作家第欧根尼·拉尔修的《名哲言行录》。此书记述苏格拉底掌故，有人问他应当结婚还是不结婚，他答说"无论你选择哪一个，都会后悔"，而犬儒派哲学家第欧根尼的传记里也提到"他常常赞扬那些要结婚却又没有结婚的人"，但随后都没有提及渔网或是鱼篓的譬喻。

《围城》里对婚姻之两难处境的表现，背后还有更为丰富的修辞与思想资源。小说结尾方鸿渐所感慨的"老实说，不管你跟谁结婚，结婚以后，你总发现你娶的不是原来的人，换了另一个"，和上文苏格拉底之言颇为近似。20世纪80年代初，钱锺书在给张文江的回信中，曾承认的确并非向壁虚构。回信中提到来信者引的爱默生语，指讲演录《代表人物》（1850）里的著名议论。爱默生从蒙田对婚姻话题的"明智的怀疑主义"态度，延伸到青年立志从事政教、法律、文化等事业时将会面临的两难考验。这合乎钱锺书小说的立意，正如杨绛在90年代初为电视剧《围城》写的题词：

"围在城里的人想逃出来,城外的人想冲进去,对婚姻也罢,职业也罢,人生的愿望大都如此。"

钱锺书的信里指示了苏格拉底名言的出处即《名哲言行录》,并佐证以拉伯雷《巨人传》第三卷第九章中"那么你就结婚罢""那么你就不要结婚罢"的反复辩论。实则不止于此。据教父作家杰罗姆所说,有一部以亚里士多德的弟子忒奥弗剌斯特(Theophrastus)的名义创作的《婚姻金书》(Liber aureolus de nuptiis),即以明智之士应否结婚为主题,其中列举贤妻良母的典范,继而指出这种佳偶世间难求,绝大多数婚姻都令人失望,因此得出结论:明智之士不应娶妻。这种论调乃是西方古典时代至中古晚期一直兴盛的"憎婚(misogamy)"传统的表现,从苏格拉底、柏拉图、伊壁鸠鲁以降,相关论说观点、诗文故事,数不胜数;后世在尼采《论道德的谱系》还可见思想影响,其中列举了历代持不婚信条的哲学家,恰好可以和钱锺书曾开列的怕老婆哲学家名单相对照。这种关于结婚还是不结婚的讨论,乃是西方修辞学传统里"应否娶妻论"(an uxor ducenda)这一命题下的写作训练,见于著名的古罗马修辞学家昆体良的《演说术原理》。

钱锺书对"应否娶妻论"这种修辞学主题传统的关注,不仅运用在小说创作上,他还将之与学术研究结合起来,如议论王国维《红楼梦评论》未能透彻理解叔本华悲剧观思想:

> 苟尽其道而彻其理,则当知木石因缘,徼幸成就,喜将变忧,佳耦始者或以怨耦终;遥闻声而相思相慕,习进前而渐疏渐厌,花红初无几日,月满不得连宵,好事徒成虚话,含饴还同嚼蜡。

即便宝黛姻缘完成，也会因欲望的满足而产生厌烦；这也等于是拒绝了想为《围城》安置美满结局的"狗尾续貂"者。不仅如此，《管锥编》里论中西古今人世间的"男女乖离，初非一律"，论"爱升欢坠"如"转烛翻饼"，更涉及心理欲念的变迁无常，这注定与固定人伦秩序的婚姻契约构成无法避免的冲突。在《管锥编》的最后一篇，由释彦琮《通极论》首先提出的"嫁娶则自古洪规……何独旷兹仇偶，壅此情性，……品物何由生？佛种谁因续"这一问题，揭示宗教上的超越性思想也未能彻底解决人生的"围城"之难题。

此外，深究某些小说细节的出典，会发现也有"围城"之象的存在。比如在方鸿渐受聘到三闾大学任教前夕，钱锺书用了句看似俏皮的西方典故：

> 在西洋古代，每逢有人失踪，大家说："这人不是死了，就是教书去了。"

在晨光版单行本中，这句话后面附有拉丁文，后来版本又删去了：Aut mortuus est aut docet litteras，这见于伊拉斯谟的《箴言录》，是对希腊哲学家芝诺比乌斯（Zenobius）《箴言集》第4组第17条的译述。原话背后的意思是罗马帝国时代的雅典人不堪战乱之苦，受制于征服者，许多囚犯到战胜国去教人子弟读书，偶有故人还乡，谈起亲友之现况，无非"不是死了，就是教书去了"。范旭仑提供了另外一个线索：《围城》里的这句话也可能是从当代爱尔兰作家肖恩·莱斯利（Shane Leslie，1885—1971）写伊顿公学生

　　　　　　　"围城"题下的阅读史

活的自传体小说中抄来,依据也是钱锺书的读书笔记。莱斯利小说就题作"城中人"(The Oppidan, 1922),oppidan 一般意思是"城镇里的人",首字母大写就特指伊顿公学的寄宿学生。小说里描述过一位原本怀有政治理想、打算进国会的人物,兰姆先生,最终却留在伊顿教古典语言。小说家说:"古希腊谚语曾说,什么人消失了,他不是死了,就是成了一个学堂先生。"这段话只是英文,并不是伊拉斯谟的拉丁语译文。此处更为强调现代学院体制造成知识分子的与世隔绝之感。而钱锺书回国后的十年里,一直未能谋得大学里的稳定教职,可以说是在"城中人"和"城外人"之间游离。《围城》里揭露了脱离现实关怀而变得空疏无聊的高等教育模式,以及知识分子圈中颓唐卑琐的精神世界,这种批判态度也正有赖于小说家本身游走于内外的视角才得以成就。此外,《围城》运用芝诺比乌斯这句话,与战争语境的结合更为紧密,更为深沉蕴藉地展现小说的现实主题。

　　"围城"这个主题下包含了钱锺书在抗战时期所认知的战争局势和生命困境,以及中国高等教育和知识分子圈的状况与问题。回顾他的阅读史,可以说:一方面"围城"之象长久地在钱锺书的战时生活中深入其心灵脑海,另一方面,"围城"之题也包含了丰富深邃的诗文典故,钱锺书笔下的战争语境与这些伟大的文学传统发生了奇妙的连接。那些曾在烽烟兵火间表现对于人类命运之深切悲悯的中外文豪,终于成为"患难中的知心伴侣",通过书本和笔记给予支援,成就了这部"中国现代文学中最有趣和最用心经营的小说"。

《读书》,2020 年第 4 期

关于钱锺书早期西文藏书里的几处批注

近日，华东师范大学图书馆发现了四部钱锺书的早期西文藏书。承蒙胡晓明馆长允准，我得以看到其中一本书的部分页面翻拍照片，都是有钱锺书批注内容的。遵照胡老师的嘱咐，我对此略加辨读和查考之后，觉得有些内容确实值得一谈。

我看到的这本书，题为"定论集"（*Res Judicatae, Papers and Essays*），1892 年伦敦艾略特·斯托克公司出版，是一本不算厚的文学评论小册子。作者奥古斯丁·柏莱尔（Augustine Birrell，1850—1923），是一位政治家，后来出任爱尔兰首席秘书，也擅长写一些短篇的幽默小品文。从此书末页钱锺书写下的总体评价看，他还读过这位作者写的第一部著作，《附言集》（*Obiter Dicta*，1885），以为出语精妙可喜，自成风格。而在《钱锺书手稿集·外文笔记》中，我们还可以看到读柏莱尔两部著作的笔记，一是其自传《于事无补》（*Things Past Redress*，1937，书题典出莎剧《理查二世》；第 5 册第 637—639 页），一是《以饱蠹楼之名》（*In the Name of the Bodleian*, *and Other Essays*, 1905；第 32 册第 67 页）。

根据《定论集》的精装环衬页上所贴的藏书票和书店标签，以及扉页上的题署来看，这是钱锺书 1936 年 5 月 15 日在牛津宽街（Broad Street）第 27 号的"帕克尔父子公司"（Parker & Son. Ltd.）购得的二手书，这个公司在当时已是一家百年老书店，后来又经扩建和重建。这本书原来的主人名叫 Ernest William Adair，生平不详。但是书里的铅笔批注显然都是我们熟悉的钱锺书字迹。

第一篇关于作家萨缪尔·理查森（Samuel Richardson，1689—1761）的一篇演讲录。第 6 页钱批：

All thus as criticism is, as Ste-Beuve was fond of saying, à côté. But the man who reads Birrell for critical integrity, deserves the fate allotted by the "great lexicographer", to the man reading the "little printer" for story – perhaps even il ne vaut pas la corde qui le pend!

译文：所有这些之为批评，都是类如圣伯夫所喜言"在边上"（à côté）的。不过，为批评的严密性而读柏莱尔的人士，实在该当那位"大辞书家"所分派的命运：成了为故事而读那位"小印刷匠"的人，——这大概还更没有什么价值吧！

根据上文，"大辞书家"指的是编词典的约翰逊博士，"小印刷匠"则是指理查森。结尾这句法国谚语，字面意思就是"吊杀还不值绳子钱"。其中的短长之较，我在此不能深究，只想指出：钱锺书拈出圣伯夫常说的"在边上"（à côté），也许就是《写在人生边上》这个题目的由来？

以下是读《爱德华·吉本》一篇的几处批注。第 39 页涉及吉本对于天主教的态度,钱锺书批注:

> J. Cotter Morison has put it very finely in his Gibbon:"Grounds which G. dasched over in a few weeks, Newman took 10 yrars to traverse."
>
> 译文:科特·莫里森非常精确地在他的《吉本》一书中提到:"吉本用了几周时间所猛烈冲击的领域,纽曼花费了十年来诉诸行动。"

这位莫里森(James Augustus Cotter Morison, 1832—1888),是英国的随笔作家,这本《吉本》(1878)是他广泛阅读和精巧分析的代表作。钱锺书引的这段话见于此书第 17 页。纽曼就是 1833 年牛津运动的领袖人物,约翰·纽曼博士(Saint John Henry Newman, 1801—1890)。牛津运动起初旨在恢复英国国教中的某些天主教义和仪式,最终纽曼等人改宗罗马教会。钱锺书后来曾详细阅读过《罗马帝国衰亡史》,吉本宗教思想里的复杂和对后世的重要影响,此时他应该已经有所体会。

第 54 页批注:

> The tu quoque is that Ste—Beuve owed his religiosity not to his mother, but to Mme Hugo——witness Les Consolations.
>
> 译文:以子之矛攻子之盾,圣伯夫的宗教情感并非得自其母,而是归因于雨果夫人——由《慰情集》可证。

这里的 tu quoque 是拉丁语,"你也一样"的意思。这页书中谈及吉本在自传里声称父母对自己影响不大,从未体味到童年的幸福快乐。于是引述圣伯夫对这段内容的评价,其中指出缺乏母爱关护时丧失最多的就是宗教情感。因此钱锺书又搬出批评者自身的情况进行同理论证。圣伯夫这位深受钱锺书喜爱的 19 世纪法国文学批评大师,是个遗腹子,家境清寒,自幼生活在孤寂和忧郁之中。二十岁出头得到维克多·雨果的赏识,又因为比邻而居,以至长年每日会面不止一次。这期间他爱上了阿黛尔即雨果夫人,最终为此与雨果决裂,并因此而终身不娶。钱锺书提到了圣伯夫年轻时写的诗集《慰情集》(译名出自范希衡),其中第一首和第五首都是献给雨果夫人的。其中有"你如此高贵而纯洁"(Vous si noble et si pure)、"人活着时,就会相爱"(Et quand on vit, qu'on s'aime)之类的句子,以及对于死亡、天堂和天主的思考。

第 55—56 页有一段跨页的批注:

Even in Sir Wm Hamilton's time Oxford was the very nadir of learning (See Discussions). The indictment of Oxford began probably with Bruno ("The Widow of True Science", *Opere*, i. 179) and stops so far with my humble self. (拾骨腐生学,闭心上士居;声犹闻螳蛄,技只注虫鱼;地自嚣尘甚,人多尸气余;斌珷差可识,怀璧罪从渠。) But the "dreary" Cantabridgian "Collection of animals" (to borrow Gray's phrase) is surely, compared to Oxford, but bonnet blanc and blanc bonnet.

译文:即便是在威廉·汉密尔顿的时代,牛津也是学问的低谷(《论丛》)。牛津的衰败迹象或许开始于布鲁诺

（"真正科学之遗孀"），目前停留在这卑微的我自身了。（中文诗略）但是那些"沉闷的"剑桥"珍禽异兽"（借用格雷之语），相较于牛津而言，确实也不过彼此彼此了吧。

这段批注针对的正文，涉及吉本在牛津的学习时光，就是其《自传》里谈到过的。吉本十五岁时，"带着足以迷惑一位博士的一大堆学问，同时也带着足以使一名学童感到羞愧的愚蠢"，进入了大学。他在马格德林学院度过的十四个月，被称作"一生中过得最懒散、最没有收获的日子"。柏莱尔评价说，吉本时代的牛津大学体制还不健全，缺少公共考试制度，没有班级名册，但假如吉本步其父之后尘去了剑桥，那么他会发现数学甲等考试（Mathematical Tripos）这种障碍（与后来的制度不同，在吉本的时代，这场数学考试是剑桥学生获得荣誉学位的唯一途径）。我们想起钱锺书并不出色的数学成绩，相信他一定庆幸进的是今天的牛津。因此，虽然这里讨论的是牛津学风的衰败，但也拉过剑桥来进行对照，批注里的"bonnet blanc and blanc bonnet"是一句谚语，类如"半斤八两"的意思。威廉·汉密尔顿（Sir William Hamilton, 1788—1856）是一位苏格兰玄学家。在他的《哲学、文学与教育论丛》（*Discussions in Philosophy, Literature and Education*, 1852）中，多处涉及对于牛津大学逻辑学课程衰落的批评。但钱锺书应该指的是他抄在笔记里的一段内容（《外文笔记》，第 32 册第 45 页；Discussions, p. 125）：当时有人建议牛津取消逻辑学课程，引起众多在校生的欢迎。汉密尔顿说，这些人长期以来都在狂热地随同圣安布罗斯一起祈祷："主啊，把我们从亚里士多德的论辩术里解放了吧。"（A dialectica aristotelis libera nos, Domine. ）布鲁诺的话是

在他 1583 年访问英国时说的,当时的牛津只重视神学,新学说不
受重视,被冷落的布鲁诺因此给这所大学贴了这个标签,我们今
天在布鲁诺写的对话录《圣灰星期三的晚餐》(*Cena de le Ceneri*,
1584)的第四篇结尾看得到这段原话(vedova delle buone lettere
per quanto appartiene alla professione di filosofia e reali matema-
tiche)。中间夹杂的中文旧体诗是钱锺书留学期间的近作,曾在
1935 年 11 月发表于《国风》半月刊第七卷第四期,题为《赁庑卧
病裁诗排闷》四首其三。大意是自愧所学所知大多卑琐平庸,对
照看来,此诗或许与初到牛津对学术事业的感受颇有关系。而在
读书批注里抄入自己的诗作,这还是很罕见的。

第 72 页有两节分开的批注:

The French have a good word for it, polissonerie [polisson-
nerie].

It must be admitted that Coleridge is sometimes a preten-
tious fool. Pace Schiller, Hegel & Co. , Die Weltgeschichte ist
gar nicht das Weltgericht.

译文:法语有个合适的词,即"泼劣无忌"(polissonne-
rie)。

必须承认,柯勒律治有时是个自命不凡的傻子。请席
勒、黑格尔及其同党恕我不敬了:世界史从来不是世界法
庭。

那个拼写错了的法语词,有童言无忌、顽劣、放肆等意,原文
说吉本好在脚注里摆出居高临下的姿态,发出种种嗤笑,变着花

样儿冒犯他人的尊严。而针对柯勒律治之处,是因为引述此公的意见,认为吉本读书渊博却无哲学(but he had no philosophy),于是抗议说读遍《罗马帝国衰亡史》,却找不出对帝国衰亡之终极原因的解答。钱锺书应该颇为反感这种建构完整体系来提出一种学说的批评要求。此后,柏莱尔也替吉本作辩护之词,他说任何明智之士都会因被称为哲人而感到难为情的,而史家之首务在于叙事之笔,将之经营得精赡生动。于是钱锺书联想到席勒的名句,即"世界史就是世界法庭"(Die Weltgeschichte ist das Welt-gericht),见于《退让》("Die Resignation")这首诗。"世界法庭"即所谓末日审判之意。而黑格尔《法哲学原理》全书倒数第二节末尾,为引出下一节"世界历史"时也有对席勒原诗的引述,称作"作为世界法庭的世界历史"(der Weltgeschichte, als dem Weltgerichte)。此处钱锺书反其意用之,在"从来不"的德语两个词下面画了横线。《管锥编》"《史记会注考证》卷五一"讨论到"成败论人"(《容安馆札记》第七一七则)也引了席勒的话,则是另有目的:钱锺书为了揭露中国历史上的正统论之虚伪性,因此更强调《韩非子·忠孝》所谓"忠臣不危其君",也就是孔子作《春秋》可令乱臣贼子惧的原因,即不以成败论英雄,这是不同于"为胜利者高呼万岁"的态度。而这个史家传统与西方法哲学思想相通,黑格尔认为,世界历史有世界精神的法,这个法高于所有民族、所有国家的法,也高于一切个人意志。

这里需要特别指出的是,这句"世界史从来不是世界法庭"的德文,是用古老的草体(Kurrentschrift)书写的,用笔非常规范。这种书写形式很接近中世纪晚期的草书,让人想起《我们仨》中杨绛曾说起钱锺书修过一门"古文书学"的课程。但下文批注的德文则不用此字体,目前我所看过的笔记手稿里也没看到过,因此可以说是非常难得一见的钱锺书笔迹资料。

　　总之,通过翻看钱锺书在早年一部藏书里的批注,既可以看到他当时读书治学的趣味,以及影响到后来著作的观点,也可以看到他涉及自身的评述,还夹杂了新近的诗作,又有德语古书写体的偶尔灵光一现。——足以表明:这部书里保存下了非常珍贵的资料,让我们对钱锺书的书斋世界有了更为丰富和生动的认识。

《文汇学人》,2020 年 8 月 21 日

重建"钱学"的视野与格调

2020 年适逢钱锺书先生诞辰 110 周年,有多种钱锺书研究的新书问世,我读下来觉得最重要的是以下五种:钱之俊《晚年钱锺书》(北岳文艺出版社)、范旭仑《钱锺书的性格》(东方出版中心)、汪荣祖《槐聚心史:钱锺书的自我及其微世界》(中华书局),还有近期刚刚出版的王水照《钱锺书的学术人生》(中华书局),以及由杨绛抄录本整理注释的《钱锺书选唐诗》(人民文学出版社)。《晚年钱锺书》写的是 1949 年以后钱锺书的人生轨迹和日常点滴,比如住房的迁移(这涉及"容安馆"或"容安室"的名称意涵)、职业的变更以及人际交游关系,因历史的生动细节而别有趣味。《钱锺书的性格》是一篇二十多年前的旧文扩充起来的小书,作者对钱锺书著述文笔的熟稔无人能及,故而立意深沉刻峭,不太类似为传主绘肖像,倒像是直接开刀解剖了。《槐聚心史》有意识采用心理学研究的视角审视钱锺书的精神性格,因大量使用私人会谈记录和书信资料而格外有价值,但是作者有些立论显示出对钱锺书著述以及读书笔记手稿不太熟悉，造成一些误解或误读。《钱锺书选唐诗》则是一部珍贵的资料集，保存了钱锺书生前选定的一部《全唐诗》录"，原稿系由杨绛作为"日课"逐篇抄录而成，共选唐诗近2000首，我通过对照《钱锺书手稿集》，发现选目基本依据的就是钱锺书三次通读《全唐诗》的读书笔记，因此不能说这是一个"随性"的选本，但也存在一些费解之处。不过这基本上反映了钱锺书对唐诗整体面貌的一个取舍范围。

在此我重点想要介绍的是王水照先生的著作《钱锺书的学术人生》。这部书是由部分旧文与几篇新作分主题裒辑而成，包括了"历史与记忆中的钱锺书先生""钱锺书先生的学问与趣味""钱锺书先生的宋诗研究"以及"《钱锺书手稿集》管窥"四个部分，有透过资料文献为回忆和传言中的不实之处进行纠谬的工作，也有从专业角度对钱锺书的学问成就和研究未来展开的探研和描述。王先生为此书新作的自序标明了宗旨即"走进'钱学'"，全书始终围绕着钱锺书的学问价值和以学问贯穿其中的人格精神落墨，这与此前曾经流行的"钱学"稍有不同。在20世纪80年代钱锺书讨论热的话题效应下，"钱学"一名应运而生。这是钱锺书的清华学弟、厦门大学中文系郑朝宗教授的"发明"，后来被概括为"博大精深"四字要义和三个"打通"云云。这些表述，在今天中国学术走向专业化深耕细作的时代，则显得粗疏空泛。问题在于，"钱学"是否还可以引领我们同样从精细深入的角度来体会"打通"或谓"汇通"不同学术畛域的意义呢？我不仅这几年在学校的硕士生、博士生课上讲《钱锺书学术著述导读》，自己也在构思一部题为"钱锺书的阅读世界"的书稿。老实说，我对钱锺书生平方面并没有什么探索，无非就是从与之相熟的那些人物文字中选取一些可信的资料,建构出一个大致的形象。然而不同的回忆与记述,会存在一些偏差,涉及很多具体的言语纠纷、人事关系,引起很多"钱迷"或"钱学家"争讼不休。我主要关注于钱锺书读过的书籍和他的思想观点。而王先生此书成为一个非常精彩的示范,使得我们感到"钱学"在今天时代仍然具有的正面意义:它应该是深入钱锺书的学问世界,从书斋内外体会其思想人格,而不是套用时兴理论框架给予的生硬理解,或者围绕着掌故、语录、争论集展开的那些趣谈。

作为曾受钱锺书指导关照、并与之交往 40 年的学生辈代表,王先生今天早已是宋代文学领域的资深学者。但是他在读解钱锺书的宋代文学研究时,并不像当今有些学者,以专业领域上的发展来傲视或贬斥前辈学术的价值;也不同于那种所谓"死忠"的"钱粉",只知道赞美"通人"的渊博,以此掩盖专业问题上的欠缺体会而无法认知钱锺书优长的真相。这是很难得的一种态度:我们有幸生活在后来的时代,容易看到前辈受文献局限的地方,然而也正要从文献受限处来正确认知前辈治学的可贵。例如《谈艺录》里讨论过的南宋李壁《王荆文公诗笺注》,钱锺书以"攻坚战"的精神,纠错补正了此书 40 多处问题,王先生评价说"精当尤超迈前人"。但钱锺书用的版本源自元人刻刘辰翁评点本,有大半李壁注文被删掉了。1984 年,王水照先生在日本发现了一种朝鲜活字本,有李壁注全文的宋元合刻本,至 1994 年上海古籍出版社进行影印出版,而《谈艺录》最后一次修订是 1987 年印本。实际上当年王先生就写信告知了钱锺书此事(见此书自序),钱锺书回信说:"学问有非资料详备不可者,亦有不必待资料详备而已可立说悟理,以后资料加添不过弟所谓'有如除不尽的小数多添几位'

者。"我们对照这个朝鲜活字本（高克勤整理本）和《谈艺录》里所补的几十处诗注，有很多是高度重合的，表明钱锺书认为李壁当注而全本也确实有的，这当然显示出自信的资本；更有意思的是还有几处是朝鲜活字本也没有的，比如《重登宝公塔》"应身东返知何国"一句，《谈艺录》引多种资料充分证明"何国"是西域国名，似乎比原注本只以《高僧传》解释"应身东返"来得难度大很多。从《谈艺录》中对黄山谷诗、王荆公诗、元遗山诗的"补注"，再到《容安馆札记》里可以寻到的陈后山诗、陈简斋诗之评注，以及"《管锥编》续篇"计划里的杜少陵诗、韩昌黎诗等集，我们可想见钱锺书长于博览而绝不迷信古人，因此在发抉诗心的工作上最能施展他的才学。

不仅如此，就在上文引钱锺书给王先生的那封回信里，还提到了另外一件事，也很耐人寻味：

> 上周有法人来访，颇称拙著中《老子》数篇，以为前人无如弟之捉住《老子》中神秘主义基本模式者。因问弟何以未提及马王堆出土之汉写本《德·道经》，弟答以"未看亦未求看"，反问曰："君必细看过，且亦必对照过 Lanciotti 君意文译本，是否有资神秘主义思想上之新发现？"渠笑曰："绝无。"

这是关于《管锥编》中《老子》部分的论述，被海外学者认为具有领先思想。钱锺书"初读《老子》即受王弼注本"，以为"词气邕舒，文理最胜"，《管锥编》立论用的是此本文字；这不同于清代中期以来渐受重视的"唐中宗景龙二年易州龙兴观碑本"，也就是所谓"河上公本"系统。后者其实近乎民间系统,碑本文字简古,又杂以俚俗语。这在 20 世纪 60 年代初曾兴起了一股《老子》热"。代表作就是在《容安馆札记》里被讥为"力绳其佳,以标新异"的朱谦之《老子校释》。"河上公本"系统,当然自有其价值,由此可观西汉的黄老思想。但钱锺书要矫正"显学"风气里的缺失,自然寸步不让;王弼注本系统涉及魏晋文人思想,也是《管锥编》所偏重的话题,更无必要牵扯其他。长沙马王堆汉墓出土《老子》帛书两种的时间略晚于《管锥编》开始写作的时间,也许觉得文辞残损太多,不太需要讨论,这就是"未看亦未求看"的原因。而后半句钱锺书所反问的一部书,指意大利汉学家兰侨蒂(Lion-ello Lanciotti)译的马王堆写本《德·道经》(*Libro della Virtù e della Via*:Il Te-tao-ching secondo il manoscritto di Ma-wang-tui,Mila-no,1981)。在此之前,兰侨蒂给另一意大利学者 Fausto Tomassini 所译的《道家三书》(*Testi Taoisti*,1977)做的序文里已经将《老子》中的思想和神秘主义联系起来,并也提到了克罗齐阐发的神秘主义诗学,这恰巧也是《管锥编》论《老子》首篇所涉及的西学文献证据,后者构思成篇时间更早(有《容安馆札记》为证)。钱锺书反问的意思就是,出土文献对于对方所称道的论题而言,实在并无什么影响。

由这封论学书信可见,爱书成痴的钱锺书反而既不迷信古人,也不迷信西人,对于海外汉籍、出土文献并不抱有过高期待,同时也能做到研究视野与国际学术潮流同步乃至超前。他面对国会图书馆的庞大藏书库,居然回答说:"惊奇世界上有那么多我所不要看的书!"这出人意料的戏言,启发我们正确认识读书治学的正途,首先还是要在基本常见的"大经大典"上下功夫。正如钱锺书辞谢夏志清邀访赴美讲学的回信里所言,"只愿'还读我书'而已"。

书中有关钱锺书宋诗研究思想的讨论,可能是最为精妙的。其中诸如介绍《宋诗选注》的多种读法,以及对于《容安馆札记》里的南宋诗歌发展观的考察,让人读来振奋不已。此前我也好奇过《宋诗选注》背后钱锺书被遮蔽了的个人观点如何,尤其是对那些南宋的冷门小家集是怎么评价的,因此也逐一对照过《容安馆札记》《中文笔记》里涉及《宋诗选注》入选人物的内容。像对洪咨夔的整体评价,《札记》和《宋诗选注》论调就不一致。《选注》强调诗人抨击时政、哀悯民人,这是容易过关的。但《札记》里则着重其擅于用典、好谈道学,却不是可以在当时拿出来谈的特点。再如江湖派诗人罗与之,钱锺书在他集子里只摘了一首《闲立》两句,"四壁尽堪供我隐,一寒未至乞人怜",看不出和《宋诗选注》的关系。再翻看《容安馆札记》第 438 则,读《南宋群贤小集》中《雪坡小稿》,还是抄了《闲立》那两句,这次多了一首诗,《寄衣曲》其三,是见于《宋诗选注》的,但《宋诗选注》选目还有另两首。这说明即使是罗与之《雪坡小稿》这样的小家冷书,钱锺书至少读过两遍,可能仍没打算把三首全看中的。《札记》里说,罗与之"好以七律为理语,如卷二之《动后》《文到》《卫生》《谈道》《默坐》《此悟》诸首,皆《击壤集》体之修饬者",这是很有"宋调"特点的诗人,但邵雍的《击壤集》一首都没入选,怎么能选罗的仿作呢。我们看《宋诗选注》对罗与之的评价,只是肯定他写过抒情短诗,同辈没有赶得上的,也不是钱锺书想说的话。——这种种困惑,正可经由王先生书中多方面的分析解说逐一得到消除。

有一点补充想法,是王先生提到《宋诗选注》最后选萧立之的原因在于标举宋末小家里能既不倚靠江西门墙也不走江湖派路线而"能自成风格"的诗人,这非常具有文学史的整体观,也合乎钱锺书反对门墙之见的一贯立场。但我觉得钱锺书对萧立之的好感也来自抗战时读《萧冰崖诗集拾遗》引起的强烈共鸣,从中文笔记看他读此书是在湖南(蓝田国师藏有四部丛刊续编本),表彰诗人"惟宋亡后,感怀故国"的言语,如《和寄罗涧谷韵》中的"东南文物古遗馀,不料冠绅忽弃如。门外逢人作胡跪,官中投牒见番书",当时批注说:"不啻为今日发。"正如王先生此书标题所示,学术研究的感受和心得,确实与人生际遇息息相关。

此书正本清源地批评了对于钱锺书学术格调的几个误解,如掉书袋、无系统,等等。这是钱锺书评论史上一开始就存在的说法:"博闻强记"这种泛泛的赞誉,很容易被理解为是空洞无凭或是缺乏识见的客套话,难以服人;而评价者往往对于钱锺书的学问缺乏全面的了解,又看不清体系结构,于是得出无系统的结论。——这最早源于叶恭绰"散钱无串"之评语,前些年又因为刘皓明的《绝食艺人:作为反文化现象的钱锺书》一文引起广泛热议。王先生书中充分说明了钱锺书对于被他广泛占有的文献是有非常节制的态度的,我们前面所举出的例子就可见一斑。不仅如此,钱锺书在所展示的若干看似简单罗列的文献引据上做了有极高水平的剪裁排比,这不妨找《中国诗与中国画》第二节列举1000个宋代文献的段落来看看,那些资料各有偏重,包含了不同层次角度的细节。——钱锺书赞许古今中西修辞大家使用列举法"化堆垛为烟云"的"繁类以成艳",他自己也不甘居人后。

至于无系统一说,王先生多次强调,从手稿集里他越来越感觉到钱锺书的不同方向涉猎与评价之间存在某种联系,这是对重新建构"钱学"体系的信心和预言。但如何开拓新路径来建构这个体系？从开篇介绍的今年几部书籍就可看到钱锺书研究目前丰富精彩的发展势头，因此我们不妨拭目以待。

此文修改后发表于《光明日报》，2021 年 1 月 14 日，在此采用修改前的初稿。

钱锺书的爱与恨

  过去十几年里,我一直不断在研究钱锺书的著作和他的笔记手稿,积累了一些有趣的发现。这次受到邀请,我在想讲一个什么题目最合适呢。因为无锡是钱锺书的老家,所以在这里开讲,应该有些不一样的地方。想起了《论语》里说:"孔子于乡党,恂恂如也,似不能言者。"就连孔夫子这样的圣贤人物,他在家乡也是需要谨言慎行的,不能像今天的成功人士,衣锦还乡,好像趾高气扬得不行。那么,我们在钱锺书的家乡讲钱锺书,也不需要把钱先生表扬得多么光芒万丈。倒不如讲一点实实在在接地气的内容,让无锡的父老乡亲可以接触到更真实、更具体的一个钱锺书。出于这样的考虑,我这次谈的是钱锺书的情感表现:他爱什么,他恨什么。

  在我心目中,钱锺书先生是一个最有趣、最值得研究的人物。这个看法使我一直专注于对他的研究。人物研究最忌讳的是把研究对象想象成高大全的天下第一,或者是崇拜的对象。我个人很注意自己不要变成钱锺书的"粉丝",有些方面我很欣赏他的一些作风,有些方面则不太能接受,但是可以理解。这就涉及对研究对象性格的认识。钱锺书是什么样的性格呢?

我们可以从范旭仑先生的新书《钱锺书的性格》说起,这本小书是 2020 年新出的,非常别致。范先生应该是最熟悉钱锺书先生著作的一位学者了,他在书里有几个概括我都是非常同意的,比如说钱锺书其实是急性子、牛脾气。"弟性卞急",这是钱锺书跟朋友写信自认的性格。"卞急"是《左传》里的话,就是指急躁。思维言语,迅疾过于常人,往往会不耐烦,或是急于表现和揭示结果答案。牛脾气,"认死理儿",直言盛气,无法克制自己。因此,外向,好臧否人物,藏不住话,这本来有可能变成一个不稳重的青年。但钱锺书之所以不同,在于勤奋治学,这些性格用在治学上,就有了他自己的优长,即有了"真理之勇",同时也是"文章之德"。我这里摘引了书中的几句话给大家看,其中倒数第二句,用的是《管锥编》里的话,是阐发黑格尔的名言"治学要先有真理之勇气"的意思。引绳批根、逢怒不恤,就是力排众议、独树一帜的意思。他的性格也成就了他的学术道路。

最后这句话,出自钱锺书在 1946 年发表的《小说识小续》,引他人转述的柏拉图所说的"名心乃人临死最后脱去之衣服",因为"惟好名好胜好计较之心最难铲除"。终究难免于人性的局限,我想这也不能求全责备于贤者了,何况爱惜名声也没有太多不好,只要不为虚名所累,到头来弄虚作假。

从对钱先生性格的基本认识,我们可以切入今天的主题了,就是要从钱锺书的读书治学以及文学创作里,认识他的情感世界。如果是学者的话,其实现在大多最忌讳在学术文章著述里表述个人情感倾向，因为学术研究要呈现出一种客观化的角度。但是，实际上还是会有些压不住的爱憎情绪，力透纸背而体现于笔端。钱锺书这里也是如此。有位作家陈丹晨，他是巴金研究专家，很早就因工作认识钱锺书先生，他曾经描述钱先生：

> 他完全不是一般人想象的那样一个不食人间烟火的现代隐士，而是热情洋溢、爱憎分明，对生活怀有强烈的激情，就如他自己所说的忧世伤生。（《在钱锺书寓所作客》，1991）

我觉得这些话应该是比较准确的，合乎我透过文字所认识的钱先生，就是经常生气勃勃，对生活充满热情，爱憎分明。因此我们也不要以为伟大的人物是那种高高在上的神圣，或者偶尔冷眼看看人间。他们的情感是和我们每个人都紧密相通的，只不过有时我们对他的文章和书籍不够熟悉，误以为他不会关心我们的现实世界。我觉得需要揭去这层隔膜，来让大家了解，这位"爱憎分明"的钱锺书到底爱什么，恨什么。

爱与恨是我们所说的情感中的两个极端，这不需要多说。人具体有多少种情感？这需要看看我们过去是怎么把情感分类的。中文里大家熟知的，比如"七情"或者"六情"。"七情"，即《礼记·礼运》说的"何谓人情？喜、怒、哀、惧、爱、恶、欲"。《三字经》："曰喜怒，曰哀惧。爱恶欲，七情俱。"班固《白虎通·情性》里说的是"六情"，"六情者，何谓也？喜、怒、哀、乐、爱、恶谓六情"。钱锺书曾评论说，中国古典文献里对于心性的理论学说，并无什么进展，无所增损。包括佛经里也有"六情"，但其实是"六根"的翻译，指的是眼耳口鼻舌身意。笛卡尔《论灵魂的激情》里也提出过六种基本感情"惊、爱、恨、欲、欢、悲"，大体和中国的分类差不多。

钱锺书给杨绛《干校六记》写的《小引》里说，"六记"还缺一个"记愧"，他是这么说的，"惭愧是该被淘汰而不是该被培养的感情；古来经典上相传的'七情'里就没有列上它"，这可能是上文他所不满意之处。但是惭愧之情可以由知耻而来，比如《论语》"行己有耻"，《孟子》"无羞恶之心非人也"，皆是；佛经里也常提到"惭愧"，比如唯识宗"十一善心所"之二，又是《华严经》所举"十无尽藏"之二藏，高僧大德也多有叫"常惭愧"的。但我想这也许更多是教化所致，而离开了基本心性多了一些，或者说明惭愧羞耻本来就不像喜怒哀乐那样日常化？

我们先来关注一下钱锺书日常化的情感倾向。首先是饮食起居上的习惯爱好。这从他的诗作里可以找到比较多的描述。比如有一首他三十岁写的自嘲诗，题目叫"予不好茶酒而好鱼肉戏作解嘲"，就是说自己不爱饮酒品茗，只是喜欢吃些鱼肉。诗里先取笑古代大诗人，要么是"茶客"，要么是"酒徒"。(富言山谷赣茶客，刘斥杜陵唐酒徒。)然后钱锺书从自己认识的角度进行评论，他说，嗜好喝酒，而没有好菜，那样太乏味了。苏东坡《后赤壁赋》里面就说，"有客无酒，有酒无肴，月白风清，如此良夜何"。所以"有酒无肴真是寡"啊。饮茶好像是对生活艺术的讲究了，但古人曾把茶称作"酪奴"，这见于《洛阳伽蓝记》那部书，里面有个王肃，到北方生活，为了谄媚北方还不习惯饮茶而是饮用酪浆的少数民族君主，说什么"唯茗不中，与酪作奴"的话。钱锺书这里都是玩笑的口气，意思是单纯的饮酒饮茶，未必格调就高雅了。然后他解释自己的爱好，"居然食相偏宜肉，怅绝归心半为鲈"，爱吃肉是天性，嗜好吃鱼却有一部分是思乡心切，就是所谓"莼鲈之思"了。最后说，"道胜能肥何必俗，未甘饭颗笑形模"。《韩非子》这部书里说过一个故事：孔子的学生子夏见曾子，曾子问他怎么胖了，子夏说我从前思考大道是什么，想不通的时候就憔悴了，现在想明白了，所以胖了，这叫"道胜能肥"，这很高尚呀，有什么俗气的呢？"未甘饭颗笑形模"，是说李白嘲杜甫的那首诗，"饭颗山头逢杜甫，顶戴笠子日卓午。借问别来太瘦生，总为从前作诗苦"。既然能够"道胜而肥"，就不打算为了作诗把身体熬得太瘦了。从这首诗我们可以看到钱锺书那种非常豁达开朗的生活态度，也可以得知他的饮食爱好大概了。

钱锺书应该是从小很爱吃肉的，杨绛曾替钱锺书记录早年生活的记忆，说他从小被过继给大伯父。大伯父爱饮酒，经常把下酒的熟食如猪舌头、洋火腿给他吃，还骗他说是"龙肝凤髓""老虎肉"等。这个大伯父还有伯母有鸦片瘾，生活作息都不正常。有时半夜起来吃饭，就叫钱锺书也起来跟着吃夜餐。因此钱锺书早年的这种饮食品性是有些不健康的。但钱锺书和大伯父感情很好，后来大伯父去世，他非常难过。他晚年写的《管锥编》里曾有一句话，说：

> 忆儿时筵席盛馔有"蜜汁火腿""冰糖肘子"，今已浑忘作何味。

也许怀念的不只是饮食，而是影响他儿时饮食偏好的大伯父吧。

另外,我们看到钱先生在1934年大年三十晚上,独自在上海客居。日记里说自己下午先昼寝到傍晚5点才起床,弟弟和舍友都外出,没人一起吃饭。于是他"晚馔独享为快。呼肴皆不得,因命取生鸡、鱼肉片三盘来,火锅加炭,烫食之尽。鼓腹饱暖,偶翻《陶庵梦忆》,卷八有斥《舌华录》一事"。后面这句话是与他这顿火锅有关的,因为张岱在书里,是说有个酒徒,经常饮酒不够,对张岱的父亲抱怨说,有些人啊真奇怪,"肉只是吃,不管好吃不好吃;酒只是不吃,不知会吃不会吃",张岱认为这话说得有《世说新语》里的魏晋风度。由此我们可以想见钱锺书自己也觉得自己煮的火锅并不太好吃,居然也把肉都吃掉了。

这是他早年的一些生活细节。我们再来看看20世纪50年代钱锺书一家搬到北京去之后的日常生活。这见于一组非常有名的诗,《容安室休沐杂咏》。可能是写于1954年前后,此前钱杨已经从清华调到北大文学所,因此住在新北大建的中关园宿舍。这个宿舍空间不大,钱锺书用陶渊明"审容膝之易安"的话,起了一个"容安室"的斋号。后来又作"容安馆"。《容安室休沐杂咏》就是住在这里的几年日常生活的记述,收入诗集的一共十二首。我选几首为例,比如第三首说:

盆兰得暖暗抽芽,失喜朝来竞吐花。灌溉频将牛乳泼,晨餐分减玉川茶。

自注:余十余年来朝食啜印度茗一巨瓯。这个事情在杨绛《我们仨》一书中也有记载,我们得知他们喝的是"立顿Lipton"牌的印度牛奶红茶。这是早餐用茶,而不是传统文人的饮茶嗜好。

再看第六首：

> 音书人事本萧条，广论何心续孝标。应是有情无着处，
> 春风蛱蝶忆儿猫。

自注："来京后畜一波斯猫，迁居时走失。"这是被钱家三口人非常宠爱的一只公猫，是喝牛奶喂养的。后来走失了，钱锺书时不时想起来，据说在日记里记了很多内容。杨绛文章称它是"花花儿"，钱锺书读书札记里说自己给猫咪起的名字是唐人传奇小说里用过的一个猫精的文字游戏名，"苗介立"。我们在钱杨夫妇的文字里读到有关这只猫咪的许多故事，包括它和林徽因家的爱猫打架，钱锺书大中午跑出去拿着竹竿子助阵，等等。这首诗说当时和故交旧游因为社会形势的变化多不来往了，情感多寄托在回忆曾经朝夕相处的爱猫身上。刘孝标《广绝交论》里说："独立高山之顶，欢与麋鹿同群。"人不如动物可爱，毕竟猫咪是爱憎分明不加掩饰的，也不会表面一套背后一套。

从日常生活，我们就要说到处于恋爱婚姻中的钱锺书是什么样子，以及他的家庭生活。很多听众朋友应该读过杨绛写的《我们仨》，或是熟悉那个被一些擅于洗稿的网络公号写手渲染得非常浪漫的钱锺书与杨绛的爱情故事，如何在清华学生古月堂前一见倾心，"偶然相逢，却好像姻缘前定"。还有那句有名的话"最才的女，最贤的妻"。这些话，我认为并不需要怀疑其真实性。但是为什么需要这么表达出来，为什么会写给大家看，我觉得除了用回忆表示纪念，杨绛也是在维护一个钱锺书曾经非常依赖的精神世界。

作为大学问家的钱锺书，与其他很多级别地位等同的学者之不同处，可能就在于他心性里面存在一个隐藏不住、随时可能会蹦出来的顽童。这似乎可以看作因童年情感挫折而导致成年后间歇性的行为退行。汪荣祖的《槐聚心史》一书，从心理学的视角对钱锺书的自我进行多方面剖析，其中谈到了他小时候因过继给大伯父而缺乏生父母的关照，殊少生活上的训练，成年后面对社会人群多怀怯懦防卫之心，于是在家庭环境里建立了一个依赖妻女情感之补偿的世界。我以为这么说是抓住了一个关键问题。由此来说，对"我们仨"的高度情感认同，沉溺于读书抄书里的自我"纾解"，与社会事务上毫无志趣的表现，其实都是一种心理上不够成人化的反映。我们之所以有"钱锺书瞧得起谁"的印象，也许就是因为他不想进入这个成人化的俗世，只会像个顽皮的孩子看着每个人。

这里我要提出一个比较调皮的问题。假如没有"我们仨"，或者说，假如没有遇到杨绛的话，钱锺书喜爱什么样的女孩子？我们看《围城》里描写的理想女孩子——唐晓芙，形象好像和杨绛出入很大。

从钱锺书读书所发的评论，我们会发现钱锺书有一种独特的审美观。他说起《金瓶梅》的"紫膛色瓜子脸"美人，跟《玉蒲团》写"麻子脸"美人一样，胜于《红楼梦》写服饰长相之千篇一律（黄克《忆周振甫钱锺书先生》）。这里谈违背古典美人标准的面容肤色，正如奥维德所言美人痣，本被视为瑕疵甚或缺陷，反而可以在千篇一律中塑造出别致的美感。读书笔记评《金瓶梅》写人物相貌，"孟玉楼之麻、王六儿之黑，皆选色及之，一破套习"。《管锥编》"增订"也说："'雪肤''玉貌'亦成章回小说中窠臼。《金瓶梅》能稍破匡格。"

《堂吉诃德》中桑丘见到了主人幻想的美人杜尔西内娅,唇边生痣和金毛,"我一点儿没有看见她的丑,只看见她的美"(杨绛译文),这是受主人的心智影响发的昏话(即所谓"桑丘的堂吉诃德化")。钱锺书读到娄卜本《希腊牧歌诗人集》中希腊化时代的提奥克里忒将叙利亚美人的黝黑肤色形容为"蜜糖棕色(honey-brown)",归因于"悦目即姝,惟爱所丁",令我们想到方鸿渐讨好鲍小姐的昵称"黑甜"。《札记》中随即以古罗马诗人奥维德《爱的艺术》来作为补证:"有许多字眼可以用来掩饰那些坏处。那皮肤比伊里力阿的松脂还要黑的女子,你可以说她是浅棕色。"(戴望舒译文)

有趣的是,这也难免教面皮白净的钱夫人杨绛先生出来说,"后世读了莎士比亚的十四行诗,就要追问诗人钟情的'黑女郎'(Dark Lady)究竟是谁",总想着要提醒我们,那是枉费工夫(《真实—故事—真实》)。我也觉得这件事,各位如果觉得有道理、有趣,也不能认为钱锺书心有别恋,而是理解为这是那个在对外封闭的"我们仨"的环境里对于外面世界的一种想象。

钱锺书对于社会中的人事,其实也有鲜明的立场。这特别体现在他对攀附、谄媚那种小人作风的厌恶。黄永玉先生的回忆文章里,就提到钱锺书在"文革"时曾私下里将夸耀自己与当时的四人帮权贵人物同席吃饭的某位"当红的学者"比作《金瓶梅》中的西门庆家清客谢希大、应伯爵。我在他读书笔记里就看到他摘录了不少对此二人丑态的描述文字,比如第五十二回,谢、应在西门家蹭饭吃,吃个凉面,佐以醋蒜肉卤,每人"登时狠了七碗",西门庆吃不到两碗,说:"我的儿,你们两个吃这些!"

实际上，钱锺书在读很多不同书的时候，都很注意对这种小人的描写。凡是描摹惟妙惟肖的，都会抄下来。这些扭曲了自己的情感，迎合别人，所图无非都是个人利益。读书人没了骨气，为了谋食而曲学逢迎，这其实就是大问题了。在《管锥编》论及《史记》里的《苏秦列传》《平津侯主父列传》《司马相如列传》等篇时，钱锺书就特别感慨"前倨而后恭""一人之身，富贵则亲戚畏惧，贫贱则轻易之"的世态炎凉。司马迁反复说起的"以市道交"的话题，就是以势交，以利交。这话是出自《廉颇蔺相如列传》，廉颇失势，门客都走了；等廉颇被启用重新为将军，门客又回来。廉颇怪罪他们，门客说："吁！君何见之晚也！夫天下以市道交：君有势，我则从君；君无势则去，此固其理也。"此外在《史记》他处也屡道之，可见司马迁对此深有感触。其中在"《张耳陈馀列传》"还涉及另外一种情况，就是"贫贱时刎颈之平交，以素心始而不免以市道隙末"。起初两人是刎颈之交，发誓要共生死进退的，后来起义反抗暴秦，都有建树，结果因为项羽封王时争权夺利而翻脸成仇。韩信利用张耳灭掉了陈馀。这种势利交情，自然被刻在了历史的耻辱柱上。钱锺书随后提到了一种类似情形，就是司马迁还写了汉代初年的郦寄卖友求荣的故事。吕后死后，外戚吕氏专权一时，曾密谋推翻刘姓朝廷。郦寄和其中的吕禄关系很好，却服从陈平、周勃的计策，出卖了朋友。钱锺书认为"相证""相告""相诬"以"贼害其友"的方式是"至恶"的。因此，我们不要以为谄媚权贵只是一种谋生方式，它背后的思想逻辑可以发展出令人极为痛恨的结果。

1933 年，钱锺书发表了一篇随笔《论俗气》，里面说，被批评为"俗"者，有两个意义：一是"量的过度"，二是"他认为这桩东西能感动的人数超过他自以为隶属着的阶级的人数"。但钱锺书并非是在批评"通俗",甚至都不是在批评"低俗",而是指向一种"庸俗"。傅雷书信中谓钱锺书指导杨绛翻译,有"语求其破俗"之说。这个俗不是"世俗""风俗""俚俗""鄙俗",而是作为"显学"的"俗学",也是"俗手"的意思。他谈诗论艺,常讥嘲"俗手""俗子",鄙薄"俗见""俗说",独具只眼地留意"违时抗俗"之学者,对之加以表彰。他晚年致友人书信里传下一句名言:"大抵学问是荒江老屋中二三素心人商量培养之事,朝市之显学必成俗学。""朝市"就是"名利场",他指导杨必翻译萨克雷的 Vanity Fair,即用此名称,典出《镜花缘》第十六回:"世上名利场中,原是一座迷魂阵。"(《中文笔记》16:174,此三字下加圈)

　　体现在钱锺书的书斋生涯里,他的谈诗论艺文字中有时也会出现极端的爱憎倾向,比如他对晚清著名诗人范当世的态度。博览群书的钱锺书很少提到这位诗人。《中文笔记》两度长篇幅地抄录《晚晴簃诗汇》,两度摘《近代诗钞》,这都是收录清代诗人或者近代诗人的著名总集,都没抄录范当世的诗。我们还可以看到钱锺书读《晚清四十家诗钞》的笔记。这部《晚清四十家诗钞》是范当世弟子、吴汝纶之子吴闿生所编纂的,带有强烈的门户标榜之色彩。钱锺书历来非常痛恨标榜门户派别的这种文人恶习,因此评价说:吴氏"承乃翁月旦,最推范肯堂、李刚己,所录亦偏袒莲池弟子。王壬秋、李莼客、张香涛皆只抄一首……评点多皮相目论"。其中范当世作为"四十家"中的一家,入选之作颇多。于是钱锺书说了一句狠话:"余最不喜范伯子诗,尝谓'叫破喉咙,穷断脊梁'八字可为考语。学山谷而不博炼,学退之而乏浑厚。盖无书卷无议论,一味努力使气,拖沓拈弄,按之枵廓。同调中前不如张濂亭,后不如姚叔节也。吴氏父子动以太白许之。卷三易实甫、陈挹孙亦皆被太白之目,何张太碧之多也。""余最不喜"这四字说得颇重,八字考语更令人觉得不堪。范当世出身贫寒,屡试不第,又多愁多病,好作忧国感时之诗,这本不该是讥嘲或贬斥的理由。不过肯堂好说自己的家世渊源,除了远祖有那位先忧后乐的范仲淹,更以姚门女婿甚为自得。诗集篇目大量出现"外舅"字样,即指他第二任妻子的父亲姚濬昌。此外,范当世老师前有刘熙载,后有张裕钊和吴汝纶,又与陈三立攀上姻亲。晚年得李鸿章赏识,为"东床西席"之"西席",感恩戴德,溢于言表。钱锺书的考语,想必是针对范当世重视攀关系、拉交情而人格上显得略有些卑下猥琐所发。

很多人读了钱锺书的书,都会有个印象,认为他很少夸人,很少对一个文学作品表达毫无保留的喜爱。我认为这是文学批评家应该具备的一种优秀品质。现在我们熟悉的批评家,经常是还没读完作品已经准备好感动和称赞的话了,这种态度让他们走到哪儿都备受欢迎,皆大欢喜,实际上却对读者不够负责。严厉的批评家一定也是"笔落惊风雨,诗成泣鬼神"的。不过,钱锺书也是会流露出他对古今中西一些作品的喜爱之情的。比如他读师长李宣龚老人的诗作《春尽遣怀》,"不经风雨连番劫,争得池塘尽日阴",就赞美说:"对仗动荡,语意蕴藉,余最赏之。"他读南宋江湖诗派一个小名家利登的诗集,欣赏其人"稍有朴挚处,不尽作流连光景语",也提到这人写的一首词,说:"余最喜其《虞美人草》云:当时养士知何许,总把降幡去。汉家王气塞乾坤,一树盈盈,不为汉家春。"他还喜欢祝枝山的一首《口号》(古代指随口吟成的即兴诗作),"枝山老子鬓苍浪,万事遗来剩得狂。从此日和先友对,十年汉晋十年唐"(谓年月蹉跎已老,只有狂气不改。此后只和古人相对,不再过问世事),钱锺书也说"余最喜之"。

另外又如他在札记里说"余最爱读 Joubert, *Pensées*, 每开卷必有所得",这是指启蒙运动时期法国作家儒贝尔的《随想录》。

我们也可以从读书笔记的篇幅来认识钱锺书喜爱读什么书。比如普鲁斯特,600页以上。莎士比亚全集,近300页(9/10)。薄伽丘《十日谈》意大利语原文,200页(9/10)。萨恺蒂和班戴洛小说集原文,也各有200页和300页笔记。福楼拜两部小说《情感教育》《包法利夫人》加上通信集,总共565页。圣伯夫的批评集笔记,合起来有400页以上。海涅将近200页。但丁《神曲》意大利原文,280页(10)。甚至还有一种《德语俚俗语辞典》,他做了350多页的笔记。

一个有强烈的爱憎情感的聪明人,大概会表现为一种表面刻薄、内心忠厚的性格。我认为这个看似矛盾的性格也是非常真实的。因为刻薄其实是性格急躁,一眼看出真相,一语道破本质,常人思考反应速度慢,一时接受不了现实,自然显得钱锺书刻薄。但这个刻薄,不是为了自利,他的过人才智,他的狂,也必然让他看不起为高自标持而挖苦别人的那种人。因此,刻薄讥讽的立场角度,其实并无自我的私心。这就和内心忠厚毫不矛盾,后者也正因为以上这些特点,往往流露出悲悯同情之意,但又忍不住要道破说穿。

钱锺书喜欢安徒生童话《皇帝的新衣》,小孩子最后要当众喊出真相:"皇帝身上什么也没有穿!"这个故事背后,其实是一个逻辑思维的问题,我很喜欢在网上观看李永乐老师讲课的节目,有一次他用经济学和数学上的逻辑研究揭示了这个问题:每个人都看到皇帝什么都没有穿,但他们因为一种禁忌都不敢说出自己所看到的,这时的这种知识就是共有知识(大家自己都知道,但并不确定其他人都知道);当小孩子喊出那句话来,很快所有人就可以根据别人的反应明白这是大家都知道的事实,于是共有知识变成"公共知识"(大家自己都知道,并确定其他人都知道)。因此,我们可以看到,从"共有知识"发展到"公共知识",是一个很大的进步。比如警察抓了小偷,警察认定小偷有罪,小偷知道自己有罪,但小偷销毁了证据而不认罪,这个有罪的事情就是共有知识。如果我们有办法证明小偷的犯罪经过,或是小偷自己招认了,这就变成了公共知识。大家就可以明白前后的不同了。

钱锺书鄙夷的是一种真正的"俗"气,是虚伪矫饰,缺乏赤子之心,是《皇帝的新衣》里揣着明白装糊涂的大多数臣民——之所以要装扮成一个样子来掩饰真相,恰恰是他们的后天规训造成的,即认为我自己所见所感并不重要,重要的是对整个群体的认同和习俗规训的遵守。而这正是与怀着顽童之心的钱锺书格格不入的。

以上我们已经从日常生活起居、家庭婚姻,还有社会历史以及书斋里的读书治学等方方面面,走近钱锺书的情感世界,来认识和理解他的爱与恨。出于前面所陈述的理由,我认为"爱憎分明"当然算得上作为一个杰出学者和作家该具有的好品质,但也不见得他在表达任何情感时都要做到"爱憎分明"。要知道,有些情感是不可能讲得清清楚楚的,有些情感是悲欣交集、爱恨交加的,你不能把原本是云山雾绕的东西,非要清理得万里无云。而进一步说,有时我们明明也认识到了自己的情感究竟是怎么样的,明白自己爱什么,恨什么,可是复杂的人生也会让我们不能勇于表达这种情感,让我们不能忠实于自己的爱憎。对于这一点,钱锺书早就看得很清楚了,他早年有篇文章里的这段话讲得非常生动,道尽这种丰富而又复杂的状况:

> 他在实用应付以外,还知道有真理;在教书投稿以外,还知道有学问;在看电影明星照片以外,还知道有美术;虽然爱惜身命,也明白殉国殉道的可贵。生来是个人,终免不得做几桩傻事错事,吃不该吃的果子,爱不值得爱的东西;但是心上自有权衡,不肯颠倒是非,抹杀好坏来为自己辩护。他了解该做的事未必就是爱做的事。这种自我的分裂、知行的歧出,紧张时产出了悲剧,松散时变成了讽刺。只有禽兽是天生就知行合一的,因为它们不知道有比一己嗜欲更高的理想。好不容易千辛万苦,从猴子进化到人类,还要把嗜好跟价值浑而为一,变做人面兽心,真有点对不住达尔文。(《释文盲》)

说来说去,其实任何人的爱憎原本都是相通的,只不过出于我们想要在自己的人生舞台上扮演的角色不同,于是每个人表达自己情感的方式也就不尽相同了吧。说到这里,我们这次讲座也该结束了,至于我们有没有像讲座开场时我向大家许诺的那样,认识了一个更真实、更生动的钱锺书呢?这可能也要请各位听众朋友自己决定了。

由 2021 年 1 月无锡图书馆讲座发言稿整理

附论：钱锺书研究述评

钱锺书（1910—1998）是享有盛誉、影响广远的学者与作家，学界对他的相关研究一直具有很高的热度，主要包含了以下内容：他的新旧体诗文以及小说创作、他的学术著述，以及作为文学家的生平掌故及交游等方面。这些内容至少涉及了中国古典文学、近现代文学、外国文学、比较文学以及文艺批评与理论等学科，与中国近现代人文学科的发展息息相关，亦在一定程度上与欧美世界（也包括日本）的学术环境存在重要联系。我意图通过此文对钱锺书研究的兴起、历史、现状及前景进行综合分析评述，或可突破一般意义上的研究"热点"，从而探寻到其中具有难度、深度的真正命题。

在此须申明的是，我本人虽然近十多年一直认真研读钱锺书著作及手稿，并密切关注国内外相关的研究成果，却从没有认同自己为"钱锺书研究者"，对流行的所谓"钱学"之名更是敬而远之，因而无意为此"学"徒托空言，虚张门面，也不想继续制造所谓的"神话"。"钱锺书研究"真正的价值,我以为应该通过读钱锺书所读之书,思考钱锺书所思之问题来实现,换而言之,我们需要他的眼光、视野和方法,而不是满足于炫人眼目的文献胪列或者好逗小慧的妙语连珠。

一、钱锺书评论的兴起

对钱锺书早年诗文学问的评价,可追溯至 20 世纪 30 年代的"老辈"们那里。最著名的是陈衍《石遗室诗话》里的表彰与关怀[1],以及李宣龚诗中出现的"狂"字考语[2]、金天翮诗中的"年少多才"之赞[3],还有叶恭绰书信中流传开来的名言:"默存才性及基础均优,然颇有散钱无串之憾。"[4]此外,并无交谊的陈诗在《尊瓠室诗话》(1941)卷三中也说:

> 无锡钱默存锺书,劬学不倦,尝有句云:"衣人高枕卧游

[1] 陈衍:《石遗室诗话续编》,卷一:"年方弱冠,精英文,诗文尤斐然可观……余见其多病,劝其多看书少作诗也","汤卿谋不可为,黄仲则尤不可为,故愿其多读少作也",见《石遗室诗话》,第 549 页,北京:人民文学出版社,2004 年。

[2] 李宣龚:《硕果亭诗》卷下,《喜锺书孝鲁见过》(1939):"大难二妙能相访,令我犹生八九狂。"《硕果亭诗续》又有赠和数首。

[3] 金天翮:《天放楼诗集》卷二十一,《赠钱存世讲》。以上两则均见于卞孝萱:《诗坛前辈咏钱锺书》,《解放日报》,1991 年 3 月 7 日。其他曾赠诗给钱锺书的老辈诗人,还有夏敬观(《忍古楼诗续》卷二)等,见李洪岩:《钱锺书与近代学人》,第 109—110 页,天津:百花文艺出版社,2007 年。

[4] 见于卞孝萱:《钱锺书冒效鲁诗案——兼论〈围城〉人物董斜川及其他》,《中华文史论丛》,2006 年第 4 期。

207   附论:钱锺书研究述评

录,作我下帷行秘书。"殊典雅。[1]

而身为父亲的钱基博,对钱锺书的才学更有多次公开的表彰[2]。如《读清人集别录》的"自叙"(作于 1935 年 2 月)里说:

> 儿子锺书能承余学,尤喜搜罗明清两朝人集。以章氏文史之义,抉前贤著述之隐。发凡起例,得未曾有。每叹世有知言,异日得余父子日记,取其中有系集部者,董理为篇,乃知余父子集部之学,当继嘉定钱氏之史学以后先照映,非夸语也。[3]

由此可知钱锺书早年即有以日记兼做读书笔记的习惯,这比《中文笔记》所收的留学时期笔记更早,已足令其父深感快慰了[4]。

此外还有来自大学师长们的推重和赞誉。首先是张申府宣称的"我的青年朋友钱默存先生""乃是现在清华最特出的天才,简直可以说,多份在现在全中国人中,天分学力,也再没有一个能赶得上他的。因为默存的才力学力实在是绝对地罕有"[5]。还

---

[1]张寅彭:《民国诗话丛编》第 2 册,第 135 页,上海:上海书店出版社,2002 年。此诗题《赵瓯北有偶遗忘问之稚存辄得原委辄赠七古援例作此撰燕谋君好卧帐中读书》,发表于《社会日报》,1941 年 1 月 9 日。"衣"当作"示"(《槐聚诗存》)。按《尊瓠室诗话》单行本出版于同年,此条当是临时补录,而非 1936、1937 年连载于《青鹤》杂志者。
[2]"独汝才辩纵横,神采飞扬,才华超绝时贤","我望汝为诸葛公、陶渊明,不喜汝为胡适之、徐志摩!"见钱基博:《谕儿锺书札两通》,《光华大学半月刊》,1932 年第 4 期。
[3]钱基博:《读清人集别录》,《光华大学半月刊》,1936 年第 6 期。
[4]参看范旭仑:《〈钱锺书批注《吴组缃畅谈钱锺书》〉辨正》,《中华读书报》,2002 年 6 月 26 日。
[5]张申府:《民族自救的一个方案》,《大公报》,1932 年 10 月 15 日。

有吴宓不遗余力地在各种场合对这位学生的赞美[1]。钱穆后来也在回忆录里提到，钱锺书"兼通中西文学，博及群书，宋以后集部殆无不过目"[2]。此外如叶公超、冯友兰、温源宁等清华教师，也都曾对钱锺书格外青睐，这连同其同辈学友、后辈学生的回忆或评价，多成学林佳话，其中辑录成书者已非常可观，兹不赘述[3]。

而同为师长的朱自清对钱锺书的评价就不是太高了。钱锺书札记里曾追忆，自己大一时读"观自得斋丛书"本《伦敦竹枝词》，推荐给了朱自清、叶公超等教授，时间当在1929—1930年间。[4] 然而朱自清日记和文章里多次提到此书，却从未道及最初推荐人的姓名。[5] 此后日记里提及钱锺书也有保留意见[6]，如谓"中书君言必有本，不免掉书袋，然气度自佳"（1934年4月6日）；"钱锺书《论东坡赋》一文，论宋代精神的理智与批评，尚佳，余亦多恒语，不若其《论中国诗》一文也"（1934年6月8日）；"读

〔1〕参看郑朝宗：《但开风气不为师》，《读书》，1983年第1期；杨绛：《吴宓先生与钱锺书》，《书屋》，1998年第4期；范旭仑、李洪岩：《关于〈吴宓先生与钱锺书〉》，《红岩》，1999年第1期。

〔2〕钱穆：《师友杂忆》，第111页，长沙：岳麓书社，1986年。

〔3〕相关结集文献，例如罗思：《写在钱锺书边上》，上海：文汇出版社，1996年；田蕙兰、马光裕等：《钱锺书杨绛研究资料集》，武汉：华中师范大学出版社，1997年；何晖、方天星：《一寸千思：忆钱锺书先生》，沈阳：辽海出版社，1999年；沉冰：《不一样的记忆：与钱锺书在一起》，北京：当代世界出版社，1999年；李明生编《文化昆仑：钱锺书其人其文》（北京：人民文学出版社，1999）；杨联芬：《钱锺书评说七十年》，北京：文化艺术出版社，2010年；丁伟志：《钱锺书先生百年诞辰纪念文集》北京：三联书店，2010年，等等。

〔4〕钱锺书：《钱锺书手稿集·中文笔记》第1册，第353页，北京：商务印书馆，2011年。

〔5〕1933年2月1日记，下午于厂甸购得此书，"甚喜"；同月3日又记读此书的一些心得。不久后撰写文章《〈伦敦竹枝词〉》，发表于1933年4月16日《论语》第15期；1935年1月，又在《水星》发表《买书》一文，重提购得《竹枝词》一书的得意心情。

〔6〕以下诸则见谢泳：《从两部前辈日记看钱锺书的个性》，《日记杂志》第39卷，第3—4页，2006年。

钱锺书的《猫》一文，就现时而论，此文过于玩世不恭"（1946年5月6日），等等。特别是1934年10月20日记对于钱锺书批评郭绍虞的文章《论复古》时的议论："有一点值得注意，钱在选择批评的例子时是抱有成见的，这些例子或多或少曲解了作者的本意。"钱锺书青年时期所作多篇书评"冒犯"了不少师长辈人物（如周作人、郭绍虞等），后者在或半公开或私下的评价中可能逐渐成为共识，这是形成日后对钱锺书之流行评论的一个基础。相较于那些赞赏者往往是泛泛地称誉其博览强记的优势，实际很少触及其思想和论点的实际价值；而那些成名成家之人物一旦发现其观点与自己相抵触，顿时就讥刺其人狂妄、刻薄、偏颇。或如邓之诚在1959年8月11日所记：

> 吴兴华来，言：有钱锺书者作《宋诗选注》，自谓过厉樊榭远甚。举世皆狂人，当食无肉，天所以罚之，我辈受其拖累耳！[1]

这种仅凭片面言辞就进行断言的意见，具有一定的代表性。钱锺书本人对此有清醒认识，"但是赞美很可能跟毁骂一样的盲目"[2]，甚而还可能会如同古希腊哲学家说的那样，"无力之赞美较乎猛烈之责斥更令人难堪"[3]。所谓无书不读、博览强记这样

---

[1]邓之诚：《邓之诚文史札记》，第1173页，南京：凤凰出版社，2012年。
[2]钱锺书：《杂言——关于著作的》，第169页，北京：三联书店，2002年。
[3]Turpius esse exigue frigide laudari quam insectanter et graviter vituperari, in Aulus Gellius, *Noctes Atticae*, XIX, Ⅲ（"Loeb Classical Library"，trans. by John C. Rolfe, vol. III, pp. 358-9, London, 1927）。参看《容安馆札记》第八十一则（第1册，第140页），其中言蒲柏"Damn with faint praise（以苍白无力的赞美予以毁骂）"一语盖出于此。

的赞誉之言很容易被理解为是空洞无凭或是缺乏识见的客套话，难以服人；倒是狂傲的指责容易引起一般人的反感。由此而见，后世钱锺书研究中出现的那种空泛而又缺乏理解和分析的风气，在一定程度上要归咎于早年盛名之下形成的既定形象。

1946—1947 年初，《围城》在《文艺复兴》杂志连载，随即在1947 年 5 月由上海晨光出版公司出版单行本，1949 年 3 月已出第三版，足见深受读者欢迎。这期间也很快引来许多喝彩称誉的声音，然而大多未能道出其中的好处和价值，只有林海（郑朝宗）的《〈围城〉与"Tom Jones"》最具学理，阐发出"学人之小说"的概念来。[1] 将《围城》与英国小说《汤姆·琼斯》相提并论，类如唐湜所指出的"很像十八世纪英法的小说"（虽然后者意在指斥小说结构"如一盘散沙"），这也成为后来对钱锺书外国文学兴趣取向的一个固定看法。[2] 而无咎（王任叔）写的《读〈围城〉》，最先将《围城》称作"新儒林外史"，但批评其主题立意不高，"恋爱正是新儒林外史人物的新课程"，并认为小说家炫学，"他用中英德法语为世界上所有古典名著砌起了城墙"[3]。这是属于左翼作家的一种普遍看法，即不满中西典故的连缀，道作者耍小聪明，把小说当成骈体文来做，更严重的问题在于缺乏人民性和革命性。批评者所指出的"不相干的引典"[4]；"这书中的人物、生活、感情、思想，还不能脱出旧的窠臼，虽然花样翻新，而货色依然是旧的"，

---

〔1〕《观察》周刊，1948 年第 14 期。
〔2〕唐湜：《师陀的〈结婚〉》，《文讯月刊》，1938 年第 3 期。
〔3〕无咎：《读〈围城〉》，《小说》月刊（香港），第 1 卷第 1 期，1948 年 7 月。
〔4〕屏溪（沈立人）：《〈围城〉读后》，《大公报》（上海），1947 年 8 月 19 日。

"这些僵尸,都藉着钱锺书的玉体借尸还魂了"[1];"堆砌过火,雕琢太甚"[2],等等,构成了"围攻"之势,将《围城》视为"人民文艺"之外的"黄色文艺""白色文艺"之流。钱锺书也因此搁笔,停止了他的小说创作。

与小说引起的批评风波不同,《谈艺录》在1948年6月出版后马上得到了学界较客观的认可和评价。如燕京大学中文系教师阎简弼在《燕京学报》第三十五期所作书评,虽以指摘书中错谬处为主,涉及"疏于辨正""造语失贴""征引未周""文有脱误""诠释欠妥""评语自相矛盾""注或衍或漏"七个方面,其实都是类如编校文稿的一些细节问题,最后还嘲讽作者好用"能乱楮叶"一语(初刊本至少五处),然而仍高度肯定了《谈艺录》的价值[3]。另一位燕京才俊,刚在西语系任教的吴兴华也对《谈艺录》颇为注意,据说曾为钱锺书提出若干修订意见,因此在1949年7月开明书店再版《谈艺录》时有一则被后世版本所遗漏的附记,开首即言"此书刊行,向君觉明、吴君兴华皆直谅多闻,为订勘舛讹数处"云云。[4] 1948年9月17日,词学家夏承焘称"阅钱锺书《谈艺录》,博览强记,殊堪爱佩。但疑其书乃积卡片而成,取证稠叠,无优游不迫之致。近人著书每多此病",以《围城》人物李

[1]方典(王元化):《论香粉铺之类》,《横眉小辑》,1948年第1辑;张羽(王元化):《从〈围城〉看钱锺书》,《同代人文艺丛刊》,1948年第1期。
[2]熊昕(陈炜谟):《我看〈围城〉》,《民讯》(成都),1949年第4期。
[3]后来周汝昌回忆自己当年回到燕京大学,也是被阎简弼推荐去读《谈艺录》。周氏撰《青眼相招感厚知——怀念钱锺书先生》,《文汇报》,2000年7月7日。文中还提到他自己也把读此书的意见稿面交钱锺书看,后者接过去顺手放在一旁,"并不即阅"。
[4]孙连五:《吴兴华与〈谈艺录〉》,《中华读书报》,2018年3月13日。

梅亭的毛病反击其作者[1]。1949 年 7 月 15 日,考古学家夏鼐在温州休养期间读完《谈艺录》,在日记中评价说"此君天才高而博学,其文词又足以发挥之,亦难得之佳作,唯有时有掉书袋之弊,乏要言不烦之趣",随即对其中第七十一则论孟郊诗句"似开孤月口,能说落星心"处展开辩难,认为"原意似双关,鹤口之形似月,然亦兼谓天晓时孤月之口,能说出夜星之心情。钱君之说,似尚未达一间"[2]。至 50 年代后期,胡先骕与友人卢弼通信中也曾因《谈艺录》而称赞钱锺书"博闻强记,淹贯中西,不惟高视当世,即古代亦所罕见,跨灶出蓝尚其小者,其所著《谈艺录》(开明书店出版)乃诗话之精英,《石遗室诗话》视之有逊色",认为此书"融会贯通,取精用弘,遂尔陵铄一代"[3]。

新中国成立后,钱锺书"奉命"完成的《宋诗选注》一书(1958 年 9 月),也在出版后不久产生了很大的影响,引起了很多讨论。当时正好赶上批判"白专"路线,《光明日报》的《文学遗产》栏目,先后出现了周汝昌、胡念贻、黄肃秋的批评文章,称此书为"古典文学选本里的一面白旗",这种批判叫"拔白旗"。人民文学出版社古典文学编辑部的黄肃秋,是郭绍虞的学生,和钱锺书同岁,他

---

[1]夏承焘:《夏承焘集》第 7 册,第 2 页,杭州:浙江古籍出版社,1997 年。参看前揭谢泳文章。

[2]夏鼐:《夏鼐日记》,第 4 卷,第 250 页,上海:华东师范大学出版社,2011 年。参看王兴:《钱锺书与夏鼐的交往点滴》,《文汇学人》,2020 年 10 月 9 日。

[3]罗逊:《胡先骕与钱锺书的交往》,《上海书评》,2017 年 5 月 31 日。文中摘录卢弼书札集《慎园启事》覆钱锺书信的一段内容(乙未四月十四日,1955 年 6 月 4 日),"挚友某翁语鄙人曰:《谈艺录》讥评古今诗人,身无完肤,子乃投诗钱君,可谓老不自量。鄙人笑应之曰:往有人论曾仲有贬辞,夜梦管子,揖而进曰:'先生笔下留情'。钱君讥评皆古今诗人,下卒不过《桃花扇》中之说'鼓儿词'者,不足齿于讥评之列,有恃而不恐,更不必效夷吾之乞怜"云云,亦见老辈因著作而推重之意。

的文章题为"清除古典文学选本中的资产阶级观点：评钱锺书先生〈宋诗选注〉"，评钱锺书是"艺术至上主义""资产阶级唯心主义"等。其中尤其指出《宋诗选注》没有坚持政治标准第一的原则，不收文天祥的《正气歌》《过零丁洋》等，只在最后肯定选黄庭坚少而陆游多这一点过关。时年33岁的胡念贻是文学所的年轻一辈，文章只评论更早先发表的《宋诗选注序》（1957年《文学研究》第3期），篇幅反而特别长，也批评了钱锺书的唯心主义、主观主义思想，未能用马列主义武装起来，虽然资料多、渊博，但是不能解决问题。同为人民文学出版社编辑的周汝昌的批判文章相对语气和缓，其中还肯定了《宋诗选注》里对宋诗"以抄书为作诗"的反对意见。另外，还有一位"刘敏如"在《读书杂志》1958年第2期也有一篇《评〈宋诗选注〉》，列举了钱锺书这部书的"政治性错误"。此外，《宋诗选注》里选了十家诗人的评传，先在《文学研究》1957年第1期发表《宋代诗人短论（十篇）》。文学所另一位年轻人，刚刚30岁的曹道衡，在《文学研究》1958年第4期发表文章《对〈宋代诗人短论十篇〉的意见》，也是"拔白旗"而不得不作的。此文在曹先生生前的学术文集里都不见收录，由此可知其心意。

夏承焘在当年年初读了《宋诗选注》，日记中特别记钱锺书"不选叶水心一字，讥为鸵鸟"（见徐玑小传末尾），但为其所受批判而叫屈[1]。此后他得到《文学遗产》主编陈翔鹤约稿，为钱锺书讲话，撰文称在没有一部《全宋诗》的条件下，编这样一部《宋诗

---

[1]1959年1月7日："午后看钱默存《宋诗选注》。近日报纸登批判此书文字数篇，予爱其诗评中材料多，此君信不易才。"见《夏承焘集》第7册，第717页。

选注》是非常艰难的工作。下文对《宋诗选注》全面进行肯定,最后说这是一部"难得的好书"[1]。但可能这并非敢于仗义执言,是中宣部领导周扬先对《宋诗选注》做了肯定,然后文学所找到夏承焘要他写这篇文章的。[2] 这个时间点还有一个反响很重要,日本学者小川环树,此时方作长篇书评高度评价《宋诗选注》[3],这或许也在一定程度上促生了操控评论者"出于补救的好心"吧。[4]

此后近 20 年(1960—1978 年),有关钱锺书学术与创作的评价较少出现于公开场合,倒是海外以夏志清《中国现代小说史》(1961)设立"钱锺书"专章、邹文海在台湾《传记文学》撰文《忆钱锺书》(1962),开启了境外的"钱锺书热",这又因港台书商"盗印勿绝"而进一步推波助澜。至于"文革"结束后,《管锥编》(1979)、《围城》新版(1980)与《谈艺录》补订本(1984)问世,学术界、文化界谈论钱锺书重新形成一股热烈的潮流,毁誉交加,一时目不暇接。

二、"钱学"潮流的兴衰与海内外相关成就

在 20 世纪 80 年代钱锺书讨论热的话题效应下,"钱学"一名应运而生。这是钱锺书清华学弟、厦门大学中文系教授郑朝宗的

---

〔1〕夏承焘:《如何评价〈宋诗选注〉》,《光明日报·文学遗产》,1959 年 8 月 2 日。
〔2〕陆灏:《周扬赞许〈宋诗选注〉》,《听水读抄》,第 23—24 页,北京:海豚出版社,2014 年。
〔3〕《钱锺书的〈宋诗选注〉》刊于京都大学的《中国文学报》第 10 册,1959 年 4 月。
〔4〕李洪岩:《智者的心路历程:钱锺书生平与学术》,第 370 页,石家庄:河北教育出版社,1997 年。

"发明"〔1〕。除先后发表的十多篇论文都表达了对钱锺书学术价值的极度揄扬之外,早在1980年,他就在厦门大学开设了《管锥编》选读课程,此后又指导了数名研究生以钱锺书研究为学位论文课题,并结集出版。〔2〕尤其是《钱学二题》一文,更是直接在标题上揭示"钱学"这个概念。〔3〕此文抄录了钱锺书1988年7月7日的来信,信中含蓄地表达了"钱学"研究对象本人的不满:

> 纷纷诸后生一醉无名,借花饮酒,以拙作为题目,作文章赶热闹,于拙作非有真赏灼见,而为者败之,徒累弟惹人厌耳。《谈艺录》三五九页论时文以四书为名利之具,尊经而反卑;五一七页论大师为徒弟拜倒,皆寓微旨。而诸贤过爱,未会吾心,一意效商品之推销,是kill with kindness也。大抵学问是荒江老屋中二三素心人商量培养之事,朝市之显学必成俗学。殷鉴不远,马列主义与《红楼梦》研究便是眼前例证。兄谓然否?

另一位阐释"钱学"要旨且很有影响的学者,是曾长期亲炙钱锺书学问的文艺理论家敏泽。他在钱锺书去世后的纪念文章里曾以四字概括"钱学"的主要特点是博、大、精、深〔4〕,又提出三个

---

〔1〕陈世雄:《郑朝宗与"钱学"研究》,《文艺理论与批评》,1995年第2期。
〔2〕郑朝宗:《〈管锥编〉研究论文集》,福州:福建人民出版社,1984年。收入郑本人两篇论文以及何开四《钱锺书美学思想的历史演进》、陈子谦《钱锺书文艺批评中的辩证法探要》、陆文虎《论〈管锥编〉的比较艺术》、井绪东《〈管锥编〉文艺鉴赏方法论初探》四篇硕士学位论文。
〔3〕刊《厦门大学学报》(哲学社科版),1988年第3期。
〔4〕敏泽:《论钱学的基本精神和历史贡献——纪念钱锺书先生》,《文学评论》,1999年第3期。

"打通",即打通人文各学科、打通中西、打通古今。如今这些看法已经成为学界对于钱锺书学术思想和方法的基本认识了。但是相对来说,郑朝宗及所指导的众弟子才是亲身实践"钱学"的探索者。翻检当时厦大中文系诸生的"钱学"论文,最大的问题在于自身武库装备不足,难以与研究对象构成对话,或有勉强用时兴之理论框架进行生硬理解者。这正是钱锺书所担虑的结果——"朝市之显学必成俗学"。不过,这个有特色的研究方向确实为后面的钱锺书研究培养了一批中坚力量,不少学生走上学术舞台后至今还在从事相关的研究和教学,他们的成就也会在下文不断提到。[1]

90年代后,"钱学"一名因屡遭讥嘲和批评,得到应有的反思[2],已经不太被学者标榜或是在正式论文中提及。2008年11月22日,厦门大学人文学院中文系举办了纪念钱锺书逝世十周年学术研讨会,以此纪念"钱学"研究三十年[3]。最近再次成为热议话题,是几位从事语文教育的中学教师发起"在中学讲'钱

---

〔1〕另外,1988年硕士毕业的黎兰老师(学位论文题为《试论钱锺书的〈宋诗研究〉》),在我就职于厦门大学中文系期间一直面向硕士研究生开设有关《谈艺录》的研讨课。

〔2〕邹振环:《重新发现和重新认识的钱锺书——近年来"钱学"出版简评》,《中国图书评论》,1991年第5期;如永:《"钱学"研究中少了点什么》,《随笔》,1991年第6期;伍立杨:《关于"钱学"评论的思考》,《当代文坛报》,1997年第2期;伍立杨:《亦论"钱学"》,《博览群书》,1997年第4期;李更:《我看"钱学"》,《珠海》,1998年第3期;孙庆茂:《"钱学"是这样研究的吗》,《中华读书报》,1998年第16期;钱念孙:《为"经典作家"卸妆》,《探索与争鸣》,2000年第2期。以及刘梦芙:《关于"钱学"的观察与思考》,《江南大学学报》(人文社会科学版),2004年第4期;赵益:《"钱学"已成清谈之助?》,《中华读书报》,2006年12月13日。

〔3〕谢泳:《钱锺书和他的时代:厦门大学钱锺书学术研讨会论文集》,台北:秀威资讯出版有限公司,2009年;上海:上海辞书出版社,2009年。

学'"的试验活动[1]，"荒江老屋二三素心人"的事业一变而为改革语言文学普及教育的良方妙药。

我认为对于 20 世纪 80 年代以来的钱锺书研究可以分为两个时期，大致以 2003 年《容安馆札记》的问世为界。在后一个时期里，钱锺书手稿的影印出版使学者们开始重新考虑其著作背后的丰富文献资源的价值，这是使得"钱锺书研究"走出原有格局的一个机会。而且后一个时期又逢人文学术研究面对网络时代的挑战，电子化和数据库改变了过去做学问的很多思路和方法。正如有思想家所指出的那样，有了网络检索和强大的数据库，我们如何评价钱锺书的博览强记呢？——当然如此划分前后时期，并不意味着 2003 年以后的钱锺书研究就自然属于后一个时期，显然还有很多学者的研究至今仍然没有注意到《手稿集》出版的价值，没有改变原来的研究思路和趣味，因此他们应该还属于前一个时期。

在前一个时期里，有几种比较重要的钱锺书研究专刊，最早是由郑朝宗、周振甫、黄裳、傅璇琮、陆文虎、钟叔河、黄克、庞朴、陈子谦等组成编委会编辑的《钱锺书研究》，共出版了 3 辑[2]。其中每辑卷首有钱锺书的一篇近作或未刊旧稿，继而是分专题论文以及海外研究成果的翻译，附录有钱锺书著作的索引、目录和

---

〔1〕杭启义：《在中学讲钱学》，南京：江苏凤凰教育出版社，2019 年。参看杭起义、杨珍妮、何宵、蔡澄清等人的相关语文教学论文。季进先生在此书序言里认为，相对于将钱锺书文章选入中学教材（《论中国诗》）而出现"硬伤"与"失误"，杭老师这种经过长期摸索实践而展开的"钱学"普及计划自然更有意义，反倒有利于培养创新能力和涵养人文精神（季进：《〈在中学讲钱学〉序》，《中华读书报》，2020 年 2 月 12 日）。
〔2〕钱锺书研究编辑委员会编：《钱锺书研究》，北京：文化艺术出版社，第 1 辑，1989 年；第 2 辑，1990 年；第 3 辑，1992 年。

研究文献目录。其中今天仍有价值的研究论文,包括黄宝生《〈管锥编〉与佛经》对这一论题的开创性论述;黄国彬《在七度空间逍遥》对钱锺书多种外语能力的首次深入评估;张文江《钱锺书著作的分期和系统》的整体判断;范明辉《〈围城〉疏证》"以钱解钱"的独特解读。还有一些学者提供了珍贵的书札往来资料,这也正式开始了钱锺书研究领域里繁重而又艰辛的书信搜辑工作。相比之下,随后陆文虎主编的《钱锺书研究采辑》[1],价值显得略低一些,尤其是第 1 辑卷首所收舒展《钱学缀要》,近 40 页,其实是那部《钱锺书论学文选》里部分内容的一个提纲[2],只有作者代为总结和分类主题,抽离原本的引文和辨析,令人读来不知所云。又特别重视海外学者的声音,以宣传钱锺书的广远影响,比较缺乏有深度的研究。此后,还有李洪岩、范旭仑主编的《钱锺书评论》,仅出版了一册就戛然而止[3],从篇目看即知特别重视文献资料的搜集整理,以及对已刊钱著的校订,很有价值,然而此刊又不限于此,所载毕务芳《〈石语〉:钱锺书与陈衍》、李洪岩《钱锺书与陈寅恪》将论题联系到同时代重要文化人物比较上,已有意定位学术史中的钱锺书;张文江《〈管锥编·太平广记〉读解》是一篇深刻地从钱锺书学术视野发掘古代典籍要义的论文,手眼独具,生面别开;还有《评论钱锺书一甲子》《有关钱锺书书简明目录》二文,都是对钱锺书研究史的梳理,多甲乙品第之语,具有生气和锐度。最后还有冯芝祥主编的《钱锺书研究集刊》,自 20 世

───────────────────────────

〔1〕陆文虎编:《钱锺书研究采辑》,北京:三联书店,第 1 辑,1992 年;第 2 辑,1996 年。
〔2〕舒展:《钱锺书论学文选》,6 卷,广州:花城出版社,1989–1990 年。
〔3〕李洪岩、范旭仑编:《钱锺书评论》,卷 1,北京:社会科学文献出版社,1996 年。

附论:钱锺书研究述评

纪末钱锺书去世后延续至 21 世纪初[1]。从编后记看,这套《集刊》重视文本研究,又具有强烈的学术热情和现实关怀,与此前二十年里因"钱学热"应运而生的很多论述声音大为不同,尤其多有深研典籍的饱学之士对于钱锺书著作里的专题进行对话,也不同于以往许多拿理论话语体系"戴帽子"的那种研究方式。比如刘永翔《读〈槐聚诗存〉》《读〈宋诗选注〉》《读〈管锥编〉札记》,刘梦芙《〈槐聚诗存〉初探》《〈石语〉评笺》,李廷华《钱锺书论书札记》,钱定平《读钱刍言》,周振甫《管锥编》审读意见(附钱锺书先生批注)》,范旭仑《〈管锥编〉考异》等都是今天也不可忽视的参考必读文献。另外,以"范明辉"署名的文章《钱锺书的性格》在 2020 年终于也伸展成了一部规模紧凑、胜义纷披的同题专著[2]。

较有影响的钱锺书传记著作,主要代表是张文江的《营造巴比塔的智者:钱锺书传》(上海:上海文艺出版社,1993)[3],以及汤晏所著的一部书题变幻多端的传记[4]。张文江是众多钱锺书研究者中后来思想学术水平最为高卓的一位,并且在研究志趣的变化中由钱锺书始,而最终超越了钱锺书的格局。他所著的这部传记有很多切要深刻的见解,尽管具体引据资料会因文献局限而不太准确完整,但可以从中引申出启人深思的论题。汤晏是海外

[1]冯芝祥编:《钱锺书研究集刊》,上海:三联书店,第 1 辑,1999 年;第 2 辑,2000 年;第 3 辑,2002 年。
[2]范旭仑:《钱锺书的性格》,上海:东方出版中心,2020 年。
[3]再版时改题为《钱锺书传:营造巴比塔的智者》(上海:复旦大学出版社,2011 年;上海:上海人民出版社,2016 年)。
[4]汤晏:《民国第一才子钱锺书》,台北:时报文化,2001 年;《一代才子钱锺书》,上海:上海人民出版社,2005 年;《千古文章未尽才:钱锺书》,北京:龙门书局,2013 年;《钱锺书》,北京:文化发展出版社,2019 年;《被压抑的天才:钱锺书与现代中国》,台北:春山出版,2020 年。

学者,他写这部传记时不断向杨绛进行咨询,使用了相对较丰富的资料,因此得到赞赏,但这也未必足以保证其准确性,且作传而缺乏主脑,充斥满篇的是人云亦云的转述和见证,无法从中见到传主本人的生动精神。此外如爱默(李洪岩)《钱锺书传稿》(天津:百花文艺出版社,1992)分章较细而有些主题散漫,孔庆茂《钱锺书》(北京:中国华侨出版社,1998)侧重于文学性和可读性而显得学术意义不足。反倒是李洪岩著《钱锺书与近代学人》(百花文艺出版社,1998)一书,较早以大量史料钩沉钱锺书生平交游事迹,为后来若干种掌故学家的类似著作开启了先路。

有几种从钱锺书家族角度出发进行研究的著作,如孔庆茂《丹桂堂前:钱锺书家族文化史》(武汉:长江文艺出版社,2000)及刘桂秋《无锡时期的钱基博与钱锺书》(上海:上海社会科学院出版社,2004),都结合钱氏族谱家谱对其父兄与之相契合的某些共同文化特征和精神气质进行描述。其中刘著偏重于早期阶段,而孔著则强调这种家族性的文化基因是影响终身的。此后有一部流传不广的社会学博士论文专著,即上海大学徐新《20世纪无锡地区望族的权力实践》(上海:上海大学出版社,"2005年上海大学博士学位论文"),其中有一章"雪泥鸿爪慕钱家",录有大量钱家同宗人士的口述内容,对于认识当地望族间的关系以及民国时期家族生活状况都有重要参考价值。

此时期还有一套"钱锺书研究丛书",共十本。1997年出版数种,2002年又再版并补出几种。其中最受瞩目的是英年早逝的文艺批评家胡河清所著《真精神旧途径:钱锺书的人文思想》,发掘钱锺书学术思想里的东西渊源,评述其人在语言学、历史学、批评文论以及文学创作等方面的成就,显示出综合贯通的识见,一时超卓无俦。尤其是开篇以"钱锺书的天命判断"为首章论题,关注钱锺书在"终极存在"问题上的哲学应对方式及局限,与张文江的研究路数颇有些呼应。而李洪岩所著《智者的心路历程:钱锺书生平与学术》一书,篇幅较大,带有一定的传记色彩,展现出从生平线索里多方面评估钱锺书各阶段文学与学术成就的意图。此外,李廷华所著《在澹定中寻觅:钱锺书学术的人间晤对》里有多则精彩的书论、画论读书札记,可补其他学者在此方面的认识不足。其他如田建民之《诗兴智慧:钱锺书作品风格论》关注文本细节和修辞特色,也有可观之处。

这套丛书中还有一部李洪岩编的资料与论文集《撩动缪斯之魂:钱锺书的文学世界》,有不少有参考价值的内容。但更有特色的资料集是那部牟晓朋、范旭仑编的《记钱锺书先生》(大连:大连出版社,1995),收录多篇公布钱锺书书信的文章,共刊出108封,又有杨绛书信1通,这造成了曾因侵权问题而引起的法律纠纷[1]。另外,1991年胥智芬编的《〈围城〉汇校本》(成都:四川文艺出版社)问世,将《围城》早期的《文艺复兴》杂志连载本和上海晨光单行本与后来80年代的人民文学出版社定本对勘,逐一核录异文,是一部非常方便研究者使用的文献。缺失之处在于未充分搜辑比较不同印次版本的异同[2],又因完整使用了《围城》全

---

[1]1997年5月,钱锺书、杨绛向国家版权局投诉《记钱锺书先生》一书侵犯其著作权和隐私权。国家版权局裁定:停止发行该书,封存并销毁该书的库存,对出版社罚款1万元。
[2]参看傅聚卿:《有关钱锺书简明目录》,《钱锺书评论》卷1,第282页。

部文本而有侵权之虞[1]。此后，张明亮所著《钱锺书修改〈围城〉》一书（太原：北岳文艺出版社，1996）出版，弥补了胥氏《汇校本》校核异文不全的缺憾，并且灵活地仅引述异文之处，并做了大量评述，因此避开了侵权问题，且能集中于一些比较重要的前后文本差异对照上[2]。

还有一部《围城》的研究资料集，即湖湘学者汤溢泽编的《钱锺书〈围城〉批判》（长沙：湖南大学出版社，2000），收录了很多围绕《围城》和80年代"钱锺书热"展开的负面批判文章，如以"偶像的黄昏"为题的南京大学中文系博士对话[3]，标榜为中国文坛"去圣"的思想解放；编者本人所作的多篇文章则分别指斥了《围城》对女性的丑诋[4]，并重弹缺乏"爱国主义"和"獭祭"典故的旧调，认为"钱锺书热"就是中国文化界的"悲剧"；再就是列于著名的《十作家批判书》首章的孙珉《〈围城〉：中国现当代文学中的一部伪经》[5]，以及社会影响很大的王朔、老侠的对话《谁造就了

---

[1]1997年，钱锺书和人民文学出版社因与胥智芬、四川文艺出版社就《围城》一书的著作权纠纷，向上海市中级法院提起诉讼。法院裁定后者侵权，停止发售此书、公开道歉，并赔付钱锺书约8万元，赔付出版社约11万元。见中国人民大学知识产权教学与研究中心、中国人民大学知识产权学院编：《中华人民共和国最高人民法院公报知识产权案例全集》，第86—90页，武汉：华中科技大学出版社，2012年。参看金宏宇：《〈围城〉的修改与版本"本"性》，《江汉论坛》，2003年第6期。

[2]此书里的很多对勘心得此前早就曾在各种报刊上单独发表过，据作者所言，1987年即已完成书稿，寄给四川文艺出版社，在某编辑手里积压了半年多后被退稿，该编辑即出版《〈围城〉汇校本》的责编龚明德，参看龚明德：《浅谈文学名著汇校本》，金宏宇、彭林祥：《中国现代文学名著文本演变研究》，第1辑，第28页，武汉：华中师范大学出版社，2018年。

[3]王晓华、葛红兵、姚新勇：《对话"钱锺书热"：世纪末的人文神话》，《中国青年研究》，1997年第2期。参看葛红兵、邓一光、刘川鄂：《谁是我们这个世纪的大师，钱锺书：被神话的"大师"》，《南方论坛》，1999年第5期。

[4]汤溢泽、李建南：《〈围城〉：女性形象跌落的滑铁卢》，《理论与创作》，1999年第4期。

[5]朱大可、吴炫等：《十作家批判书》，第1—26页，西安：陕西师范大学出版社，1999年。

附论：钱锺书研究述评

文化恐龙》〔1〕,断言"《管锥编》不过是中国从汉代开始的注经传统的墓志铭""《围城》嘲讽知识分子,'钱学'是对中国学术的最大嘲讽"云云。此书最后还附有"90年代前期国内外学者抨击钱锺书节选"和"钱锺书自我反思节选",颇多断章取义的牵强理解,日后不耐烦讨论钱锺书学问和文学创作者多能与这些偏见发生共鸣。不过,这些"批判"意见属于90年代学术思想回归书斋后的一种社会文化现象,对于此前"钱学热"时期低水平而盲目鼓吹的研究状况来说也算是一个非常有效力的打击。当时还有中国社会科学院文学所研究员蒋寅所撰写的一篇《请还钱锺书以本来面目》〔2〕,反对"钱学家"封钱锺书为"大师"的这种评价态度,而应赞许之为"优秀学者""真正的读书人",这在一定程度上厘清了社会一般大众对文化"造神"运动的误解与后来的过度反弹。但李洪岩、范旭仑随即编写的《为钱锺书声辩》(天津:百花文艺出版社,2000)一书,从钱锺书的文化道德操守、学问思想境界和治学方法上进行着重阐发,认为"钱学家"们的成果固然粗陋幼稚,但钱锺书在上述各方面都有不愧"大师"之称的表现。此书虽多意气之争,但大多数内容重视稽考刊订各种文献的谬误错讹,具有去伪存真的学术意义。

有几位旧学深邃的学者对于钱锺书的讨论更有趣致。首先是自学成才而拜于学者余绍宋门下的刘衍文先生,他的"《石语》题外"系列,专门就《石语》中涉及的近代学林与诗坛人物加以评

---

〔1〕节选自王朔、老侠:《美人赠我蒙汗药》,武汉:长江文艺出版社,2000年。
〔2〕蒋寅:《请还钱锺书以本来面目》,《南方都市报》,1996年11月1日。

点,兼顾从谈艺和掌故两面进行深研[1]。衍文先生哲嗣刘永翔当年以对《清波杂志》的精良校注而在学界闻名,他也是在80年代后较早与钱锺书书札往来的年轻学人之一。他写的早期研究钱锺书文章,收入《蓬山舟影》一书之中[2],尤以《读〈宋诗选注〉》一文最为深入精当,他也是最早研读《容安馆札记》并利用这里面的信息撰写文章的学者[3]。近年又有文章考证《乾嘉诗坛点将录》作者,消除钱锺书在读书札记手稿里曾提出的质疑[4];还有《钱锺书诗论略》一篇[5],对钱锺书旧体诗的风格演变和改字用心做了十分贴切的分析,尤其是将过去时常产生误解的一些字句阐释加以纠正。而刘梦芙所著《二钱诗学之研究》(合肥:黄山书社,2007)兼论钱锺书、钱仲联二人的诗学成就,特别是比较两人对于黄遵宪的一些论断以及诗学观念等。近年还有杨明先生就自己古代文学批评史的擅场来评价钱锺书的相关研究心得[6]。相形之下,周振甫、冀勤的《钱锺书〈谈艺录〉读本》(上海:上海教育出版社1992)显得颇多浅近而又不准确的体会,很难算作一部学术著作。

---

〔1〕刘衍文:《寄庐茶座》,第1—358页,上海:汉语大词典出版社,2004年。讨论《石语》的论文,此外还有前揭刘梦芙《〈石语〉评笺》以及韩国学者韩知延的《"记忆"与"寻找":〈石语〉与〈陈石遗先生谈艺录〉之互文解读》(《汉语言文学研究》,2015年第1期)值得参考。

〔2〕刘永翔:《蓬山舟影:刘永翔文史杂说》,第1—111页,上海:汉语大词典出版社,2004年。

〔3〕刘永翔:《〈容安馆札记〉与〈宋诗选注〉》,《万象》,2004年第2期;《蓬山舟影》,第104—111页。

〔4〕刘永翔:《〈乾嘉诗坛点将录〉作者考实——为钱锺书先生祛疑》,《华东师范大学学报》(哲学社会科学版),2014年第3期。看看范旭仑:《〈容安馆日札〉论〈乾嘉诗坛点将录〉非舒位作》,《东方早报·上海书评》,2011年4月3日。

〔5〕刘永翔:《钱锺书诗略论》,《饶学研究》,第1辑,广州:暨南大学出版社,2014年。

〔6〕杨明:《钱锺书先生论〈文赋〉》,《古代文学理论研究》,2018年第1期;杨明:《钱锺书先生论〈文心雕龙〉》,《昭明文苑 增华学林——〈文选〉与〈文心雕龙〉国际学术研讨会论文集》,镇江:江苏大学出版社,2019年。

特别具有学术意义的一部钱锺书研究专著,是曾著《钱锺书传》的张文江先生所完成的《管锥编读解》[1]。此书引言(1995)指出:"《管锥编》牵涉多种文化系统之多种资料,范围广泛,其运用可含多种变化。"作者欲以此《读解》来阐发其义。张文江曾师从易学名家潘雨廷先生整理易学史和《道藏》文献提要,又深研内典和古希腊哲学,《管锥编读解》实际上是用易学的象数联系钱锺书因重视修辞之象而涉及古代典籍中深奥玄妙的文化基因,阐发古今时代变化与中西文明交流过程中的文明消息之义理。其中多有微妙之处可供未来学者参悟,惜识者较少。

而陆文虎编的《〈管锥编〉〈谈艺录〉索引》(北京:中华书局,1990),本来具有极为重要的工具参考价值,可据此统计出若干钱锺书学术视野格局的特征来,然而编者学力不逮,多有错谬失当、张冠李戴之处,因此后来不怎么被人采用。如今虽然是网络数据时代,电子文本检索可省去索引的很多功能,但如果可以集中各种名号异称简写,或将钱著里的论题分门别类做成主题索引,都是非常有必要的。

在此还应提及海外的"钱锺书热"引发的钱锺书研究[2]。最初,夏志清指出,"《围城》是中国近代文学中最有趣和最用心经营的小说,可能亦是最伟大的一部。作为讽刺文学,它令人想起像《儒林外史》那一类的著名中国古典小说;但它比它们优胜,因为

---

[1]张文江:《管锥编读解》,上海:上海古籍出版社,2000年;增订本,2005年。

[2]张泉编:《钱锺书和他的〈围城〉——美国学者论钱锺书》,北京:中国和平出版社,1991年。

它有统一的结构和更丰富的喜剧性"〔1〕。而耿德华(Edward M. Gunn)将 40 年代钱锺书、杨绛和吴兴华、张爱玲不同文体的作品界定为一种"反浪漫主义"的文学风格〔2〕,这是从一战后英国作家们那种"幻想破灭的、不主张改革的文学"和"彻底摒弃浪漫主义希望和浪漫主义词令"的精神中得到的灵感。这个见解很切中问题,然而《围城》里面具有更多超越性的关怀和眼光,并不仅仅满足于站在对立面上。在夏志清《中国现代小说史》的提倡和海外盗印钱锺书早年著作的风气下,胡志德(Theodore Huters)最先开始了他对钱锺书的"追寻"〔3〕。他以"钱锺书"为题的专著里使用了很多篇幅分析《围城》章节布置的"功能序列",提示研究者们对形式的关注。最值得重视的可能是结尾的安排。史景迁(Jonathan D. Spence)为《围城》英译本所作的序言(2003)里也有几个值得提及的见解,其一就是小说家钱锺书描述了许多肮脏、丑陋之物,并认为"这些时刻存在着比讽刺更多意味的东西"〔4〕。

美国汉学家中对于钱锺书的学问最有发言权的是以研究宋代文学见长的艾朗诺(Ronald Egan),他曾出版过一部《管锥编》的英文选译本。所选篇章不过六十多则,且仅译出初版时的文本,但甄选出了一些颇有意思的主题,分成了"美学与批评综论""隐喻、形象和认知心理学""语义学与文学文体学""结合佛教与

〔1〕C. T. Hsia, *A History of Modern Chinese Fiction*, pp. 441-442, New Haven, Yale Univ. Press, 1961. 译文见夏志清:《中国现代小说史》(再版),刘绍铭等译,第 380 页,香港:香港中文大学出版社,2001 年。
〔2〕耿德华:《被冷落的缪斯:中国沦陷区文学史 1937—1945》,张泉译,北京:新星出版社,2006 年,第 265—278 页。
〔3〕胡志德:《寻找钱锺书》,李昂译,《文艺争鸣》,2010 年第 21 期。
〔4〕"Foreword", *in Fortress Besieged*, tr. by Jeanne Kelly, Nathan K. Mao, p. x, New Directions, 2004.

其他神秘宗哲学论《老子》"邪妄与神明""社会与思想"这样六个类别。导言中对于钱锺书"打通"(striking a connection)的学问路数做了细致的分析[1]。

另一位较有影响的钱锺书海外研究者,是以研究埃兹拉·庞德起家的德国女学者莫芝宜佳(Monika Motsch),她在钱锺书生前就完成了一部讨论《管锥编》的著作[2]。尽管书中有许多关于中国古典诗文传统的理解流于片面,但作者抓住了钱锺书论学文体的独特性,将之与晚清以来的中国文人思想连接起来,探寻钱锺书是如何联系修辞与现实世界,并将中西比较文学的母题引入自己的思考中去的。特别是拈出"伤痕文学"一题,由此作为立足点,借助钱锺书的内在精神世界来启发对于杜甫的"重新审视"(Neubetrachtung),由此找到了"普遍的、中西共有的文学修辞手段和主题"[3]。

港台方面,周锦的《〈围城〉研究》(台北:成文出版社,1980)一书的主要价值在于开创话题的作用,今天已经很少有人再去参考它。曾因撰写《史传通说》而受到钱锺书赞许并为之作序的旅美台湾学者汪荣祖,他在 2011 年所编的论文集《钱锺书诗文丛说》[4]里,收录了不少港澳台及欧美学者的钱锺书研究文章。其中台湾中山大学的学者简锦松所作"钱锺书《谈艺录》〈七律杜

---

〔1〕Ronald Egan, "Introduction", to *Limited Views*, Essays on Ideas and Letters, pp. 15–22, Havard University Press, 1998.

〔2〕Monika Motsch, *Mit Bambusrohr und Ahle: Von Qian Zhongshus "Guanzhuibian" zu einer Neubetrachtung Du Fus*, 448 pp., Frankfurt am Main: Europaeischer Verlag der Wissenschaft, 1994. 莫芝宜佳著、马树德译:《〈管锥编〉与杜甫新解》,石家庄:河北教育出版社,1997 年。

〔3〕前揭《〈管锥编〉与杜甫新解》,第 276 页。

〔4〕汪荣祖:《钱锺书诗文丛说:钱锺书教授百岁纪念国际学术研讨会论文集》,桃园:"国立中央大学",2011 年。

样〉之考察"研究,是对钱锺书论杜诗接受史里一个重要论题的展开,虽基本沿着原论走,但有些细节上的补充和修正[1]。香港城市大学的比较文学家张隆溪的论文《中西交汇与钱锺书的治学方法:兼评当代学风》,批驳了龚鹏程等学者缺乏全面理解认知就攻讦钱锺书学术成绩的偏激思想,这其实也连带着对于当时流行所谓钱锺书只有"小结裹"而无"大判断"的说法进行了回击[2]。汪荣祖一向关注学术著述研究的话题,他本人的文章就是对钱锺书学术著作写作背景及其心态的探寻,这预兆着后来他写的《槐聚心史》一书[3]。那部书里大量采用心理学的角度对钱锺书的生平行止进行剖析和诊断,通过认知其内心自我来阐发出钱锺书建立的哲学、文学、诗学、史学的四个微观世界,颇具有新意和洞察力,尤其是书中披露了大量钱锺书与作者来往的书信内容,使传主的形象极为生动可感。

《钱锺书诗文丛说》中还收录了意大利青年学者狄霞娜(Tiziana Lioi)的一篇关于钱锺书著作引述意大利作家的论文,这是她

---

〔1〕钟来茵:《钱锺书与杜甫》,《杜甫研究学刊》,1999 年第 2 期;孔令环:《钱锺书的杜甫研究及杜诗对其诗歌创作的影响》,《中州学刊》,2008 年第 3 期;特别参看徐美秋:《钱锺书论"杜样"之"走样"——〈谈艺录·七律杜样〉及其误读评析》,古代文学理论研究,2019 年第 2 期。
〔2〕方回《瀛奎律髓》卷十,谓"诗家有大判断,有小结裹"。钱锺书几次引用此语,一处解说"小结裹"即"侧重成章之词句","大判断"则是关注"造艺之本原"(《管锥编》,第 1215 页);另一处则说:"诗家有篇什,故于理会法则以外,触景生情,即事漫兴,有所作必随时有所感,发大判断外,尚须有小结裹。"(《谈艺录》,第 101 页,北京:中华书局,1993 年补订本)。钱锺书颇好论及文学所呈现的象相和其中的艺术思维,这其实已经是方回所说的"大判断"了。文学中的新生之意象与独运之思维,间接关涉时代精神、思想学术风气,实不可轻视。
〔3〕汪荣祖:《槐聚心史:钱锺书的自我及其微世界》,台北:台大出版中心,2014 年;修订版,2016 年;北京:中华书局,2020 年。参看范旭仑:《〈槐聚心史〉的错误》,《现代中文学刊》,2015 年第 4 期;范旭仑:《再评〈槐聚心史〉》,《南方都市报》,2020 年 9 月 27 日。

在罗马智慧大学的博士论文里的部分内容[1]，通过钱锺书征引的意大利语文献来探索钱锺书的"比较方法"（Comparative Method），其中对于钱锺书所受维柯、克罗齐及德·桑克蒂斯的影响都颇有意义。然而她未能从《钱锺书手稿集》的角度进一步讨论钱锺书的阅读史，竟然全未涉及《容安馆札记》里比如对于17世纪的意大利巴洛克诗派"马里诺派"（Marinisti）的长篇论说[2]，而目前《外文笔记》已出齐，里面更存在大量值得讨论的意大利语文本，这只能期待将来的进一步研究了。

三、21世纪里的钱锺书研究格局与未来

在对近二十年的钱锺书研究论著进行梳理的过程中，有一个很特别的现象，即与20世纪八九十年代知识分子于民间逐渐形成的声音对立立场不同，此时期的学术界虽然不断也有研究论著发表，但是更大的研究活力往往来自所谓非专业科班出身的"民科"人士。这当然与读书社会的形成以及网络言论空间的开拓不无关系。而与此同时，钱锺书研究往往需要突破目前学科壁垒的限制，这从目前高校培养专业博士的角度看也存在着非常多的禁忌和陷阱，因此在课题申报和课堂教学方面都无法涉猎太广。可以说，在新世纪里，钱锺书研究出现了"民科"派与"学院"派分治天下各领千秋的局面。

---

[1] Tiziana Lioi, *In Others' Words: A Study of Italian Quotations in the Comparative Method of Qian Zhongshu*, 297 pp., PhD Dissertation, in Sapienza Università di Roma, 2011.
[2] Ibid., pp. 162-168.

首先，在国内高等院校任职的学者教授们，往往会在自己具体的专业领域里从事钱锺书的研究，通过长期深耕细作而取得令人瞩目的成就。有些学者从中国古典文学研究的角度对钱锺书的文论、诗论以及文学史思想进行研究（王水照，2005；林英德，2006；何明星，2006；徐国能，2008；侯体健，2012；金程宇，2013；张健，2014；万明泊，2019）。有学者关注钱锺书与近代文学的渊源，包括从掌故学里勾勒钱锺书与近代诗学的关系（李开军，2014；韩知延，2015）。或者从文艺学角度出发，建立并阐发钱锺书本人的诗学体系（胡晓明，2004；黄维樑，2006；许龙，2007；陈跃红，2013；刘锋杰，2017）。再有学者注重钱锺书的西学成就，从比较文学与翻译文学研究角度对钱锺书的文学批评话语进行梳理（季进，2002；范方俊，2007；张隆溪，2010；贺昌盛，2012；龚刚，2014；罗选民，2015；吴伏生，2018；杨全红，2019；王德威，2019）。此外，甚至还有专门从民俗学角度研究《管锥编》的论著[1]。

而有些研究和谈论钱锺书的文章作者，心性不愿受当下学科建制的约束，或不满学术界的不良习气，或另存有高远的治学理想，甘于身列"民科"队伍，而实际上有不少人水平不逊色于专业学者，甚至有极具超越性的表现。其中杰出的非学院化的钱锺书研究者，多是各种读书类、文化类报刊编辑人员，尤其以广州《南方都市报·阅读周刊》的编辑刘铮先生为个中翘楚。他是最早发表《容安馆札记》相关讨论的作者之一，并依靠自己超卓的诗文修养和外语功底，从书籍收藏、信件收藏的角度关注钱锺书的学问

---

[1]何山石：《钱锺书〈管锥编〉的民俗视野考论》，北京：人民出版社，2013年。此书系作者由其博士论文展开而成（何山石："庄论谐语，正尔同归"——钱锺书〈管锥编〉的民俗视野考论》，武汉大学，2012年）。

生涯与交游掌故，特别重视《外文笔记》里读法国文学的资料[1]。而专业研究领域为计算语言学、晚年专事文学创作和跨文化研究的钱定平先生，其《破围》与《再破围》二书也以"破解钱锺书小说的古今中外"为宗旨，其中有不少独特的发现与见解[2]。

换个角度说，依靠着专家之学的发达与深入，或是凭借网络资源的丰富性以及数据检索的便利性，也有不少人开始质疑和否定钱锺书学术成就的价值。曾经在网络上被广为转载和讨论的一篇文章《绝食艺人：作为反文化现象的钱锺书》[3]，最可视为这种声音的代表。作者是精通西方古典诗学和德语文学的旅美学者，他借用卡夫卡著名的同题短篇小说人物形象（Hungerkünstler）比拟展示出博览强记才能的钱锺书，"没有实用价值是杂技的一个基本特征，是杂技存在的前提"。作者认为钱锺书拥有"Google式"的"信息技术"，《谈艺录》的"补遗"（补订）其实就是数据库的扩充，"完全不涉及文本的'意义'"。而钱锺书的著作既不能作为有效完整的工具书使用，也不承载中国文化的伟大精神，只体现并满足于对修辞的迷恋。虽然在今天看来，这个见解有些缺

<hr />

〔1〕刘铮先生的主要相关文章，包括收入其《始有集》（杭州：浙江大学出版社，2012）的《钱锺书的第八度空间》《〈容安馆札记〉中的性话题》《钱锺书冒孝鲁交谊探隐》《"公真顽皮"——钱锺书近人诗评二则》《"诗是吾家事"——钱锺书与李释戡书二通》5 篇，以及收入其《既有集》（上海：上海文艺出版社，2020）的《青年钱锺书的法文读物》，再就是近年发表于《南方都市报·阅读周刊》的《钱锺书答杨武能书》（2019 年 4 月 14 日），以及发表于《文汇报·笔会》的十多篇钱锺书读西文书专题文章（2017—2019）。
〔2〕钱定平：《破围：破解钱锺书小说的古今中外》，天津：百花文艺出版社，2002 年；钱定平：《再破围》，北京：金城出版社，2014 年。
〔3〕刘皓明：《绝食艺人：作为反文化现象的钱锺书》，《天涯》，2005 年第 3 期。有意思的是，几年之后，有位网络作家"创造社新任社长宋石男"仿照上文其意，发布了一篇题为《讨厌钱锺书》的文章（原帖因博客关张而不存，参看 https://www.douban.com/group/topic/4434038/ 2008—10—20 12:43:52 转载），开篇先提到的那个"钱锺书的毛病在他身上基本全有"的"博主"，即我本人。

乏"同情之理解",却也不妨作为一种必不可少的批评,用以拆解和警惕那种单纯从炫学角度去研究钱锺书的拙陋立场。

其次,史料学以及掌故学的兴盛引起了民间学者从事钱锺书生平与交游的研究。随着杨绛《我们仨》(2003)、邵绡红《我的爸爸邵洵美》(2005)、吴泰昌《我认识的钱锺书》(2005)、吴学昭《听杨绛谈往事》(2008)、宋以朗《宋家客厅》(2015)等回忆录的问世,以及诸如《吴宓日记》(1998,2006)、《夏鼐日记》(2011)、《王伯祥日记》(2011)、扬之水《读书十年》(2011—2012)、《邓之诚文史札记》(2012)、《吴兴华全集》(2017)等文献的出版,越来越多的人物与话题可与社会各界津津乐道的钱锺书生平发生联系。再就是旧书业、名人书札的拍卖行情,都因网络信息的发达而广受瞩目,于是掌故家、藏书家、书信收藏家和史料派学者的通力合作,使得很多新问世的文献整理与重见天日的旧资料高效地得到充分利用[1]。与此同时,《万象》《读书》《天涯》《东方早报·上海书评》(后改为网络版)、《文汇学人》《南方都市报·阅读周刊》《中华读书报》《掌故》等一系列重视学术品位和新知卓见的报刊推动和提倡较长篇的学术随笔和比较系列的书评文章,也使得很多具有新意的和思想深度的见解得以非常快捷地传播。富有经验和专门趣旨的编辑对自己熟悉的选题有强烈的关注度和品鉴力,这也往往比学院体制里认可的很多学术刊物审稿与发表程序更为有效。比如《万象》的创办人及主编陆灏年轻时曾拜

---

[1]比较重要的代表性研究著作,包括钱之俊:《钱锺书生平十二讲》,上海:上海社会科学院出版社,2013年;黄恽:《钱杨摭拾:钱锺书、杨绛及其他》,北京:东方出版社,2017年;成都商报社编辑庞惊涛:《钱锺书与天府学人》,成都:四川人民出版社,2018年;钱之俊:《晚年钱锺书》,太原:北岳文艺出版社,2020年。

访钱锺书,一直热心于编发钱锺书研究的文章,他本人也对《钱锺书手稿集》做了很多研究,在报刊上发表相关札记若干[1]。后来他又创办了《东方早报·上海书评》,同样延续这一传统,刊载了大量有价值的这类文章。这种学院外的论学空间,在一定程度上也树立了富于活力的学术著述文体与范式,打破了僵化的研究思路和格局,有助于专业内的思想交流和跨学科的讨论。以《光宣诗坛点将录笺证》作为博士论文的学者王培军,他后来的很多有价值的读书见解也多以短札和笺证形式完成,其中对钱锺书诗学的研究极为精妙。这种回避大而无当的术语、概念和论证模式而单刀直入切入重要命题的传统治学手段,在上述研究命题里并不过时,反而胜义纷披,令人赞叹,代表了沟通学院派与传统学术的一种新路向[2]。

而掌故与史料的丰富也带动了学院派学者对钱锺书的进一步思考,比如将钱锺书置于20世纪中国学术中进行整体评价,或正面或反面去关注作为现代知识分子的钱锺书的思想价值(龚鹏程,2007;谢泳,2009;夏中义,2018)。尤其是学者解志熙的论文《"默存"仍自有风骨——钱锺书在上海沦陷时期的旧体诗考释》(2014)、吴晓东的论文《"既遥远又无所不在"——〈围城〉中作为讽喻的"战争"话语》(2019),均是揭示钱锺书文学创作中的现实关怀的重要学术成果,非常有助于纠正80年代"钱学热"话题留

---

[1] 陆灏:《东写西读》,上海:上海书店出版社,2006年;《看图识字》,上海:上海书店出版社,2010年;《听水读抄》,北京:海豚出版社,2014年;《不愧三餐》,北京:中信出版集团,2018年。
[2] 王培军的文章主要结集于《钱边缀瑜》(杭州:浙江大学出版社,2013),这是位于北京的"启真馆"工作室曾经策划的一套"六合丛书"中的一种(2020年改由上海文艺出版社刊行),同列此丛书而涉及钱锺书研究较多的,还有前揭刘铮《始有集》《既有集》,和拙著《蜗耕集》(2012)、《蚁占集》(2017)。

给社会大众对钱锺书印象的那些偏差,从而理解钱锺书积极关怀现实生活的爱国情操和入世态度。

再次,也是最为重要的一点,是在《钱锺书手稿集》问世后出现的如何由此开拓钱锺书研究新局面的问题。从 2003 年到 2015 年年底,72 册《钱锺书手稿集》陆续在商务印书馆影印出版,其中《容安馆札记》3 册,《中文笔记》20 册,《外文笔记》48 册并"总索引"1 册。此前,很多研究者未见到钱锺书读书笔记里的庞大储备,也不能得知其最后二十年未完成著作的相关资料,无法完整地认知钱锺书的阅读史与精神世界。卷帙庞大的《手稿集》成为打开这个世界的钥匙。除了书讯和报道,最先出现的公开评价,是一篇指摘编辑漏洞的文章,作者是百花文艺出版社的高为[1]。这是非常有必要的。因为三大卷《容安馆札记》问世后长期乏人问津,除了笔迹杂乱不易辨识,编辑失误导致的前后次序混乱,以及目录和索引的阙如,都使得这套书变得很不易查阅,甚至少有人可以明确说出全书到底有多少则札记。此后的《中文笔记》和《外文笔记》,也有目录索引上的编排问题,以及少量次序颠倒。而这些困难使得打算释读和研究它们的学者显得格外要下些功夫。

陆灏主编的《万象》2004 年第 2 期,就发表了三篇《容安馆札记》研究文章,一直在钱锺书研究领域最为用心但已远离国内学术界的范旭仑,此时开始了日后使他备受指责的《容安馆品藻录》系列,完成第一篇"俞平伯";这与前揭刘永翔的文章《〈容安馆札记〉与〈宋诗选注〉》以及刘铮文章《钱锺书的第八度空间》同期刊

---

〔1〕高为:《〈钱锺书手稿集〉的编辑错误》,《中华读书报》,2004 年 1 月 21 日。

出。此后,《容安馆品藻录》在 2004 年到 2005 年于《万象》上连续发表十多篇,还有多篇见于其他报刊,造成非常大的影响[1]。这个系列文章以现代学者为线索,多录钱锺书笔札间对他们私下里的腹诽嘲谑之语,并加以印证和强调,这一点受到了很多非议。2008 年 5 月初,《上海书评》试刊号问世,封面访谈文章是"余英时谈钱锺书"(傅杰采访),其中余英时就提到现在学者专门将钱锺书贬斥他人的私下言语发表出来,"那对钱锺书并不是很合适的一种研究方式,可能使别人将来对钱锺书发生很大的误解,甚至于产生很大的反感,以为钱锺书就是专挑别人的毛病"。——这恐怕也是很多阅历丰富的资深学者的共同感受。

近年王水照先生带头的复旦大学中文系研究团队,申报成功了国家社科基金重点项目"钱锺书与宋诗研究"(2004 年立项),在专门的论题(宋诗)上取得了不少成果[2],大多利用了《容安馆札记》以及后续影印《中文笔记》里的资料,然而又不限于此,比如王先生还利用了日本学者小川环树收藏钱氏赠送的"手校增注本"《宋诗选注》,来分析研究钱锺书在著作问世后的学术思考轨迹[3]。此外从不同角度研究《钱锺书手稿集》的专业学者,还有

---

[1] 如"向达""赵景深"等十多篇见于 2016-2017 年的《南方都市报·阅读周刊》,"郭象升"篇见于《国学茶座》,2016 年第 13 期。

[2] 王水照:《〈容安馆札记〉论宋诗初学记》,《文汇报》,2004 年 7 月 11 日;王水照:《〈钱锺书手稿集·容安馆札记〉南宋诗歌发展观》,《文学评论》,2012 年第 1 期;侯体健:《钱锺书〈容安馆札记〉批评宋代诗人许月卿发微——兼及钱先生论理学、气节与宋末诗歌》,《社会科学》,2012 年第 7 期;王水照、侯体健:《钱锺书宋诗研究对治学的启示》,《光明日报》,2013 年 2 月 27 日;王水照:《读〈容安馆札记〉拾零四则》,《文史》,2020 年第 3 期。

[3] 王水照:《〈正气歌〉所本与〈宋诗选注〉"钱氏手校增注本"》,《文学遗产》,2006 年第 4 期。

陶家俊关注英国文学的内容[1],以及海外汉学家雷勤风(Christopher Rea)等刚刚展开的一些研究[2],都可看作是对这一部分重要文献的局部关注。而曾英译钱锺书散文集并以钱锺书研究为题获得慕尼黑大学博士学位(2002)的华裔学者于宏,在2008年于明斯特大学启动了《容安馆札记》的研究计划(Chinesische Komparatistik-Bearbeitung und Bewertung von Qian Zhongshus Manuskript Fortlaufende Lesenotizen (Rong'anguan zhaji))[3],着重探讨这些手稿与《管锥编》成书过程的关系。该研究隶属于德意志研究基金会(Die Deutsche Forschungsgemeinschaft,DFG)一个项目之下,目前已有相关专著问世[4]。

而在学术界之外,被称为"民科"的世界,却产生出更为惠及学林的成果。我个人认为,在《钱锺书手稿集》研究上贡献最大的,是两位经过学术训练但身处学术界之圈外的旅美华人,其中一位是名为"犹今视昔"的网友,另一位则是在钱锺书研究历史中始终最为活跃的范旭仑。2013年到2018年,"犹今视昔"在新浪博客陆续发布了他逐篇释读整理三大卷《容安馆札记》的全部电子文档[5],带有少量校勘,这是一项艰辛而又伟大的工作。他自称于此业全凭兴趣,起初有些生疏,随后门路渐熟,找到释读手稿

〔1〕陶家俊:《现代风中的伦敦文学景观:重构钱锺书牛津英文笔记中的英国现代文学场》,《外国语文》,2019年第5期。

〔2〕Christopher Rea, *China's Literary Cosmopolitans: Qian Zhongshu, Yang Jiang, and the World of Letters*, 263 pp., Leiden, 2015.

〔3〕Yu Hong, "Qian Zhongshu und seine *Fortlaufenden Lesenotizen*", in Woesler Martin (Hrsg.), *Chinesische Literatur in deutscher übersetzung*, S. 16-87, Berlin, 2009.

〔4〕Vetrov, Viatcheslav, *Instrument Metaphor – Das "Guanzhuibian" im Licht der Manuskriptforschung*, LIT-Verl., 2015.

〔5〕网址为 http://blog.sina.com.cn/s/articlelist_1587015434_3_4.html。

的感觉,因此计划"全以匿名方式作此文化义工之事"〔1〕。目前这些文本全部还都能在网上获取,为整个学术界研究《容安馆札记》提供了极为便捷的渠道。虽然有些学者不免有"过河拆桥""上屋抽梯"之嫌,公开声称这部整理稿不可信赖,但多是较小的疏漏,自然瑕不掩瑜。目前,"犹今视昔"开始整理《中文笔记》,已至第二册。

关于范旭仑,无论如何评价其立论角度和写作目的,他都应该是最熟悉钱锺书著作、生平,也最精通《钱锺书手稿集》中西文资料的一位。前几年,他还依据钱锺书读书笔记来判断杨绛的外国文学研究论文以及《堂吉诃德》等小说的翻译俱系出自钱锺书之手〔2〕,固然结论因意气之争而失于偏狭,但确实展现了很多线索,值得重新辨析和探讨。还有值得注意的是,范旭仑近两年开始专门给钱锺书著作挑"暗袭"的问题,他在新浪博客"钱默存先生年谱"上连续发表《钱锺书窃近人著述》已达四十多篇。这已经不是原来考察那些所谓"无一字无来历""处处都是诗"的用典

---

〔1〕摘自"犹今视昔"与我的私人通信。他自称本名莫与争(Eugene Mo),祖籍东北,生于台湾,本业是国际关系研究。

〔2〕这些文章都发表于《南方都市报·阅读周刊》,包括:《杨绛〈堂吉诃德和《堂吉诃德》〉的"手边材料"》(2017年4月2日)、《杨绛论文脚注源自钱锺书手稿考证》(2017年4月16日)、《〈事实—故事—真实〉本自钱锺书著述考证》(2017年5月14日)、《钱锺书为〈吉尔·布拉斯〉作注》(2017年5月28日)、《钱锺书为杨绛捉刀》(之一,2017年8月27日;之二,同年9月3日)、《钱锺书为〈小癞子〉作序》(2017年9月24日)、《钱锺书翻译〈吉尔·布拉斯〉》(2018年5月20日)。参看范旭仑:《钱锺书翻译注释〈吉尔·布拉斯〉》,《山东大学中文学报》,2019年第2期。对于这个问题我个人略有不同角度的意见,即认为杨绛的翻译成就得益于钱锺书的指点和引导,她的翻译史跟随着钱锺书的阅读史,努力追踪二十世纪西班牙文学的学术史和所能获取的最佳条件,从而不断更新;参看张治:《杨绛的〈小癞子〉与钱锺书的〈小癞子〉》,《南方都市报·阅读周刊》,2017年7月9日;张治:《杨绛译〈堂吉诃德〉功过申辩》,《澎湃新闻·上海书评》,2018年9月4日;张治:《珀涅罗佩的技艺——杨绛文学创作中的修辞改造与文体重构》,《文学评论》,2019年第2期。

了,而是如《引》中所谓"钱先生高自标置,顾亦于近人集中作贼",指钱锺书引述某原著却实际是得自他人书中转述而未加注明的情况。这个问题我在研读查考某些论题时也多次发现过,然而是否即可根据手稿集的范围下定论,或者这种情况是否可以一律称作"窃"? 这从学术专业角度看,当然是需要仔细甄别的。

最后,从 21 世纪二十年间全国高等院校完成的硕博论文来看,钱锺书研究论题的热度正持续走低,这可能也意味着未来一段时间里学院派还会存在着漠视与隔阂态度。而从研究论题的分布看,大多也相对比较陈旧,不太有富于探索性的尝试。但也不乏如《钱锺书与宋诗研究》(季品锋,复旦大学博士论文,2006)、《〈槐聚诗存〉笺注及研究》(张文胜,南京师范大学博士论文,2013)较早具有探索意识的佳作。而近年有《〈宋诗选注〉与〈容安馆札记〉比较研究》(李逃生,江西师范大学硕士论文,2015)、《〈容安馆札记〉与钱锺书批评眼光之生成》(万明泊,河北大学硕士论文,2020)两篇学位论文都涉及了《钱锺书手稿集》,后者显然是充分利用了"犹今视昔"整理的《容安馆札记》文档(见其"后记"的含混说明)。

我个人看来,从阅读史、手稿学角度,借助实物文献和数据库,特别是在已有《容安馆札记》电子文本的基础上,充分发掘《中文笔记》和《外文笔记》里的宝贵资料,是未来钱锺书研究施展各家本领开拓生面的重要途径[1]。特别是重视钱锺书的西学研究,思考最后二十年未完成的"西学《管锥编》"如何在 48 卷本

---

[1]由于我"奉命"作此"研究述评",却无自信对自己的钱锺书研究文章进行公允评议,还请读者专家自行检索查阅为盼。

《外文笔记》里寻觅线索,是重中之重的核心论题。

　　钱锺书的父亲钱基博在家中教训子侄读书时,曾用姚鼐批评清儒的话来提醒他们警惕治学态度上的"以博为量,以窥隙攻难为功"[1],然而这两句话恰恰也道出了钱锺书日后治中西文学时的广博阅览与犀利批评结合的风格与方式。至于是否如此就失察于重要的问题和本质,变得"碎义逃难"了呢?这恐怕要看学者对于所治学问本身的一种综合认识,假如"以博为量"的手段足以纵横捭阖于古今中西的话,那么"窥隙攻难"的也就不可能是小问题了:如此再肯花费精力和笔墨加以发难缠斗的细节,理应就是"高精尖"的重要问题。在回顾钱锺书评说与研究的历史过程中,我们越发感觉到各种时代中甚嚣尘上的轻浮毁誉与建构庞大"钱学"体系的虚妄意图都不能长期有效地存在,只有恰当地借用钱锺书的阅读视野和治学方法,开垦自家的园地,才是真正将钱锺书研究发扬光大的正途。

　　原载《古代文学前沿与评论》第六辑,收入书中时有修改

---

[1]姚鼐:《赠钱献之序》,《古文辞类纂》卷十二。钱基博:《古籍举要》"序"(1930)。